€2,50 ES
46

Lesereise in den Tod

Jürgen Schmidt

edition oberkassel

Verlag: edition oberkassel Verlag Detlef Knut,
Lütticher Str. 15, 40547 Düsseldorf
Herstellung: MCP, Marki
Umschlaggestaltung: unter Verwendung eines Fotos von
© Jürgen Schmidt
Lektorat: Klaus Söhnel
gesetzt mit Adobe InDesign

www.edition-oberkassel.de
info@edition-oberkassel.de

1. Auflage 2017
Printed in Europe

ISBN(Print): 978-3-95813-0807
ISBN(Ebook): 978-3-95813-0814

1.

Es war ruhig geworden in der Fußgängerzone. Im Geschäft gegenüber gingen gerade die Scheinwerfer aus. Die noch mit Luftschlangen behangenen Trachtenjacken hatte sie sich vorhin auf der Straße angesehen, bevor ihr der eisige Wind zu ungemütlich geworden war. So etwas würde sie niemals tragen, für kein Geld der Welt. Und für einen Mann schon gar nicht. Aber die karamellfarbene Steppjacke aus einem der Läden davor würde sie sich morgen zeigen lassen. Bei dem Preis würde sie nicht widerstehen können, das wusste sie schon jetzt.

Mona war mit dem Abend in Bad Münstereifel zufrieden, auch was ihre eigene Leistung betraf. Sie war souveräner und schlagfertiger geworden, ohne überheblich zu wirken. Reinfälle wie noch vor einem Jahr hatte es auf dieser Tour nicht gegeben. Aber da waren es lediglich sporadische Veranstaltungen gewesen, die sich zufällig ergeben und die sie regelmäßig vorher nervös gemacht hatten. Die Anzahl der Lesungen hatte sie deutlich steigern können. Sie war besser organisiert und Routine war ebenfalls hinzugekommen. Eine kritische Frage konnte sie nicht mehr aus dem Konzept bringen oder erröten lassen. Heute war sie trotzdem nervös gewesen, grundlos. Es gibt solche Tage, sagte sie sich. Mit dieser Stadt oder dem Aschermittwoch verband sie nichts, was diese Aufgeregtheit erklären könnte.

Im *Amadeus* wartete sie nun auf ihren gemischten Salat und bestellte ein zweites Kölsch, indem sie das leere Glas anhob. Die Bedienung nickte. Vorlesen macht durstig! 14 Besucher waren gekommen – nicht gerade umwerfend, aber auch nicht schlecht. Fünf *Hurensöhne* hatte die Buchhändlerin verkauft, vier davon musste Mona anschließend signieren. Ihren Roman aus dem Vorjahr *Phantome der Nacht* konnte die Buchhandlung angeblich nicht rechtzeitig beziehen, den Band mit den 18 Kurzgeschichten ebenfalls nicht. Eine passende Bemerkung dazu hatte sie intuitiv im letzten Moment unterdrückt. Ans Signieren hatte sich Mona de la Mare gewöhnt. Es gefiel ihr, von Fremden darum gebeten zu werden, ihren Namen in das gekaufte Buch zu schreiben. Manche wollten eine persönliche Widmung, als wäre Mona schon eine bekannte Autorin. Aber vielleicht glaubten diese Leute, dass sie es schaffen würde – so, wie sie es selbst auch glaubte. Wie hieß noch mal die Frau, deren Namen sie sich buchstabieren lassen musste? Mona dachte angestrengt nach, kam aber nicht drauf. Es war ein altdeutscher Name, da war sie sich sicher. Ihr ließ es keine Ruhe, sie gab die Frage nach alten Frauennamen in den Laptop ein und postete auch das. Dass ihre Lesung ein Erfolg war, wie sie vorhin geschrieben hatte, gefiel den Freunden im Minutentakt. Katja aus Kiel, eine junge Autorin, tat sprachlos: *Dreißig Fans, du bringst es! Ich wusste es immer schon ...* Netter Kommentar, wie alle anderen davor. Oder wie der gerade angezeigte: *Der Hammer!* Die Freunde machten Mut, man kannte sich eben. Mona hatte in zwei Sätzen die Veranstaltung im Saal oberhalb der Buchhandlung *Leserei* kommentiert und von einem großartigen Publikum berichtet. Darunter ein Bild mit der gut gelaunten Autorin, lässig mit einem Weinglas in der Hand vor einem der länglichen Fenster. Das Foto hatte eine Besucherin mit Monas Handy geschossen – man sah deutlich, dass die Dame darin ungeübt war. Sie hätte besser jemand anderen oder diesen widerlichen Pressefritzen darum gebeten, der es gerade eine halbe Stunde ausgehalten und ihr Buch offensichtlich nicht gelesen hatte. Solange der Artikel vorteilhaft war, sollte ihr das egal sein. Hatte er überhaupt ein Foto gemacht?

Sie konnte sich nur an seinen verschmutzten karierten Notizblock mit Ringelbindung erinnern. Und an seinen ekelhaft säuerlichen Geruch. Vor Beginn der Lesung hatte ihr diese Einschlafhilfe die typischen Fragen gestellt: wo sie ihre Themen findet; wie man zur Autorin wird; wer ihre Vorbilder seien und den Blödsinn mit der Zielgruppe. Das übliche Blabla! Sie log auch am zwölften Tag ihrer Lesereise, was das Zeug hielt. Ehrlich war sie lange genug gewesen, das führte in diesem Geschäft zu nichts.

Jetzt starrte ein Pärchen an ihr vorbei ins Lokal. Vorhin stand da dieser bärtige Knilch, der zu Beginn der Lesung ganz hinten gesessen hatte. Er war sofort weitergegangen, nachdem sie ihn entdeckt hatte. Irgendetwas stimmte mit dem nicht, aber was? Sein Gang kam ihr bekannt vor, das war doch nicht ... Blödsinn, was sollte dieser aufgeblasene Spinner hier? Außerdem hasste er nichts mehr als Hüte. Sie schaute zu viele schlechte Filme, das war alles. Sie fühlte sich halt unwohl, wenn sie von draußen so beobachtet wurde, fand es aufdringlich. Sonst gefiel ihr der Platz direkt am Fenster. Die Heizung tat ihr Bestes, nur wenige Zentimeter vom Oberschenkel entfernt. Wie angenehm! Wäre sie häufiger hier, wäre das mit Sicherheit ihr Stammplatz, allen Glotzern zum Trotz.

Der Salatteller fiel üppig aus, das Brot würde sie nicht anrühren, höchstens einmal probieren. Die Berliner Currywurst hätte sie ebenfalls gereizt, aber sie hatte sich erst gestern eine Pizza gegönnt und auch die war riesig ausgefallen. Lecker wie die Margherita war, hatte sie die komplett verputzt. Die Vernunft war zu Hause geblieben, die musste nicht überall dabei sein.

Eigentlich hätte sie ruhig jemand aus der Buchhandlung begleiten können, dachte sie. Wenigstens auf ein Bier, wo sie doch am frühen Abend deren Gast gewesen war. Wahrscheinlich waren sie froh, es überstanden zu haben, denn Mona hatte sich selbst um diese Lesung bemüht und musste mehrmals telefonisch nachfragen, bis sie endlich ihr Okay gaben. Das brauchte aber keinen zu interessieren. Lange würde sie das nicht mehr nötig haben – demnächst würde sie den Spieß umdrehen, wenn ihr Stern aufgegangen war ... Noch war sie unbekannt oder, wie ihre Freunde immer sagen, ein Geheimtipp! Die vierwöchige Lesereise hatte sie selbst organisiert, dafür verzichtete sie im Sommer auf den Mallorca-Urlaub. Aber ihre Tour war auch so etwas wie Urlaub, und an drei Orten gab es immerhin ein kleines Honorar. In Mainz hatten sie ihr sogar das Hotel spendiert. Geld hat sie zwar genug, aber diese Einnahmen waren etwas Besonderes. Das hing mit der Autorenehre zusammen – wer je etwas Künstlerisches auf die Beine gestellt hatte, verstand das.

Draußen konnte man sich immer noch nicht entscheiden, das Lokal zu betreten. Zwei Schritte vor, zweieinhalb zurück. So schwer kann es doch nun wirklich nicht sein! Schade, dass nicht wenigstens Uli hier war, heute hätte sie ihn gern bei sich gehabt. Der mit seinem blöden Handball-Training! Und wofür das alles? Er war doch sowieso nur Reservespieler in der Oberliga. Andere Männer hätten sich darum gerissen, hier mit ihr sitzen zu dürfen.

Morgen würde sie sich nach einem verspäteten Frühstück die Stadt, die Burg und natürlich die reduzierte Steppjacke anschauen, bevor es weiterging nach Nettersheim. Dort hatten sie sich nicht so lange bitten lassen und den Termin früh bestätigt. Im Literaturhaus kannte man sie anscheinend, so sollte es sein. Im *Amadeus* ahnte Mona de la Mare an diesem Abend noch nicht, dass sie das Frühstück nicht mehr erleben würde, geschweige denn Nettersheim.

Nach dem Essen bestellte sie sich einen Kaffee und ein stilles Wasser. *Leseratte Magenta* gratulierte ihr im Netz euphorisch zu der Lesung. Sie postete außerdem, dass sie gerade eine Rezension zu den *Hurensöhnen* geschrieben habe: *Fünf Sterne für meine Liebste, das Buch ist der Knaller! Sehen wir uns in Leipzig?*

Die Besprechung musste sie sich sofort anschauen. Mona überflog hastig den lobenden Text. Super! *Magenta*, die Süße, hatte sich richtig Mühe gegeben! Wow, auch in den Verkaufsrängen war ihr Buch im Laufe des Tages nach oben gerutscht. Mona zog den Laptop ein Stück nach vorne, dann tippte sie: **Megakreisch* Ich liebe deine Rezi!!!* Dahinter setzte sie drei Smileys und einige Herzchen. Sie teilte den Beitrag in mehrere Literatur-Gruppen. Das tat sie immer – alle sollten wissen, wie toll ihr Buch bei den Lesern ankam.

Langsam füllte sich die Bar. Auf einer großen Leinwand im Nebenraum wurde ein Spiel der Champions League angekündigt. »Achtelfinale«, hörte sie jemanden sagen, der wirklich klasse aussah. Er hatte etwas Südländisches an sich – das andere konnte sie nicht so genau bestimmen. Vielleicht etwas Asoziales, irgendwie. Ein Typ wie Mustafa, aber mindestens einen Kopf größer. Und Musti war schon geil mit seinem strammen Körper und der undefinierbaren Kunst darauf. Nebenan wurde diskutiert, ob Schalke gegen Real eine Chance hätte. Ihr war es egal, sie interessierte sich nicht dafür. Genauso wenig wie für Handball – sollten sie ruhig alle haushoch verlieren und die Fans wütend machen.

Der Kellner, möglicherweise war es auch der Inhaber, entschuldigte sich für den zerbrochenen Keks auf der Untertasse und fragte, ob der Ton störe, ob es nicht zu laut sei. Mona verneinte, sonst würde sie sich schon melden. Das solle sie ruhig machen, ermutigte er sie. Er erkundigte sich, ob sie von hier sei, er hätte sie noch nie gesehen. Nein, sie käme vom Niederrhein, antwortete sie, aus dem Neusser Raum. Aus einem Ort bei Grevenbroich, um genau zu sein. Aus einem Kaff, um bei der Wahrheit zu bleiben. Quasi aus der Pampa. Ihr zaghaftes Lächeln entblößte weiße Zähne, deren Wirkung durch den Lippenstift verstärkt wurde. Er wollte wissen, was sie denn zu dieser Jahreszeit in die kalte Eifel getrieben habe, in der sicherlich nicht mehr los sei als in ihrem Kaff. Den Faden griff sie gerne auf. Nun, sie sei als Autorin eingeladen gewesen und habe hier gelesen. Nicht in der Stadtbücherei, in der *Leserei* habe sie ihren neuen Roman vorgestellt. Sie deutete mit der Hand in die entsprechende Richtung, als müsste eine Fremde ihm den Weg erklären. Diesen Gedanken hatte er wohl ebenfalls. Der Mann grinste, fragte nach der Besucherzahl und ob es gut gewesen war. Lesungen wären in Bad Münstereifel nicht gerade an der Tagesordnung, schön, wenn so ein wenig kulturelles Leben in die Stadt käme. In der Zeitung, sagte er, sei die Veranstaltung angekündigt worden. Er hatte ein gutes Gespür für seine Gäste, das gefiel ihr. Er schien auch auf alles eine Antwort zu haben.

Die hatte er wenig später allerdings in Form von großen runden Augen, als sie ihm ihren Namen und den Titel des neuen Buches nannte: *Passwort Hurensohn*. So viel zum kulturellen Leben! Mathes wurde zum Tresen gerufen, weil die junge Bedienung, vielleicht eine Aushilfe, mit einem Cocktail nicht zurechtkam. Im Weggehen wiederholte er, jede Silbe betonend, ihren Namen: »Mo-na-de-la-Ma-re.« Sie hörte ihn »Ach, du leefer Jot!« murmeln; unklar, ob die Bemerkung noch ihr galt oder schon einem möglichen Durcheinander hinter der Theke. Bestimmt überlegte er beim Mixen, wie solch ein provozierender Buchtitel zu ihrem sanften, unschuldigen Kindergesicht, dominiert von der Stupsnase, passen könnte. Das fragten sich nämlich viele. Die 32, die sie vor wenigen Tagen geworden war, sah ihr keiner an. Es war noch keine acht Jahre her, als man sie in einem Restaurant vor der Bestellung gefragt hatte, ob sie schon einen Ouzo haben dürfte. Was zunächst wie ein Kompliment geklungen hatte, meinte der verunsicherte Kellner durchaus ernst. Sie orderte sofort einen zweiten hinterher, bedankte sich mit dem griechischen *Efcharisto*, das sie auf der Papierserviette entdeckt hatte, und beachtete ihn nicht weiter. Sie war sich nicht sicher gewesen, ob sie sich über die dumme Frage ärgern oder freuen sollte. Am folgenden Tag hatte sie es lustig gefunden.

Eine letzte Mitteilung für heute, damit sollte es dann gut sein: *Happy End? Ihr Lieben, ein kleines E-Book noch und ich kann mich über einen neuen Verkaufsrekord freuen. Mag mich jemand unterstützen?* Als Mona den Laptop in die schwarze Ledertasche steckte, war die Anspannung des Abends restlos gewichen. Und plötzlich war auch der gesuchte Name wieder da: Luitgard. Sie notierte ihn sich auf dem quadratischen Bierdeckel. Man weiß nie. Irgendwann würde sie einen historischen Roman schreiben. Aussichtslose leidenschaftliche Liebe mit verdorbener Erotik im brutalen Mittelalter, so etwas lässt sich immer verkaufen.

2.

Mona hatte den Mantel schon angezogen, als von der Theke her eine Frau mit einer bunten Plastiktüte unterm Arm zu ihr kam. Sie sagte, ihr habe die Lesung gefallen, sehr gut sogar, und fragte die Autorin, ob sie ihr Buch hier noch signieren würde. Mona folgte der Frau zum Tresen und kramte dabei in ihrer Umhängetasche nach einem Kugelschreiber. Zunächst tastete sie mehrmals ins Leere, dann hatte sie gleich zwei erwischt.

»Tolle Tasche.«

»Eine von vielen, muss ich gestehen. Dafür habe ich keinen Schuhtick – ist ja auch was!«

»Bei mir ist es genau umgekehrt – Schuhe ohne Ende! Schreiben Sie bitte: *für Claudia.*« Mona schrieb mehrere Zeilen ins Buch. Sie spürte, dass einige Gäste sie dabei beobachteten – ein angenehmes Gefühl. Die letzte Lesung, erzählte Claudia unterdessen, hätte sie vor Jahren in Köln besucht, inzwischen würde ihr meistens die Zeit für so etwas fehlen. Heute habe es sich ergeben, eine spontane Idee sei es gewesen. Eine nette Abwechslung nach dem Karnevalstrubel und dem Alkohol der letzten Tage. Sie blickte auf ihr Bierglas in der Hand und machte ein verlegenes Gesicht. Mona nickte und erkundigte sich bei Claudia, ob sie sich denn noch an die Lesung von damals erinnern könnte.

»Dass es ziemlich voll war, weiß ich noch. Und es war ein bekannter Autor, aber es ist lange her. Vielleicht, wenn ich ein Foto sehen würde … Es könnte Fitzek gewesen sein oder der Schätzing.«

»Ich erinnere mich an viele Dinge auch nicht mehr. Ein bisschen Alzheimer steckt wohl in jedem von uns. Und jetzt wohnen Sie hier in der Stadt?«

Claudia warf einen raschen Blick auf ihr Smartphone und verstaute es in der vorderen Tasche ihrer dunklen Stonewashed-Jeans. »Seit einigen Jahren schon, vor Kurzem bin ich noch einmal umgezogen. Ich wohne nun etwas oberhalb der Stadtmauer, fast fürs gleiche Geld.«

»Ist bestimmt nicht das Schlechteste.«

»Was?«

»Na, hier zu wohnen. Zumindest wenn man es etwas ruhiger haben will.«

»Da ist was dran! Wenn du das nächste Mal hier bist, komme ich wieder zu deiner Lesung. Trinkst du noch ein Bier mit mir?«

»Warum nicht?«

Claudia drehte sich um. »Mathes, machst du uns noch zwei Kölsch?«

Zwanzig Minuten später verabschiedete sich Mona von ihr und den anderen Gästen, die zwischendurch immer ein Auge auf sie geworfen hatten. Sollten sie ruhig – die Frage nach einem Buch wäre ihr natürlich lieber gewesen. Draußen war es noch kälter geworden. Sie ging wenige Meter in Richtung ihres Hotels, der *Wolfsschlucht*. Aus deren Restaurant drangen gedämpfte Geräusche auf die Straße. Zwei Gäste standen ohne Jacke vor der Eingangstür. Sie redeten nicht miteinander, hatten ihre Pilsgläser in der Hand und rauchten. Beide machten auf Mona einen gelangweilten Eindruck, womöglich waren sie auch nur müde. Davon konnte bei ihr keine Rede sein, sie wollte sich noch etwas bewegen und den Abend mit einem Absacker beschließen. Etwas Heißes wäre nicht schlecht, zur Not würde ein einfacher Glühwein reichen. Die andere Buchhandlung Bad Münstereifels wirkte mit ihren vielen Fenstern im Vorbeigehen geradezu friedlich. Am späten Nachmittag hatte Mona sie betreten und sich gewundert, dass der Verkäufer von ihrer Lesung nichts gewusst hatte. Seine blonden Haare standen ab, als hätte er in der Mittagspause versehentlich in die Steckdose gegriffen. Nach kurzem Nachdenken hatte er ihr schräg gegenüber den richtigen Laden gezeigt und das Missverständnis beendet. Etwa drei Dutzend Flyer und Lesezeichen hatte sie noch bei ihm auslegen dürfen. Jetzt sah sie ihr Werbematerial gut platziert auf einem Beistelltisch liegen. Es sollte sie wundern, wenn das zu keiner Bestellung führte. In einigen Jahren würden ihre Neuerscheinungen ohnehin in den Fenstern aller Buchhandlungen ausgestellt sein. Unter Umständen klappte es schon bei ihrem nächsten Buch, dem *Fratzenseher,* mit dem sie zuletzt so zügig vorangekommen war. Im Grunde war sie mit dem Manuskript fertig, demnächst würde sie es noch einmal lesen und korrigieren. Den Schluss bekam sie bestimmt noch überzeugender hin. *Der Fratzenseher,* sie wird das Buch so nennen. Das ziehst du jetzt durch, schwor sie sich.

In ein paar Jahren gäbe es auch keinen Clinch mehr mit solch vernebelten Gestalten wie ihrem Ex, dieser Vollkatastrophe. Sie hatte ihm unglaubliche 200 Euro dafür zahlen müssen, dass sie eines seiner Fotos als Buchcover verwenden durfte. Der scheinheilige Schleimer sprach von einem Freundschaftspreis, das klang gerade so, als hätte sich je einer für seine Bilder interessiert. Was hatte sie bloß damals an diesem ewig abgebrannten Typen gefunden, der ihr zeigen wollte, *wie Leben geht?* Der war nicht cool, der hatte auch nichts Spirituelles an sich, wie er gerne tat – der Bursche hatte einfach nur sein Leben verpfuscht. So sah es aus. Wäre es nicht so eilig gewesen mit dem Cover, hätte sie sich nie mit ihm verabredet und auf den Deal eingelassen. Einen Hingucker, einen *Eyecatcher* hatte er versprochen – lächerlich, im Gegensatz zum Inhalt war der Buchumschlag bestenfalls Mittelmaß. Sie hätte wissen müssen, dass man mit ihm besser keine Geschäfte machte. Und als Dank wollte dieser verlogene kleine Mistkerl nun erneut Kohle sehen – für die angeblich unerlaubte Verwendung seines Fotos zu Werbezwecken im Internet und in Print-Medien. Als könnte man für ein Buch werben, ohne das Cover zu zeigen! Wie erbärmlich, am Ende müsste sie sich wieder an ihren coolen Anwalt wenden. Aber vielleicht hatte er inzwischen in einem seiner wenigen, nicht zugekifften Augenblicke ihren Hinweis auf die Pflanzen in seinem Garten verstanden, die der Idiot ihr damals sogar detailliert erklärt hatte. *Drohst du mir, droh ich dir!* So einfach war das! Zahlen würde sie jedenfalls nicht, niemals, auch wenn ihr das nicht schwerfallen würde. Eher würde sie ihm die verdammte Hütte anzünden! Peinlich genug, dass sie so einen so lange an sich herangelassen hatte. Wenn sie daran dachte, musste sie würgen. Die Trennung vor über einem Jahr war so was von überfällig gewesen. Nicht zu verstehen, was es da zu überlegen gegeben hatte. Monas Vokabular reichte mittlerweile nicht mehr aus, um ihren Ekel und Hass auszudrücken.

Da war die Sache mit ihrem Bruder geradezu harmlos. Irgendetwas sagte ihr schon die ganze Zeit, dass sie ihm verzeihen und es dabei belassen sollte. Er hatte den Fehler eingesehen und sich mehr als großzügig gezeigt. Der Reiz, ihn weiter auszunehmen, bestand eigentlich nur darin, sich an seiner bescheuerten Alten zu rächen. Warum musste sich Frank damals ausgerechnet in dieses arrogante Miststück vergucken?

Ein Sommerurlaub würde sie auf andere Gedanken bringen, würde sie inspirieren. Mallorca, eventuell sollte sie doch nicht darauf verzichten. *Mona de la Mare auf den Spuren von George Sand!* Jens hatte ihr bei einem der letzten *Frühen Dialoge* erzählt, dass der berühmten Autorin in jungen Jahren viele Affären nachgesagt wurden. Mit Chopin hatte sie es immerhin neun Jahre ausgehalten. Die Frau muss einen starken eigenen Willen gehabt haben, so wie Mona ihn auch hatte oder haben würde. Nur waren die Zeiten damals schwieriger gewesen, das musste sie zugeben. Ohne etwas von ihr gelesen zu haben, war ihr George Sand sofort sympathisch gewesen.

Trotz des Windes hörte sie das Plätschern des mickrigen Flusses, der sich durch den Ort schlängelte. Wieder fiel ihr ein Name nicht ein, aber bei diesem Flüsschen war das wohl egal.

3.

Die Blutung unterm Fuß beruhigte sich, nachdem Andreas Mücke den Verband ein weiteres Mal gewechselt hatte. Mit dem Besen kehrte er die zehntausend Teile der zerbrochenen Apfelsaftflasche zusammen. Beim Putzen musste er nachher darauf achten, dass alle Splitter aufgewischt würden. Es wäre schlimm, wenn Julian sich am Wochenende daran verletzen würde. Im Radio liefen schon die Verkehrsnachrichten, als das Telefon klingelte. Der Wetterbericht hatte zuvor Schneeregen für den Abend prophezeit. Bereits die ersten Märztage waren eine Zumutung gewesen, allmählich reichte es.

»Spreche ich mit Herrn Mücke?«, fragte die unbekannte Stimme.

»Sie haben doch meine Nummer gewählt.«

»Aber Sie haben sich nur mit *Hallo* gemeldet.«

»Ach so, Entschuldigung! Sie reden mit Andreas Mücke. Und mit wem spreche ich?«

»Da wusste ich schließlich nicht, mit wem ich rede.«

»Das haben wir ja jetzt geklärt.«

»Das stimmt, Herr Mücke.«

»Und was kann ich für Sie tun, Herr ...?«

»Töpfer, Herbert Töpfer. Wir brauchen Ihre Hilfe wegen des Mordes in Bad Münstereifel vor zwei Wochen. Sie haben das gewiss mitbekommen.«

»Oh ja, es stand groß in der Presse, und das nicht nur hier bei uns. Eine schreckliche Geschichte.«

»Sie sagen es: eine schreckliche Sache. Es ist so, dass mein Sohn von der Polizei verdächtigt wird. Aber das ist absurd.«

»Ihr Sohn?« Mückes Blick wanderte über die bunte Figurensammlung aus *Ü-Eiern* auf der Fensterbank. Ein Kung-Fu-Panda war dazu gekommen, das konnte nur Anna gewesen sein.

»Ja, mein Sohn Frank.«

»Wie sieht's denn mit einem Alibi aus? Hat er eins?«

»Vielleicht, nicht direkt.«

»Also kein Alibi. Und jetzt suchen Sie einen Detektiv, der die Sache aufklären soll?« Die tiefe Schnittwunde schmerzte, aber das war kein Grund, auf die etwas verunsicherte Stimme so gereizt zu reagieren. Mücke riss sich zusammen, zumal er merkte, dass ihn die Geschichte zu interessieren begann.

»Ist das so ungewöhnlich?«

»Nein, natürlich nicht. Hat Ihr Sohn einen Rechtsanwalt, Herr Töpfer?«

»Sie wohnen doch in der Stadt. Ich möchte nichts unversucht lassen.« Ein weiteres Mal hatte Töpfer die an ihn gerichtete Frage ignoriert.

Andreas Mücke ließ sich auf den Schreibtischstuhl sinken. Mit der Fernbedienung schaltete er das Radio leiser und kurz darauf ganz aus. Er fragte Herrn Töpfer nach den Vorwürfen und seiner Sichtweise. Mit dem Unterarm verschaffte er sich gleichzeitig Platz auf dem Schreibtisch, zog den karierten Block heran und machte sich Notizen. Ein stichfestes Alibi hatte der Sohn, Frank Töpfer, nicht. Dass er den Abend in der angemieteten Scheune verbracht hatte, um einen alten VW oder was auch immer zu restaurieren, konnte niemand bezeugen. Brennendes Licht und Schleifgeräusche reichten nicht aus. Es sah danach aus, als hätte Mücke die erste größere berufliche Herausforderung vor sich. Er sagte dem Doktor – wie er inzwischen erfahren hatte – zu. Eine Bauchentscheidung! Und möglicherweise ein Schritt nach vorn.

Nach seiner zweiten Scheidung hatte sich Mücke vor Monaten als Detektiv selbstständig gemacht, nachdem er in der Druckerei seines ehemaligen Schwiegervaters nicht hatte bleiben wollen. Daran änderten auch Ralfs bis zuletzt weichmachen wollenden Umstimmungsversuche nichts. Mücke brauchte saubere Verhältnisse, selbst wenn er scheitern sollte. Im neuen Job hatte er keine Berufserfahrung, aber immerhin die erforderlichen Kenntnisse über mehrere Monate durch einen kostspieligen Intensivkurs erworben. Er war jetzt geprüfter Privatermittler mit einem IHK-Zertifikat; dennoch blieb es eine mutige Entscheidung.

Zu seiner Erleichterung kam er finanziell einigermaßen über die Runden. Natürlich verdiente er mit dem Aufdecken von Lohnfortzahlungsbetrügern oder der Beschattung von untreuen Ehemännern keine Unsummen, aber letztlich reichte es schon zum Leben. Mit der Zeit konnte es eigentlich nur besser werden. Dass gerade er nun Licht in einen Mordfall bringen sollte, schmeichelte Mücke. Auf so einen Auftrag hatte er gewartet, der würde ihm einiges abverlangen. Wie und warum Dr. Töpfer auf ihn gekommen war, würde er später erfahren. Wahrscheinlich war es Zufall. Es traf sich gut, dass die aktuellen Observationen abgeschlossen und nur noch ein Bericht sowie zwei Rechnungen zu schreiben waren. Übermorgen würde er zu Töpfer nach Grevenbroich fahren, dann ließe sich in Ruhe über alles reden. Am Telefon war Dr. Töpfer aufgeregt gewesen, man könnte ohne Übertreibung sagen, etwas neben der Spur. Vor allem der Zusammenhang von angeblich harmlosen Fotos und der Erpressung erschien ihm schleierhaft. Bis Freitag wollte Mücke sich alle Zeitungsartikel und sonst verfügbaren Informationen zum Mord an der jungen Frau besorgen. Erst jetzt fiel ihm ein, vor einer Woche gelesen zu haben, dass der Bruder der Getöteten unter Verdacht stand. Hatte Dr. Töpfer vom gleichen Mann gesprochen? Das bedeutete doch auch, dass er der Vater der Ermordeten war. Oder der Stiefvater? Davon hatte er nichts erwähnt, was bei seiner Zerstreutheit nichts besagt. Aber hieß die Tote nicht ganz anders?

4.

Seine Erinnerung hatte ihn nicht getäuscht, Mona de la Mare war ihr Name. Vor Andreas Mücke lagen rund zehn Artikel, die er in Zeitungen aus seiner Altpapierkiste gefunden und ausgeschnitten hatte. Im Netz war er auf weitere Berichte gestoßen. Deren Ausdrucke lagen gestapelt neben der Tastatur. Der Mord an der jungen Autorin hatte bundesweit für Schlagzeilen gesorgt, obwohl sie als Schriftstellerin erst am Anfang ihrer Karriere gestanden hatte und den wenigsten ein Begriff war. Die meisten Artikel wiederholten sich allerdings in Aufmachung und Inhalt. Nach dem fünften Bericht hatte Mücke das Gefühl, alle zu kennen und seine Zeit zu vergeuden. Es kam einfach nichts Neues hinzu. Lediglich ein Nachrichtenmagazin erwähnte in einer umrandeten Notiz, dass es sich bei Mona um die Urenkelin des britischen Schriftstellers Walter de la Mare handelt, der mit seinem Tod im Jahre 1956 ein imaginäres Werk hinterlassen habe, das teilweise ins Deutsche übersetzt worden war. Wie die Ermordete habe sich auch der britische Autor erst mit 30 Jahren auf die Schriftstellerei konzentriert. Er sei kein Freund modischer Trends gewesen. Mona de la Mare habe darunter gelitten, hieß es abschließend, weit nach seinem Tod geboren worden zu sein. Sie hätte immer, nicht nur als Autorin, eine kaum zu beschreibende, tiefe Sehnsucht nach ihm verspürt. Irgendwann würde sie an dieser unerfüllten Sehnsucht zerbrechen, hätte sie in Freundeskreisen prophezeit.

Einige Ausschnitte legte Mücke auf den Lederhocker; er würde sie später sortieren und Wichtiges mit einem Textmarker hervorheben. Die anderen Blätter und Schnipsel warf er zu den Zeitungsresten in die Ecke. Zum Wochenende würde er ohnehin aufräumen, wenn Julian kam, sein Sohn aus zweiter Ehe, die seit einem halben Jahr geschieden war. Jetzt musste er erst etwas essen. Zwei Käsebrote und ein bisschen Obst würden reichen, vielleicht noch ein Joghurt und ein Bier dazu.

Entgegen dem gängigen Klischee über einsame Detektive war sein Kühlschrank meist gut gefüllt und auch die Drei-Zimmer-Wohnung in der Ashfordstraße drohte nicht zu verwahrlosen. Als Jessica das erste Mal bei ihm war, nannte sie seine Wohnung ein Gedicht. Und damit meinte sie nicht nur die bevorzugte Wohnlage oberhalb Bad Münstereifels, denn sie sprach auch von äußerer Ordnung und innerem Frieden. Das hatte ihn zunächst etwas verwirrt, später fühlte er sich geschmeichelt. Er war nicht der Typ, sich nach einer gescheiterten Ehe erst einmal hängen zu lassen. Das hätte er auch seinen Kindern nicht zumuten wollen. Neben Julian hatte er noch eine Tochter aus der ersten Ehe mit Agnes. Mittlerweile war Anna 14, neun Jahre älter als ihr kleiner Bruder. Sie kam oft zu ihm, aber nicht regelmäßig jedes zweite Wochenende, wie Julian das tat. Anna hatte gerne ihre Freundinnen aus Euskirchen um sich, außerdem sagte sie ganz offen, dass Bad Münstereifel für Jugendliche voll langweilig – oder wie sie es neulich nannte: zum Abkacken – wäre. Anna hatte es inzwischen aufgegeben, ihren Vater zu einem Umzug nach Euskirchen zu bewegen. Andreas Mücke wollte das allein wegen seiner beiden Ex-Frauen nicht – er hatte wenig Lust, ihnen ständig zu begegnen. Zwar war die Trennung von Paula für Außenstehende nahezu harmonisch verlaufen. Gemeinheiten hatte es auch bei Agnes nicht gegeben, aber die Distanz von gut 14 Kilometern war ihm ganz lieb. Im Übrigen mochte er sein beschauliches Städtchen, wo er bereits zur Schule gegangen war, besonders wenn es ihm abends beim Blick aus dem Fenster erleuchtet zu Füßen lag. Dass man daraus vor Kurzem ein Outlet-Dorf gemacht hatte, hat ihn bis auf die übertriebenen Erwartungen nicht gestört. So gewaltig waren die Veränderungen gar nicht ausgefallen, da der historische Kern innerhalb der Stadtmauer komplett unter Denkmalschutz stand. Jedenfalls hatte die Zeit der leer stehenden Ladenlokale vorerst ihr Ende gefunden. Seitdem wurde Bad Münstereifel neues Leben eingehaucht.

Mücke breitete die beiseite gelegten Blätter und Ausschnitte großflächig vor sich aus. Den PC erlöste er dabei unbeabsichtigt aus dem Ruhemodus, aber das spielte keine Rolle, weil er ihn ohnehin brauchte. Der Zeitungsartikel zu Monas

Lesung war ein absoluter Witz. Einige belanglose Zeilen und kein Hinweis auf den Mord, über den auf der Titelseite groß berichtet wurde. Leider wurde kein Foto geschossen, so wiederholten sich überall die gleichen Profilbilder der recht hübschen Autorin. Er markierte trotzdem den Namen des Redakteurs, vielleicht hatte er doch fotografiert oder konnte sich an irgendwas Besonderes erinnern. Andreas Mücke bedauerte, nicht vorher von der Lesung erfahren zu haben. Hätte er die Veranstaltung besucht, gäbe es jetzt bestimmt eine Menge Anhaltspunkte für ihn. Er musste sich eingestehen, dass er zu 99 Prozent sowieso nicht hingegangen wäre. Mücke hatte noch nie eine Lesung besucht, warum hätte er es ausgerechnet bei der unbekannten Mona de la Mare machen sollen? Bis heute hatte er nicht einmal die *Leserei* betreten, auch in Josef Mütters Buchhandlung war er höchstens drei Mal gewesen. Die wenigen Krimis und Fachbücher, die er sich zulegte, ließen sich bequem im Internet besorgen. Ihm war klar, dass gerade diese Bequemlichkeit dem Einzelhandel das Leben schwer machte. Andreas hatte sich oft vorgenommen, sein Kaufverhalten zu ändern. Irgendwann würde das auch klappen, keine Frage.

Bei *YouTube* war am 20. Februar, gerade zwei Tage nach dem Verbrechen, ein Video der *Lokalzeit aus Köln* eingestellt worden. Unter anderem war im Innenraum des *Café T.* gefilmt worden, das Mona am späten Abend noch besucht hatte. Das kannte Mücke bestens, es gab Zeiten, da war er mit Paula mindestens einmal im Monat dort gewesen, obwohl sie ein Haus im rund 15 Kilometer entfernten Großbüllesheim bei Euskirchen bewohnt hatten. Die weibliche Bedienung des Cafés erinnerte sich daran, dass die durchgefrorene Schriftstellerin ein heißes Getränk bestellt hatte. Es trug den Namen *Frauenglück,* was angesichts ihres nahenden Todes geradezu höhnisch klang. Es muss auch eine kurze, aber laute Auseinandersetzung mit einem älteren Mann gegeben haben. Um die 50 sei er gewesen, eventuell älter, so genau hatte sich die Bedienung ihn nicht angeschaut. Soweit sie sich erinnerte, hatte er nichts bestellt und war auch nicht geblieben. Die letzte Tagesabrechnung für diesen Tisch wies tatsächlich nur dieses eine Getränk aus. Von dem Streit wusste Mücke bereits aus den Zeitungen. Die Kripo hatte nach einem Hinweis einen gewissen Jens K. aus Bonn vernommen, ihm aber nichts nachweisen können. Er bestritt, in Bad Münstereifel gewesen zu sein. Mona de la Mare hätte er höchstens zehnmal getroffen, allerdings ausschließlich in Köln. Mücke notierte sich Name und Wohnort. Er würde diesen Jens demnächst ausfindig machen und ihm einen Besuch abstatten. Gegen Ende des Beitrags wurde gezeigt, wo die junge Autorin in den Fluss geworfen worden war, nämlich am Salzmarkt. Die gerade viel Wasser führende Erft spülte sie noch 45 Meter weiter bis zur Flussbiegung am Brauhaus, wo sie sich im Gestrüpp verfing. Von der Fußgängerzone aus war die Leiche unter der Brücke nicht zu sehen gewesen. Sie wurde gegen zehn Uhr vom Personal des Wirtshauses entdeckt, das jeden Tag um diese Zeit öffnet. Mücke wusste, dass man zur Toilette die Treppe hinuntergehen musste. Dort unten war die Erft dann zum Greifen nah.

Das Presseportal der Kreispolizeibehörde Euskirchen hatte für ihn im Netz keine Neuigkeiten parat. Die gängigen Einbruchsdelikte interessierten ihn jetzt nicht. Aber endlich dachte er daran, die Presse-App der Polizei auf sein iPhone zu laden. Das war mehr als überfällig.

Er wechselte zu *Facebook* und sah, dass Frederik Schmalbauch ihm vor einigen Tagen eine Freundschaftsanfrage geschickt hatte. Frederik war ebenfalls privater Ermittler und maßgeblich an Mückes Entscheidung beteiligt. Als Andreas seinen Schulfreund vor anderthalb Jahren in Düsseldorf besucht hatte, zeichnete sich das Ende der Ehe ab. Im Brauhaus *Zum Schlüssel* hatten sie über seine möglichen beruflichen Alternativen gesprochen. Die Arbeit als Sachbearbeiter in einer Druckerei würde ihm noch immer gefallen, weil sie abwechslungsreich war und man mit den unterschiedlichsten Menschen zu tun hatte. Im Grunde genau das Richtige für Mücke. Einen vergleichbaren Job im Printgewerbe zu finden, war aber nahezu unmöglich – jedenfalls dann, wenn er in der Nähe seiner Kinder bleiben wollte. Etwas anderes stand nicht zur Diskussion, eher wäre er beim Schwiegervater geblieben. Zu diesem Zeitpunkt hatte er an einen Sprung in die Versicherungsbranche gedacht, das erschien ihm realistisch, wenn auch wenig spannend. Der Job als privater Ermittler war allerdings ebenfalls meist alles andere als aufregend. Stundenlange Observationen erforderten ein hohes Maß an Geduld und Disziplin.

Andreas Mücke klickte das Profil seines Freundes an, um ihm eine Nachricht zu schicken: *Hi Frederik, alter Schnüffler, hat* FB *dich nun doch gekriegt? Komm bloß nicht auf die Idee, unsere Jugendsünden zu posten! Bei mir ist soweit alles okay, auch im Job. Wenn du gerade etwas brauchst, ich hätte einen Auftrag abzugeben. Nichts Besonderes: Einlasskontrolle bei einem Event in Köln. Wäre etwas für drei Tage oder so: 200 pro Tag plus Spesen, wahrscheinlich nichts für dich ... Bis demnächst!*

Dann suchte er nach Mona de la Mare. Ihre Seite war noch nicht gelöscht worden. Ganz oben hatten einige ihrer 2.432 Freunde ihre Trauer und Fassungslosigkeit ins Profil gepostet. *Juli Sternenbraut* schrieb: *Das ist doch nicht wahr, was wir lesen? Mona schreib sofort, dass das nicht wahr ist!* Weiter unten meinte eine andere, die sich *Leseratte Magenta* nannte: *Habe es gerade bei den* Buchstabenjunkies *erfahren. Vorgestern um diese Zeit hast du dich noch so über die Buchbesprechung gefreut. Wir sind alle unendlich traurig!*

In Monas öffentlichen Beiträgen ging es fast nur um die Bücher und die Lesereise. Mücke hätte gerne erfahren, was sie nur ihren *Facebook*-Freunden mitgeteilt hatte, aber dazu war es jetzt wohl zu spät. Das vermutlich letzte Foto von ihr zeigte sie am Fenster der Buchhandlung. Es befanden sich viele Kommentare unter ihrem Beitrag, einige ergänzende auch von Mona. Den Link zu einer Rezension hatte sie in mehrere Gruppen geteilt. Im Beitrag darunter hatte sie den Tisch im Bistro beschrieben, an dem sie hungrig wie ein Zirkuspferd auf den Salat wartete und fragte, ob denn niemand ihrer Freunde in der Nähe wäre. Davor hatte sie sich über den Fuzzi vom Käseblatt beklagt, der nur blöde Fragen gestellt und wie abgestandene Milch gestunken habe. Weiter unten stand, dass der Buchhändlerin Monas Bücher ausgegangen waren. Ärgerlich, überall die gleiche übertriebene Vorsicht.

Am Tag vor dem Unglück war Mona in Koblenz gewesen. *Sex in my mouth!,* sie hatte einige Fotos von der Lesung und ihrer wohlverdienten Pizza am Abend gepostet. Einer hatte darunter geschrieben, dass es in Deutschland gar keine richtigen Pizzen gäbe. In Italien würden sie auf riesigen Blechen gebacken, in viereckige Stücke geschnitten und ganz klassisch nach Gewicht berechnet. Damit hatte der Schreiber eine regelrechte Pizza-Diskussion entfacht – die folgenden Beiträge drehten sich um nichts anderes. Mücke schüttelte den Kopf; solche kleinkarierten Typen gingen ihm gehörig auf den Geist.

Als er sich weiter durch ältere Beiträge scrollte, traf eine Nachricht von Frederik ein: *Hallo Freund Anfänger, weißt du, dass du uns die Preise versaust? So wird das nichts! Oder wolltest du mir bloß die Hälfte geben, dann wär's in Ordnung! Also, mein Lieber, nicht so zaghaft, unter 350 am Tag läuft nichts! F.*

5.

Nur 60 Minuten hatte Mücke bis zur Parkstraße in Grevenbroich benötigt, die A 1 und A 61 hatten eine zügige Fahrweise zugelassen. Jetzt stand er vor dem Haus von Dr. Töpfer und checkte noch die SMS, die alle kurz hintereinander am Bliesheimer Kreuz eingetroffen waren. Anna hatte eine Zwei plus in Biologie geschrieben, das Thema wäre spannend gewesen: *Die Reise des Blutes im menschlichen Körper.* In einer zweiten SMS teilte sie mit, dass sie am geplanten Wochenende keine Zeit hätte. Aber in der übernächsten Woche würde sie mit ihm nach Köln fahren wollen. Allerdings ins Sport- und Olympiamuseum - nicht ins Schokoladenmuseum, das wäre ziemlich out. Sollte Julian da sein, könnte er mit ihm ruhig ins Schokohaus gehen. Die Gebäude lägen nebeneinander und Stress mit dem Kleinen müsse ihretwegen nicht sein.

Geht doch, dachte Mücke. Er hatte Anna letztens darum gebeten, auf die vielen Abkürzungen in ihren Mitteilungen zu verzichten, da er keine Lust zu ewigen Rätselspielchen hätte. Die würde außer ihm jeder verstehen, erwiderte sie schnippisch. Klar, was sollte *BDF* auch anderes heißen als *Best Dad Forever*? Mücke war davon überzeugt, dass der Sinn und Zweck des jugendlichen Netzjargons darin bestand, dass er eben nicht von allen verstanden werden sollte. Die dritte SMS kam von seinem Gasanbieter: *Regionalgas* erinnerte ihn an die Ablesung des Zählerstandes. Mücke nahm sich vor, das sofort nach seiner Rückkehr zu erledigen. Jetzt hoffte er erst einmal, dass er den Auftrag bekommen würde. Sicherlich hätte Töpfer ihn angerufen, wenn er es sich anders überlegt gehabt hätte.

Feiner Nieselregen benetzte sein Gesicht, als er das kleine gusseiserne Tor öffnete und durch den Vorgarten ging. Der Weg zur Praxis führte geradeaus weiter. *Dr. med. H. Töpfer – Arzt für Allgemeinmedizin* stand auf dem weißen Schild. Die Sprechzeiten waren überklebt, weil die Praxis vorübergehend geschlossen war. Der Weg zum privaten Eingang war schmal und führte seitlich am Haus vorbei. An der Futterstation neben der Haustür baumelten zwei Meisenknödel, die unberührt aussahen. Ein Aufkleber am Briefkasten verriet, dass Familie Töpfer keine Werbung wünschte. Andreas Mücke drückte die Klingel. Mit kurzer Verzögerung erklang eine geradezu fröhliche Melodie, die ihm unpassend erschien. Unter Umständen ließ sie sich nicht umstellen, oder man hatte sich dran gewöhnt – empfand sie nicht als störend, weil es immer so gewesen war.

Ein großer Mann in salopper Kleidung öffnete und gab ihm zaghaft die Hand. Aus einem der Zimmer drang aufgeregtes Hundegebell, es klang nach einem großen Hund. Dr. Töpfer nahm ihm die Jacke ab und ging voran ins geräumige Wohnzimmer. Seinen Hund forderte er durch die geschlossene Tür auf, ruhig zu sein. Auf der Stelle, es reicht.

Mücke blickte sich um. Anthrazitfarbene Bodenfliesen, eine Schrankwand aus Wildeiche, ein gewaltiger Esstisch mit mindestens zehn Stühlen. Bilder aus der impressionistischen Epoche hingen gleich an mehreren Wänden. Eine englische Klubgarnitur, wie er sie aus dem Haus seiner Schwiegereltern kannte: Viersitzer, Zweisitzer, Sessel, Sessel. Jedes Teil mit klobigen Füßen aus Buche. Die Einrichtung zeigte durchaus Geschmack – Mücke wäre sie trotzdem zu wuchtig. Vielleicht eine Frage des Alters, vielleicht auch eine des Geldes. Um den Natursteinkamin beneidete er ihn.

»Schön, dass Sie gekommen sind, Herr Mücke«, er wiederholte die Begrüßung von der Tür. »Nehmen Sie Platz. Was kann ich Ihnen anbieten?«

»Einen Kaffee, wenn's nicht zu viel Arbeit macht. Nach der Autofahrt kann ich einen vertragen.«

»Das dachte ich mir. Er ist so gut wie fertig.«

Dr. Töpfer verschwand in die benachbarte Küche. Mücke hörte an den bekannten Geräuschen, dass Porzellan und Besteck zusammengestellt wurden. Durch den Fensterspalt bewegte der Wind die Gardinen – ganz sanft, kaum sichtbar. Er schaute sich weiter um. Für Neil Young schwärmte auch sein Vater. Zu seinem 65. Geburtstag im vergangenen Jahr hatte er ihm zwei Konzertkarten und eine Live-DVD geschenkt. Die anderen CDs sagten ihm bis auf *Easter* von Patti Smith nichts, er legte sie zurück auf den Abstelltisch neben den Briefen. Nebenan war etwas zu Boden gefallen, zwischendurch sprach Dr. Töpfer mit sich selbst. Papier raschelte, er packte etwas aus. Andreas Mücke legte die Post zurück. Früher hätte er sich so etwas nicht getraut, aber auf dem Lehrgang hatte einer der Dozenten die Teilnehmer zu forschem Verhalten ermutigt. Das mochte sinnvoll sein, solange man nach etwas Bestimmtem suchte. Im Moment könnte er sich damit aus dem Job kicken.

»Mein Sohn kommt übrigens nachher dazu. Er hat sich direkt nach dem Unterricht auf den Weg gemacht. Sie sind hoffentlich einverstanden ...« Mücke nickte, mit Daumen und Zeigefinger berührte er sein stoppeliges Kinn. Das war es, was er zu Hause vergessen hatte.

»Manchmal unterrichtet er auch nachmittags oder gibt Nachhilfe. Frank muss immer was tun – vermutlich eine Überfunktion der Schilddrüse. Aber er ist unterwegs, das sagte ich bereits. Er wohnt in Veert, einem Ortsteil von Geldern. Kennen Sie die Stadt?« Töpfer musterte ihn mit neugierigen Augen.

»Schon mal gehört, aber sonst ...« Andreas Mücke hoffte, dass sich die Nervosität bald legen würde. Ihm ging es nicht besser als Dr. Töpfer, der es ihm bestimmt nicht negativ auslegen würde. »Finden dort nicht immer die Straßenmaler-Wettbewerbe statt?«

»Richtig, es ist ganz nett dort, doch man muss Geldern nicht unbedingt gesehen haben.«

»Da fallen mir aber noch ganz andere Orte ein.«

»Stimmt, und meistens ist die eigene Stadt auch dabei. Wenn etwas fehlt, müssen Sie es sagen. Die Auswahl beim Bäcker war leider nicht sehr groß«, er sagte das entschuldigend. »Ich wäre besser früher einkaufen gegangen.«

»Das sieht doch klasse aus!« Außer einem Joghurt hatte der Ermittler noch nichts gegessen. Der Anblick der Teilchen weckte seinen Appetit.

»Greifen Sie zu, ich wollte Ihnen sowieso noch erzählen, warum mein Sohn in Verdacht stand. Ich möchte das sofort tun, bevor er hier ist. Über das Geschäftliche können wir dann später reden, wenn es Ihnen recht ist.«

»Okay, das können wir so machen. Darf ich vorher noch fragen, ob Mona de la Mare seine Schwester war?«

»Ja, natürlich. Mona ist ... Mona war seine Schwester. Ramona heißt sie richtig. Mir fällt es schwer, in der Vergangenheit zu sprechen. Und sie war natürlich auch meine Tochter!«

»Aber sie hieß doch de la Mare?«

»Das ist ihr Künstlername!«

»In der Zeitung stand, dass sie die Enkelin oder Urenkelin des Schriftstellers Walter de la Mare war.« Mücke ärgerte sich über sein *Oder* – als Ermittler sollte er es genau wissen.

»Das ist purer Blödsinn. Entschuldigung, Herr Mücke, wenn ich das so sage. Soweit ich es beurteilen kann, lebte Mona in einer Scheinwelt. Sie hat sich immer wieder Dinge eingeredet, die ihr gefielen. Deshalb stand auch Frank, also mein Sohn, in Verdacht, sie getötet zu haben. Mona hatte ihn in der Hand. Wegen einer Lappalie!«

Davon hatte Mücke gelesen. Dass sie dagegen nicht wirklich de la Mare geheißen hatte, erstaunte ihn. Darauf war kein Zeitungsartikel eingegangen. Und den Hinweis, dass sie die Urenkelin von Walter de la Mare gewesen sein soll, hatte er nicht der Boulevardpresse, sondern einem Nachrichtenmagazin entnommen. In Zukunft würde er auch bei scheinbar seriösen Zeitschriften weniger leichtgläubig sein.

»Sie sagten, er *stand* in Verdacht. Jetzt nicht mehr?«

»Die Kriminalpolizei glaubt nicht ernsthaft daran, wie ich erfahren konnte. Aber dennoch möchten wir, dass Monas Mörder gefasst wird. Es ist nicht so, dass wir das der Polizei nicht zutrauen ...«

»Was heißt: Mona hatte ihn in der Hand?«

»Erpressung käme mir als Ausdruck übertrieben vor.«

»Könnte man aber so sehen?«, wollte Mücke wissen.

»Könnte man, ja.«

»Wie ich gehört habe, wird Ihrem Sohn sexueller Missbrauch seiner kleinen Schwester vorgeworfen. Auch von Kinderpornografie ist die Rede gewesen. War das der Grund dafür?«

»Mona hat für ihre Karriere alles getan. Ihr schien jedes Mittel recht, wenn es nur die richtigen Schlagzeilen einbrachte. Sexueller Missbrauch passte da prima rein.«

»Wie die Erfindung des Urgroßvaters?« Mücke wischte sich einige Kuchenkrümel vom Mund.

»Genau. Eigentlich war sie mir immer rätselhafter geworden. Über vieles hat sie mit uns nicht geredet oder wir haben zu wenig oder zu selten nachgefragt«, Dr. Töpfer zuckte mit den Schultern. Er schaute Mücke ins Gesicht, »auch deshalb würde ich Sie gerne engagieren.«

»Was wurde Ihrem Sohn konkret vorgeworfen?«

»Tatsächlich existieren neun heimlich aufgenommene Fotos, die Frank vor Urzeiten von Ramona und vier ihrer Freundinnen an unserem Pool da hinten gemacht hatte. Damals waren die Mädchen 13 oder 14, Frank schon um die 20, aber irgendwie war er ... na ja – verklemmt eben. In Bezug auf Frauen, meine ich. Es kann sein, dass er das von mir hat. Bei ihm war es allerdings extrem ausgeprägt. Ich bin davon überzeugt, dass Michaela bis heute seine einzige Frau ist. Sie verstehen, was ich damit sagen will?«

»Verstehe. Und Michaela ist seine Ehefrau, nehme ich an.«

»Exakt.« Dr. Töpfer hatte sich jetzt im Griff. Innerhalb eines Jahres hatte er zunächst seine Frau und vor zweieinhalb Wochen seine Tochter verloren. Sein Sohn wurde zwischenzeitlich von einigen als Scheusal dargestellt, glücklicherweise hatte die Kripo in Bonn wenig Details weitergegeben. Auf Andreas machte Töpfer den Eindruck eines gebrochenen alten Mannes. Seine Tränensäcke waren dunkel verfärbt. Irgendwie mochte er ihn.

»Und Frank hat die Mädchen damals nackt fotografiert. Das war alles?«

Dr. Töpfer winkte ab. »Es waren nicht einmal richtige Nacktaufnahmen!«

»Heißt?«

»Einige frühreife Brüste sind zu erkennen, hier und da Pobacken, weil die Mädchen die Bikini-Unterteile zu Tangas umfunktioniert hatten. Mehr war da nicht. Ich heiße solche Aufnahmen nicht gut, überhaupt nicht, aber unter Missbrauch stellt man sich wohl Schrecklicheres vor.«

»Das stimmt. Solche Fotos könnte man an jedem Badestrand schießen, auch damals schon.«

»Es ist übrigens erst rausgekommen, als sich Mona vor zwei Jahren Franks Laptop ausgeliehen und dabei die Fotos entdeckt hatte.«

»Dann hat er die Bilder nachträglich digitalisiert?«

»Das war die größere Dummheit, wenn Sie mich fragen. Aber das hat er mit allen Fotos gemacht. Tausende müssen das gewesen sein, ich weiß es nicht genau. Frank hat immer massig fotografiert, wir haben ihm viele Erinnerungsstücke zu verdanken.« Andreas schielte auf das Kuchentablett, das verführerisch in der Mitte des Tisches stand.

»Natürlich, greifen Sie zu!«

Er nahm sich ein zweites Stück Mohnkuchen, während Töpfer beiden Kaffee nachgoss. Der Doktor wartete einen Augenblick, lehnte sich in den Sessel zurück und fuhr fort.

»Ich kann mir sogar vorstellen, dass Mona ihren großen schüchternen Bruder damals absichtlich provozieren wollte. Sie war ein gut gelauntes, zu Späßen aufgelegtes Mädchen, das überall beliebt war und reichlich Freundinnen und Freunde hatte. Frank war das genaue Gegenteil, er trug immer etwas Quälendes oder Melancholisches mit sich herum. Wir konnten mit ihm darüber nicht sprechen, das wollte er nicht. Meine Frau glaubte lange Zeit, er sei homosexuell, dass er sich dafür schäme und sich nicht offenbaren wolle. Dabei wäre das für uns kein Problem gewesen. Höchstens in dem Bewusstsein, dass es ihm dadurch im Leben schwerer gemacht werden würde. Haben Sie auch Kinder?«

»Ja, zwei. Ein Mädchen, ein Junge.«

»Wie bei uns, dann verstehen Sie solche Sorgen?«

»Klar doch.« Mücke war sich inzwischen sicher, dass er für die Töpfers arbeiten wollte.

»Mona hatte sich dauernd über ihn lustig gemacht, das mag in diesem Alter verständlich sein. Erst als Michaela in sein Leben trat, taute unser Sohn so nach und nach auf. Das war vor etwa zehn Jahren. Wir freuten uns über diese Entwicklung, denn bis dahin sahen wir in Frank schon den lebenslangen Einzelgänger. Ramona blieb distanziert, etwas hatte sie an ihrem Bruder immer auszusetzen gehabt. Als Michaela und Frank das erste Kind bekamen, erzählte sie mir, dass sie sich niemals für einen Partner so verbiegen würde. Der wäre bis auf seine Kaspernase doch gar nicht mehr er selbst. Sie lachte mich aus, nannte es eine verstaubte Pazifisten-Weisheit, als ich sagte, ohne Kompromisse gehe es im Leben nicht.« Eine Spur Resignation lag in seiner Stimme.

»Klingt fast so, als hätte sie an Frank das vermisst, was ihn vorher so seltsam machte.«

Dr. Töpfer nickte. Das hätte er beispielsweise gemeint, als er sagte, Ramona wäre ihm in vielen Dingen so fremd gewesen.

6.

Als er losgefahren war, fiel ihm nach wenigen Kilometern ein, nicht danach gefragt zu haben, wie Mona zur Lesung nach Münstereifel gekommen war. Er hielt noch vor Erreichen der A 61 am Straßenrand, tippte Dr. Töpfers Nummer ein, speicherte sie bei dieser Gelegenheit und stellte seine Frage. Der Doc sagte, ein Streifenwagen habe ihr Auto am folgenden Tag auf dem Parkplatz am Bahnhof gefunden. Die Kripo hätte es mitgenommen und Spuren gesichert, allerdings mehr aus Routine – ein Zusammenhang mit der Tat, hieß es, sei unwahrscheinlich. Sein Sohn rief aus dem Hintergrund, dass er den Wagen demnächst in Bonn abholen würde. Andreas hatte Frank Töpfer als unentspannten, gehetzten Mann kennengelernt, der von allerlei Wehwehchen geplagt war und auf der großen Couch der edlen Klubgarnitur hin und her rutschte. Sein freundliches Gesicht stand fast im Widerspruch zu seinem unruhigen Verhalten.

Es war 23 Uhr, als Andreas Mücke die Abfahrt Mechernich verließ und seinen schwarzen Golf Richtung Nöthen steuerte. Danach waren es nur noch wenige Kilometer, die ihn von Bad Münstereifel und Jessica trennten. Bereits am frühen Abend hatte er aus Grevenbroich die Verabredung im Landgasthaus *Steinsmühle* absagen müssen. Sie hatte ihm vor über zwei Stunden geantwortet, dass sie zu Hause allein gegessen habe, er aber noch auf ein Glas Wein vorbeikommen könnte, sofern es nicht zu spät werden würde. Er stellte den Wagen vor seiner Haustür ab, legte vorsichtshalber die Wolldecke über den PC, den Dr. Töpfer ihm mitgegeben hatte, und tippte in sein Smartphone: *Bin endlich da. Freue mich auf dich, bis gleich!*

Die Straßenlaternen tauchten die Ashfordstraße in ein nebliges, gelbliches Licht. Die wenigen Meter zu ihr würde er laufen, eine Frage von Minuten. Seit über vier Monaten trafen sie sich und er hatte bereits etliche Male bei ihr übernachtet. Er war sich nicht sicher, ob man schon von einer Beziehung reden konnte. Jess wollte die noch nicht, sie hatten zuletzt in der Neujahrsnacht darüber gesprochen. Das war einige Wochen her. Seitdem hatte er das Gefühl, dass es aufwärtsging mit ihnen.

Kennengelernt hatten sie sich drei Tage vor ihrer Scheidung Ende Oktober in einer kleinen Kneipe im Ortskern, dem *Little Bit.* Da waren Rainer und er ebenfalls spät dran gewesen. Kein Nachteil, wie sich herausgestellt hatte. Einige Leute von Jessicas Tisch hatten sich lautstark dafür eingesetzt, dass der Wirt die beiden Nachtfalken noch reinlassen sollte. Rainer Müller war ein ehemaliger Kollege aus der Druckerei, den er hin und wieder traf. Die ihm bis dahin unbekannte Jessica hatte mit ihren Bekannten aus dem Tennisklub an einem Ecktisch gesessen.

Als wenig später zwei Paare nach einem Blick auf die Uhr die Runde abrupt verlassen hatten, wurden Rainer und er gefragt, ob sie sich nicht dazusetzen wollten. Vorher wäre ihnen dieser Tisch zu laut gewesen, doch ihm hatte die zurückhaltende, nachdenkliche Art dieser braunhaarigen Frau mit dem sympathischen Lächeln, den schmalen, dunklen Augenbrauen und der hochgesteckten Frisur gefallen. Die Blickkontakte zwischen ihnen waren mehr geworden. Zur Begrüßung und zum Dank für den nächtlichen Einlass hatten sie zwei Tischrunden spendiert und sich an den Gesprächen beteiligt. Als Rudi, der Wirt, gegen zwei Uhr schließen wollte, waren sie nur noch zu dritt gewesen. Rainers schwache Proteste und die Bitte nach einem letzten Kölsch blieben unbeachtet. Rudi pustete die Kerzen auf der Flussmauer direkt vor seinem Lokal aus, gab allen einen Klaps auf die Schulter, sagte mit rauer Stimme noch etwas zweideutig Witziges und schloss mit einem »Maat et joot« die Tür hinter ihnen endgültig ab.

Rainer hatte nach Arloff gemusst, einem Vorort Münstereifels. Nachdem sie ihn am Taxi verabschiedet hatten, bot Andreas Mücke Jessica an, sie nach Hause zu bringen. Wie sich herausstellte, lag ihre Wohnung auf seiner Strecke, aber auch ein Umweg hätte ihm in dieser milden Herbstnacht nichts ausgemacht. Das violette T-Shirt mit der Aufschrift *Big City Night* unter der unvermeidlichen Lederjacke hatte sich nicht als zu dünn herausgestellt. Unpassend war es höchstens, es in Bad Münstereifel zu tragen.

»Hast du die mal gezählt?«, hatte ihn Jess auf den vielen Stufen zur oberen Stadtmauer gefragt, durch die ihr Weg führte.

»Schon oft! Seit ich ihn nicht mehr trage, fragt mich mein Sohn jedes Mal danach, wenn wir hinauf müssen. Aber ich kann mir die Zahl nicht merken, wahrscheinlich komme ich auch jedes Mal zu einem anderen Ergebnis.«

»Wie alt ist dein Sohn?«

»Julian ist gerade fünf geworden.«

»98 Stufen sind es. Jeden Tag muss ich die mindestens einmal bewältigen, und runter natürlich auch, wenn ich zum Bahnhof gehe.«

»Eine Zahl unter 100 wird er mir nie glauben. Julian behauptet sogar, es wären mehr Stufen geworden.«

»Das ist ja süß. Fast wie der Spruch *Der Mond hat sein Licht angemacht.* Weißt du, aus welchem Film das ist?«

»Im Moment nicht. Willst du mich etwa prüfen?«

»Unsinn, ich komme selbst nicht drauf. Nur das Zitat war plötzlich da, als hätte man es mir gerade ins Ohr geflüstert.«

»Leider war ich nicht der Flüsterer«, scherzte Andreas.

Jessica blieb stehen und blickte entspannt zum Himmel. »Am Ende war es der Mond selbst – unser einziger Begleiter, wenn wir von den Sternen absehen.«

Vor Jessicas Haustür hatten sie sich für die folgende Woche verabredet, nachdem sie keine Anstalten gemacht hatte, ihn nach oben in ihre Wohnung zu bitten.

»Gleicher Tag, gleiche Uhrzeit, gleiches Lokal«, hatte Andreas ihr vorgeschlagen. Nicht gerade einfallsreich von mir, hatte er Sekunden später gedacht, aber besser, als gar nicht zu fragen. Eigentlich wollte er bis zum Wiedersehen keine volle Woche verstreichen lassen, doch ihm fehlten plötzlich die richtigen Worte. Dafür hatte er trotz seiner 42 Jahre ein Kribbeln verantwortlich gemacht. Vielleicht dieses gleichermaßen verfluchte wie schöne *Kribbeln im Bauch,* wie es in einem Song aus seiner Jugendzeit besungen wurde.

»Komm besser früher, damit Rudi dich diesmal sofort reinlässt. Wir werden ihn nicht jedes Mal umstimmen können.«

Sie hatte ihre Sporttasche abgestellt und ihn kurz gedrückt – gerade so, dass sich ihre Wangen leicht berührten.

»Als könnte dir einer etwas ausschlagen! Ist acht früh genug?«

»Das ist es, ich komme gegen neun. Wäre nett, wenn du mir einen Platz frei halten würdest.«

»Gut, dass du es sagst«, so ganz waren ihm die Worte nicht abhandengekommen.

7.

Paula holte Julian am späten Sonntagnachmittag in Bad Münstereifel ab, weil sie mit ihm ohnehin noch zu *McDonald's* fahren wollte. Ausnahmsweise hatte Julian an diesem Wochenende nicht bei ihm, sondern bei seinem besten Freund Jan übernachtet. Sein Vater hatte ihn nach dem Mittagessen zu Andreas gebracht. Während er mit Paula Julians herumliegende Sachen einsammelte, erzählte sie, dass es in der Druckerei nicht mehr so gut laufen würde, seit er weg wäre. Der neue Sachbearbeiter wäre wohl nichts. Das sagt ihr immer so leicht, dachte Andreas. Bereits zu seiner Zeit hatten Online-Druckereien mit ihrem Preisdumping dem Betrieb langjährige Kunden abspenstig gemacht; gegen diesen Trend hatte auch er nichts ausrichten können. Sein Ex-Schwiegervater hatte sich zudem regelmäßig taub gestellt, wenn Mücke ihm dringend empfohlen hatte, dem Unternehmen mit einer leistungsstarken Digitaldruckmaschine zu einem zweiten Standbein zu verhelfen. Erstklassiger Druck auch bei geringen Auflagen – damit wäre heutzutage noch Geld zu verdienen. Flyer, Plakate, Broschüren, dazu neue Bearbeitungsprogramme in der Druckvorstufe – wie oft hatte er Ralf damit ohne Erfolg in den Ohren gelegen? Es erschien ihm sinnlos, auf ihre Bemerkung einzugehen.

»Hast du den Urlaub jetzt gebucht?«, fragte er Paula stattdessen.

»Habe ich dir das nicht erzählt? Im Mai fliege ich mit Julian nach Ibiza. In der Vorsaison lässt sich das noch bezahlen. Wenn er erst zur Schule geht, kann ich solche Reisen vergessen.«

»Nun sieh mal nicht so schwarz.« Ihr Jammern auf hohem Niveau kannte er zur Genüge.

»Du hast natürlich gut reden. Die Ganztagsstelle in der Apotheke habe ich übrigens bekommen.«

»Klasse, daran hab ich aber nie gezweifelt.«

»Bei deinem Optimismus ist mir das klar. Am 1. Juli kann ich anfangen. Mitten in der Woche finde ich zum Einstieg ganz gut.«

»Sprachst du nicht von halbtags oder etwas mehr?«

»Das wollten die nicht. Ich muss sehen, wie ich das mit Julian hinkriege. Es wäre trotzdem nett, wenn du zu der Reise etwas beisteuerst.« Dazu sagte er nichts, aber er würde nicht zimperlich sein. Töpfers Vorschuss in der Schublade stimmte ihn großzügig.

»Hast du übrigens Mittwoch *Aktenzeichen XY* gesehen?«

»Nein«, antwortete er, »aber ich habe gelesen, dass über eine Vergewaltigung in Euskirchen berichtet wurde. Ich schau mir den Film im Internet an. Wo war das passiert?«

»Frauenberger Straße, im letzten Jahr. Hoffentlich schnappen sie den Kerl bald.«

Als die beiden gegangen waren, schloss Mücke den PC an, den Töpfer ihm ebenso bereitwillig anvertraut hatte wie den Vorschuss. Allerdings wollte er das Engagement zunächst auf zwei Wochen beschränken, danach würde man weitersehen.

Der Computer aus einem Büro seiner Praxis war überwiegend von Ramona benutzt worden. Bereits bei Dr. Töpfer in Grevenbroich hatte Andreas ein privates Benutzerprofil von Mona entdeckt. Von dem versprach er sich einiges. Dass es sich ohne Passwort öffnen lässt, vereinfachte die Sache und ersparte ihm eine Fahrt zu Rainer, der bei PC-Problemen auf alles eine Antwort wusste.

Nachdem Mona vor zweieinhalb Jahren ihren Job als Buchhalterin bei einem Bus- und Reiseunternehmen in Düsseldorf aufgegeben hatte, hatte sie einige Monate später die Buchhaltung für ihren Vater übernommen. Was zunächst als Schwangerschaftsvertretung geplant war, führte nach dem Tod der Mutter zu einer Festanstellung. Dr. Töpfer zahlte ihr zuletzt ein Gehalt von 2.250 Euro netto, konnte aber nicht sagen, ob Mona dafür nun 30 oder 50 Stunden arbeiten musste, weil sie manches auch aus ihrer Wohnung in Neukirchen erledigte – einem Ort zwischen Neuss und Grevenbroich, den man ebenfalls nicht gesehen haben muss – Dr. Töpfer hatte sich den Zusatz nicht verkneifen können.

Andreas wollte sich in der Küche etwas zu trinken holen. Julian hatte sein Feuerwehrauto vergessen, über das er vor zwei Stunden beinahe gestolpert wäre. Es stand jetzt auf der Fensterbank. Irgendetwas wurde immer vergessen, da konnte man noch so aufpassen. Paulas Antwort über *WhatsApp* kam postwendend: *Lass es einfach bei dir und gib es ihm in zwei Wochen mit! Solange Julian nicht danach verlangt, rede ich auch nicht davon.*

Im Kühlschrank sah er den cremefarbenen Plastikbehälter von Jessica. Sie hatte ihm gestern früh noch selbst gemachten Nudelsalat und Frikadellen mitgegeben. Es war eine lange Nacht mit ihr geworden, seine Müdigkeit war plötzlich wie weggeblasen. Beim Weißwein hatte er ihr von seinem Fall und Frank Töpfer erzählt. Jessica konnte nachvollziehen, dass er seiner Schwester die geforderten 18.000 Euro gegeben hatte. Vielleicht lag das daran, dass sie ebenfalls im Schuldienst tätig war. Die Zahlung war für den Bruder kein Problem gewesen, da er wie Mona fast 25.000 Euro von der Mutter geerbt hatte. Frank Töpfer hatte gesagt, dass er riesige Angst davor gehabt hatte, dass Mona die Angelegenheit tatsächlich an die große Glocke hängen würde. Vor den Kollegen, den Schülern, aber besonders vor seinen drei Kindern wäre ihm das peinlich gewesen. Er wäre davon ausgegangen, dass die schäbigen Fotoaufnahmen von der Öffentlichkeit dramatischer wahrgenommen würden, als sie in Wirklichkeit waren. Eine realistische Annahme, musste Mücke zugeben. Für manche Zeitungen wäre es ein gefundenes Fressen gewesen. Um dem zu entgehen, hatte er Mona das Geld überlassen. Vielleicht auch als Wiedergutmachung, wenn sie sich als Opfer gefühlt haben sollte. Möglicherweise glaubte sie, dass ihr Bruder sie auch bei anderen Gelegenheiten fotografiert hatte. Frank war es wichtig, in Frieden leben zu können. Vor allem hatte er gehofft, dass Mona ihm verzeihen würde – Mona, die er trotz ihrer Marotten und Sticheleien immer bewundert und geliebt hatte, auch wenn es ihm nie gelungen war, mit ihr ein gutes kameradschaftliches Verhältnis zu haben. Der Abend war plötzlich wieder da.

»Kameradschaft klingt für mich nach Bundeswehr oder

Schützenverein«, unterbrach Jessica ihn. Beidem konnte sie nichts abgewinnen.

»Dann nimm ein anderes Wort. Du weißt, was ich meine.«

»Vertrauensvoll!«

»Meinetwegen, eventuell hat Töpfer es sogar so gesagt.« Neben ihm hatte ein aufgeschlagenes Heftchen mit Angeboten der Volkshochschule gelegen. Um *Die Kraft des Charismas* war ein Kringel gemacht worden; der Kursbeginn Mitte April war unterstrichen.

»Das gab es auch noch nicht, dass mein Weihnachtsgebäck den März erlebt«, sie hatte sich weit nach vorn gebeugt und zweimal in die Kristallschale gegriffen.

»Dabei ist es so gut. Ich glaube, ich werde immer fetter, seit ich dich kenne.«

»Aha.«

»Doch, im Ernst.«

»Aber bestimmt nicht von meinen Backkünsten. Am besten nimmst du was für Julian mit, was meinst du?« Er hatte wieder den Arm um sie gelegt und mit den obersten Knöpfen ihrer Bluse gespielt.

»Sag mal, die Frau von diesem Frank, wusste die eigentlich Bescheid?«

»Anfangs nicht, denn die hätte es mit Mona aufgenommen. Die müssen wie Hund und Katze gewesen sein!«

»Scheißsituation.«

»Das kannst du laut sagen! Frank hatte dafür seinen Vater eingeweiht. Gegenüber Michaela, also seiner Frau, taten beide so, als hätten die Kinder von der Mutter nur 7.000 Euro geerbt. Aber nach dem Mord an Mona und den anschließenden Ermittlungen gegen Frank Töpfer musste er ihr die Wahrheit erzählen.«

»Und wie hat sie reagiert?«

»Wohl ziemlich gelassen, aber es gab auch keine Mona mehr!«

»Scheidet der Bruder als Verdächtiger jetzt aus?«

Jessica hatte sich den zweiten Kokoskeks in den Mund geschoben.

»Ich denke, schon. Einen Mord traue ich ihm einfach nicht

zu. Du hättest ihn sehen müssen, da ist nichts Hinterlistiges an ihm. Natürlich kann ich mich täuschen, aber in diesem Fall ...«

»Verstehe.«

»Ich weiß nicht, das passt nicht. So richtig sehe ich da kein Motiv.«

»Mona hätte ihn weiterhin erpressen können.«

»Daran hatte ich auch gedacht. Ein Motiv könnte das gewesen sein, klar. Aber es ist reine Spekulation.«

»Ist das nicht immer so bei der Suche nach Motiven?«

»Jepp. Und wenn ich demnächst nicht weiterkomme, übernimmst du den Fall.«

Ihre Logik war manchmal entwaffnend. Neulich hatte sie Andreas darauf hingewiesen, dass das Licht immer *plötzlich* angeht, wenn man im Dunkeln ist. Also wäre es überflüssig zu sagen: Plötzlich ging das Licht an.

»Und die Familie hat dich nun engagiert, den Mörder zu finden, oder was?«

»So dramatisch sehe ich das nicht. In erster Linie ist das ja Aufgabe der Polizei. Aber der Doktor will die Suche unterstützen. Und er hat mich darum gebeten, ihm alles über seine Tochter mitzuteilen. Er will wissen, wie sie wirklich gewesen war. Ob sie Talent und Erfolg hatte. Wie sie auf den Namen de la Mare gekommen war, was sie damit verband und so weiter. Alles eben!«

»Aha.«

»Ihre Homepage hat er letztens von vorne bis hinten studiert. Dort entwirft Mona ein Bild von sich, das so ganz anders ist als seine persönlichen Erinnerungen.«

»Das klingt nach schlechtem Gewissen.«

»Das gibt er sogar offen zu. Er bedauert, seine Arbeit immer vor die Familie gestellt zu haben.«

»Wie so oft! Hat er wenigstens ihre Bücher gelesen?«

»Das will er nachholen, momentan ist ihm nicht danach. Mona wollte ihm die Bücher allerdings auch nicht schenken. Sie bestand darauf, dass er sie wie jeder andere zu kaufen habe. Das waren ihre Worte: zu kaufen habe.«

»Eine Frage der Ehre, oder?«, fragte Jess. Das vermutete Andreas ebenfalls. Er kannte vor Jahren einen meist gut gelaunten Musiker, der kein Problem damit hatte, seinen Freunden ohne Ende die Getränke zu spendieren. Wer allerdings eine CD zum ermäßigten Preis haben wollte, lernte seine andere Seite kennen. Für Dr. Töpfer muss es dennoch undankbar geklungen haben, schließlich hatte er sich bei ihrem Gehalt auch nicht kleinlich gezeigt.

»Nimmst du noch Wein?«

»Immer«, er löste die Hand von ihrer Brust, strich sich kurz durchs Haar und hielt ihr das Glas hin.

»In einer Neusser Buchhandlung muss er sogar nach Monas erstem Buch gefragt haben. Man sagte ihm, das Haus führe solche Verlage nicht.«

»Solche Verlage?« Jess hatte ihn interessiert angeschaut. Ihre braunen Augen schienen nie müde zu werden.

»Keine Ahnung, was sie meinten. Damit kennst du dich bestimmt besser aus. In den nächsten Tagen muss ich mir unbedingt *Passwort Hurensohn* besorgen. Auf die autobiografischen Verbindungen bin ich gespannt. Hoffentlich hat Mona da nicht auch geflunkert, ich befürchte fast schon eine Luftnummer.«

8.

In der langen Nacht zu Montag beschäftigte sich Andreas mit dem mitgebrachten Computer. Dr. Töpfer hatte ihn nach dem Gottesdienst am Morgen angerufen und gesagt, dass er der Polizei nach dem Mord versehentlich einen anderen PC aus der Praxis mitgegeben habe, an dem Mona zwar auch, aber nicht so häufig gearbeitet hatte. Er begründete das mit der Aufregung. Auch hätte er von Monas privatem Benutzerprofil nichts gewusst, obwohl er sich das hätte denken können. Andreas beruhigte ihn und meinte, Dr. Töpfer müsse nicht über alle Rechner in der Praxis auf dem Laufenden sein. Ein Arzt hätte schließlich Wichtigeres zu tun.

Andreas startete den PC in dem Augenblick, als im gegenüber gelegenen, über hundert Meter entfernten Burg-Restaurant die Lichter ausgingen. Sein Ex-Schwiegervater hatte dort bis vor wenigen Jahren die Weihnachtsfeiern stattfinden lassen, als es dem Betrieb noch besser ging.

Der Verlauf beim Internet Explorer war so eingestellt, dass inzwischen alle besuchten Seiten gelöscht waren, das war schade. Dafür landete er bei *Facebook* auf Monas Seite, indem er nur die automatisch angezeigten Punkte als Passwort bestätigen musste. Im Profil gab es außer weiteren, überwiegend entsetzten Kommentaren zu ihrem Tod nichts Neues – einer glaubte an einen gelungenen Werbegag und machte sich damit viele Feinde. Mücke überflog den Blödsinn. In der blauen Leiste wurden eine dreistellige Zahl an Neuigkeiten, zwei Dutzend Freundschaftsanfragen sowie 20 ungelesene persönliche Nachrichten angezeigt. Mücke las sie, aber sie waren mehr oder weniger belanglos. Unter anderem waren drei Buchbestellungen mit Widmungswünschen dabei und Kommentare zu den Lesungen in Frankfurt, Mainz und Bad Münstereifel. Jemand bedauerte, die Bahn in Rheinbach und somit eine großartige Veranstaltung verpasst zu haben. Eine Claudia bedankte sich für die Lesung und das nette Gespräch im *Amadeus.* Weiter unten zeigte sich *Sa Bienchen 95* empört über eine vernichtende Buchkritik. *Immer daran denken, liebe Mona: Auch Neid muss man sich erarbeiten!* Sie habe daraufhin spontan eine 5-Sterne-Rezi geschrieben, auch wenn sie erst gerade mit dem *Hurensohn* angefangen habe und sich mit dem Anfang des Romans noch schwer tue. Außerdem wolle sie in ihrem Blog demnächst eine Leserunde starten.

Andreas scrollte zu weiteren Meldungen hinunter, die Mona noch gelesen und zum Teil beantwortet hatte. Ein User fand sie sehr hübsch und hatte wiederholt gefragt, ob sie einen Freund habe. Monas genervter Kommentar lautete irgendwann: *Und einen wie dich hatte ich schon.* Der Typ hatte den Knall nicht gehört – Mücke hätte an ihrer Stelle nicht anders reagiert. Es fanden sich weitere Bewerber in den persönlichen Nachrichten. In der Regel wurden diese von Mona ignoriert oder mit ironischen Bemerkungen abserviert. Mal war Mona glücklich verheiratet oder lesbisch oder sie schrieb, dass sie wie eine Wasserpflanze keine sexuellen Bedürfnisse habe, und nur darum würde es ja wohl gehen. Andreas notierte die Namen von zwei Männern, mit denen sie sich unabhängig voneinander getroffen hatte. Einer wohnte in Ratingen, der andere kam aus Viersen. Der Nachrichtenaustausch war umfangreich, Mücke überflog auch hier das meiste. Mona betonte immer wieder, dass sie nicht der Typ für eine Beziehung wäre. Einmal wurde sie deutlicher: *Wer sagt denn, dass ich überhaupt eine will?* Manche Bemerkungen erinnerten ihn an Jessica, die oft von einem *noch nicht* sprach, wenn er Andeutungen auf eine gemeinsame Zukunft machte.

Mit diesem Ulrich aus Viersen hatte sich Mona ab Ende September letzten Jahres bis Januar mindestens einmal im Monat getroffen. Möglicherweise auch häufiger. Die beiden dürften irgendwann ihre Handynummern ausgetauscht haben. Persönliche Nachrichten über ein soziales Netzwerk wurden dadurch überflüssig und zu lästig.

Interessant wurde es bei Jens Kulik. Die erste Nachricht von Mona an ihn lag schon fast zwei Jahre zurück. Der Kontakt wurde zuletzt einseitig. Es kam immer seltener vor, dass Mona ihm antwortete, und wenn, dann nur knapp, meist unfreundlich. Er schien ihr lästig geworden zu sein. Bis vor einem Jahr hatte das ganz anders ausgesehen, da waren Monas Nachrichten deutlich länger als seine. Kulik, das musste der Typ aus Bonn sein, den die Kripo vernommen hatte.

Nun holte sich Mücke doch ein Bier aus dem Kühlschrank. *Leider nicht gewonnen* stand im Kronkorken. Er hatte mit nichts anderem gerechnet – der abgebildete Audi A3 ließ weiter auf sich warten. Reine Verarschung, dachte er auf dem Weg zurück zum PC.

Danke, Herr Kommissar! Erfreulichen Geistesblitz bei der Tatort-*Wiederholung gehabt: Ex-Lover für immer blockieren. Ich verwette meinen süßen Arsch, dass der Waldapotheker zu bekifft ist, sich ein Schnüffelprofil zuzulegen.* Damit könnte der Ratinger gemeint sein. Aber der stand noch in ihrer Freundesliste. Mücke schaute nach, wen Mona alles blockiert hatte, und staunte nicht schlecht: Das waren einige Hundert – die Liste nahm überhaupt kein Ende. Offenbar hatte jede kritische Bemerkung dazu geführt, von ihr blockiert zu werden. Mücke druckte die Liste der Blockierten aus, das machte er auch mit den wichtigsten Korrespondenzen in den persönlichen Nachrichten. Sein Papiervorrat schmolz dahin.

Er kehrte noch einmal zu ihrem Profil zurück. Neben ihrer nervigen Buchwerbung gab es durchaus unterhaltsame Beiträge. Mona de la Mare konnte sogar richtig wütend werden – oder war das nur eine weitere Form von Werbung? *In echt jetzt: Ich jage den Laden in Grevenbroich demnächst in die Luft! Schwer bepackt mit zehn Büchersendungen laufe ich für euch extra dorthin und die Pfeifen haben geschlossen. Wegen einer Betriebsversammlung! Habt ihr das schon mal gehört?*

Ihre Freunde schimpften prompt über Bahn- und Pilotenstreiks, wobei Mücke den Zusammenhang mit der genannten Betriebsversammlung nicht verstand. Er packte den Schokoriegel aus, der die ganze Zeit vor ihm gelegen hatte, und biss hinein. Dann trank er noch einen Schluck aus der Flasche und scrollte weiter nach unten ins alte Jahr hinein. Kurz vor Silvester hatte Mona einen schwarzen Tag gehabt: *Auf umgeknicktem Ohr geschlafen, mit nackten Zehen gegen die Türkante gerast, drei Stunden geschrieben und alles aus Versehen gelöscht.*

Ich habe keine Kracher im Haus, bin mir aber sicher, dass sie mir gleich um die Ohren fliegen.

9.

Mittags hatte Andreas den von seiner Tochter ausgesuchten Schreibtisch im Möbelhaus abgeholt und das sperrige Paket mühsam und mit umgeklappter Rückbank im Kofferraum verstaut. Anna würde sich freuen – fast zwei Monate hatte die Lieferzeit betragen. Vorher war von höchstens vier Wochen die Rede gewesen. Das Hochschleppen in die vierte Etage wurde durch heftiges Hupen unterbrochen. Er ahnte, dass es ihm galt, weil er eine Ausfahrt zugeparkt hatte. Den Ärger des Autofahrers konnte er zwar verstehen, andererseits hatte er wenig Lust gehabt, das schwere Teil hundert Meter weit zu tragen. Da nahm er lieber Beschimpfungen in Kauf. Wie es der Zufall wollte, war in der Zwischenzeit gegenüber ein Parkplatz frei geworden.

Agnes, seine erste Frau, hatte einige Brötchen geschmiert, genau das Richtige nach der Schlepperei. Wenn sie gewusst hätte, dass er Zeit mitbringt, hätte sie auch Pfannkuchen gemacht, meinte sie. Wie könnte er Annas Schreibtisch zusammenbauen, ohne Zeit zu haben? Das leuchtete Agnes ein. Sie war knapp zwei Monate älter als Andreas, in den letzten zehn Jahren aber kaum gealtert. Er wunderte sich, wie sie das schaffte trotz hartnäckiger Schlafstörungen und ewiger Rückenbeschwerden. Seit Langem war sie wieder verheiratet, trug seit 2006 den Doppelnamen Mücke-Schattauer. Soweit er es mitbekam, war die Ehe glücklich. Wenn es an Thomas etwas auszusetzen gab, dann waren es seine beiden linken Hände. Ehemann Nummer eins gleicht das Defizit von Nummer zwei aus, hatte er einmal während einer Reparaturarbeit im Spaß zu ihm gesagt. Nummer zwei war es recht, vermutlich hatte Agnes ihm von ganz anderen Defiziten bei Andreas berichtet. Vielleicht aber auch nicht. Schließlich hatte er es auch immer für sich behalten, dass sie sich beim Sex nicht konzentrieren konnte, wenn im Hotelzimmer oder wo auch immer ein Bild schief hing. In Prag war es sogar einmal eine gurrende Taube auf der Dachgaube gewesen, die ihr die Ruhe genommen hatte. Danach war der Nachmittag gelaufen.

Beim Aufbauen fragte ihn seine Tochter, ob er sich in eine Frau verlieben könne, die ihn bereits einmal schwer enttäuscht hätte. Puh, das war aber arg theoretisch – in der Liebe könnte man bestimmt nichts ausschließen, antwortete er schließlich. Um was es denn ginge? Anna erzählte von einem Jungen aus der Parallelklasse. Den fände sie ganz toll, sie zögerte – Mücke wartete auf das Problem bei der Sache. Anna erwähnte, dass sich dieser Junge vor drei Jahren bei einer Klassenfahrt nach Trier eingenässt hatte, weil er nicht schnell genug aus dem Bus rauskam. Und? Na ja, sie hätten über ihn gelacht und ihr sei der Name *Sickhannes* rausgerutscht. Seitdem nennen ihn alle so, das fände er natürlich zum Kotzen. Und sie sei schuld, nur sie! Anna begann zu schluchzen. Andreas warf ihr eine Packung Papiertaschentücher über den fast fertigen Tisch zu. Vom *Sickhannes* hatte er seiner Tochter vor langer Zeit bei einem Bummel über den Weihnachtsmarkt erzählt. Das war ein Mann, der früher in Münstereifel den flüssigen Inhalt der Nachttöpfe einsammelte und den kostbaren Urin an die Gerber verkaufte. Ihm fiel nichts Besseres ein als ihr zu raten, das Gespräch mit ihm zu suchen. »Wenn du ihm sagst, dass es dir wirklich leidtut, sieht er dich unter Umständen mit anderen Augen.« Daran hätte sie auch schon gedacht, schnaufte Anna.

»Es kommt nicht darauf an, wo einer herkommt, sondern wohin er geht!« Die Aussage seines ehemaligen Politiklehrers schien auch hier zu passen.

Den Abend verbrachte Andreas wieder an Monas Computer. Für die Suchmaschine war Jens Kulik kein Unbekannter. Es gab mehr Treffer, als er an einem halben Tag studieren könnte. Schon in den Neunzigern hatte sich der heute 56-Jährige als Wissenschaftler, Sprachforscher, Übersetzer und Kritiker einen Namen gemacht. Seine Vorträge seien an deutschen und ausländischen Hochschulen gefragt, hieß es in der Online-Ausgabe eines großen Wochenmagazins. Zu seinem Bedauern hätte er in Berlin eine begehrte Gastprofessur für das Sommersemester ausschlagen müssen, er hoffe aber, sie im übernächsten Jahr antreten zu können. Für das Goethe-Institut war er vor Jahren unter anderem in Asien unterwegs. Mücke druckte den Artikel aus und markierte mit einem gelben Leuchtstift ein Zitat, das ihm gefiel: *Kulik ist belesen bis zum Exzess.* Ein knapper Satz eines Kollegen, der alles aussagt.

Außerdem muss der Professor zahlreiche Gedicht- und Prosabände verfasst haben: *Dein Gesicht im Sommernebel, Der blasse Schrei der Stille, Vatertagsmelancholie, Das grüne Feuer* ... Die Titel sagten Andreas natürlich nichts. Ahnung von Literatur hatte er ohnehin keine, aber manche Buchtitel bekam man durch Bestsellerlisten oder Zeitungsartikel trotzdem mit. Kuliks Bücher klangen wenig verlockend und nach schwerer Kost. Im Moment nichts für ihn, eventuell später mal. Genauso, wie er sich später mit anderen Dingen intensiver auseinandersetzen wollte. Er dachte an eine zusätzliche Fremdsprache, vielleicht Spanisch oder Portugiesisch. Der Jakobsweg fiel ihm ein und der Kontrabass, sein favorisiertes Instrument, für den Fall, dass er einmal genug Zeit und Energie zum Lernen haben würde. Auch der Buddhismus erschien ihm interessant, wie alle Religionen. Er war davon überzeugt, dass Jessica etwas Buddhistisches an sich habe. Er würde es gerne exakter benennen können, sein überschaubarer Wortschatz gab es nicht her. Für Kulik wäre das kein Problem.

Andreas trank den letzten Schluck Tee und überflog nur noch die Überschriften zu weiteren Links. Meistens führten sie zu endlosen Artikeln, die er im Kern kannte. Allmählich wurden seine Augen müde und feucht. Dann gab es plötzlich mehrere neue Hinweise auf Kuliks umfangreiche Studien über Edith Wharton und Henry James, die in Mailand, London und den Staaten großes Aufsehen erregt hatten. Wharton und James, zwei Autoren, deren wichtigste Werke vor achtzig und über hundert Jahren erschienen waren. Auch über D. H. Lawrence muss er bemerkenswerte Aufsätze verfasst haben. Kulik der Allesleser, er bewunderte ihn. Von wegen Fachidiot! Als Mücke seine nächtliche Suche beenden wollte, fand er in letzter Sekunde einen Treffer mit brisantem Namen. Er klickte ihn an und konnte auf der Internetseite des *Daily Mirror* lesen, dass der deutsche Literaturforscher Jens Kulik aus Bonn im November 2014 an einigen englischen Universitäten und in

Glasgow Referate über *The Lost Track* von Walter de la Mare gehalten hatte – eine Erzählung, die 1926 erstmals in dem Band *The Connoisseur and Other Stories* in London veröffentlicht worden war.

10.

Die Buchhändlerin brauchte *Passwort Hurensohn* nicht zu bestellen. Von der Lesung vor fast drei Wochen waren noch fünf Exemplare übrig geblieben, die sich schlecht zurückschicken ließen, weil Mona de la Mare zum Schluss alle Bücher unaufgefordert signiert hatte. Doch selbst der Mord, bestenfalls hundert Meter von der Buchhandlung entfernt, weckte in Bad Münstereifel kein Interesse am aktuellen Titel der früh verstorbenen Autorin. Teilweise waren die Bücher noch mit Widmungen wie *Don't dream your life, live your dream* oder *Be yourself* versehen. Nicht gerade originell für eine Schriftstellerin, fand Andreas, aber Raritäten waren sie jetzt auf jeden Fall! Deshalb wollte er die restlichen Exemplare kaufen. Die Buchhändlerin verkaufte ihm nur vier. Ein Buch wollte sie behalten und unbedingt lesen, nun, wo sich alles langsam beruhigte.

Draußen kam Mücke ein weiterer Gedanke. Er drehte am Rathaus um und ging noch einmal in die *Leserei*. Nein, hieß es im Laden, Bücher von Jens Kulik hätten sie nicht vorrätig. Die Verkäuferin sagte, dass der gute Mann zwar in vielerlei Hinsicht herausragend, aber beim Leser kein bisschen angesagt sei. Trotz zahlreicher Auszeichnungen seien seine Werke absolute Ladenhüter. Gegebenenfalls bekäme er in dreißig Jahren aus dem Nichts den Literaturnobelpreis verliehen. Dann stünden die Leute überall Schlange und die Verlage kämen mit dem Drucken nicht nach, auch das kenne man.

Er stand schon in der Tür, als ihm Walter de la Mare in den Sinn kam. Von dem hatte die Buchhändlerin allerdings noch nie gehört. Sie fragte, ob man den kennen muss, ob das ein Verwandter von Mona de la Mare wäre. Mücke hatte keine Lust zu einer langen Erklärung und tat so, als wüsste er es selbst nicht. Es wäre nicht wichtig, antwortete er lapidar, tippte sich an die Stirn und verschwand. Irritiert schaute die Buchverkäuferin dem merkwürdigen Kunden hinterher.

Zu Hause legte er die Tüte mit den Büchern neben der Feststation des Telefons auf der Kommode ab. Die rote Anzeige des Anrufbeantworters leuchtete. Schmidtke aus Viersen hatte sich auf seine Nachricht gemeldet. Andreas wollte zuerst frühstücken. Als er die Brötchen auspackte, wurde ihm klar, dass er für die kommenden Tage auch Brot hätte kaufen sollen. Ohne Kaffee sollte er morgens besser nicht die Wohnung verlassen. Jeder Fußweg in den mittelalterlichen Ort dauerte zehn Minuten, mit dem Auto ging es bei den engen verwinkelten Gassen und knappen Parkplätzen auch nicht schneller. Das ist halt der Nachteil, dort zu leben, wo die historische Stadtmauer vollständig erhalten und der Ortskern komplett unter Denkmalschutz gestellt worden ist.

Ulrich Schmidtke kam Mückes Rückruf zuvor, der gerade die letzten Reste seines Marmeladenbrötchens kaute. Für Schmidtke war Mona eine gute Freundin, mit der er sich in den letzten Monaten häufig getroffen hatte. Das letzte Mal an einem Samstag vor über vier Wochen, da war er bei ihr in Neukirchen gewesen. Ohne Nachfrage notierte Andreas Mücke den 7. Februar, am 14. war Mona de la Mare in Mainz gewesen. Sie hätten oft gemeinsamen Sex gehabt, aber zu mehr hatte sie es nicht kommen lassen. Das hätte sie ihm von Anfang an deutlich gemacht. Er habe sich trotzdem darauf eingelassen, obwohl er eigentlich auf der Suche nach einer festen Beziehung war. Mona wäre für ihn als Partnerin durchaus infrage gekommen, aber es bestand nie berechtigte Hoffnung, dass sie ihren Standpunkt änderte. Zuerst habe er darauf spekuliert, zuletzt betrachtete er Mona nur noch als Übergangslösung. Nicht gerade schmeichelhaft, fügte er hinzu. Na ja, dachte Mücke. Ihr Tod hätte ihm dennoch Schmerzen bereitet und selbstverständlich wollte er, dass der Mord schnell aufgeklärt würde. Wenn er dazu beitragen könne, würde er dies gerne tun. Schmidtke machte am Telefon einen ruhigen, bedächtigen Eindruck und war bereit, Mücke auf der Autobahn ein Stück entgegenzukommen. Sie verabredeten sich für den übernächsten Morgen um 11 Uhr im *Café Del Sol* in Mönchengladbach-Wickrath. Andreas Mücke wäre eine spätere Uhrzeit lieber gewesen, aber Schmidtke war bis einschließlich Sonntag im Krankenhaus zum Spätdienst eingeteilt. Das Café lag dafür direkt an der Autobahnausfahrt.

Monas Desktophintergrund zeigte den ekelhaft dicken und roten Bauch eines Mannes in knapper Badehose. Ein Begrüßungsfenster ging nach dem anderen auf – das nervte. In einem ihrer Ordner gab es das Dokument *Money, Money, Money* – angelegt bereits vor gut fünf Jahren. Der Hit von *Abba* war zeitlos, das Thema sowieso. In der Datei tauchten pro Zeile ein Begriff oder eine Abkürzung sowie ein Geldbetrag auf. *Sparplan* kam mit Abstand am häufigsten vor, zuletzt mit der regelmäßigen Summe von 250 Euro. Leider war das Dokument extrem unsauber. Eine halbwegs vernünftige Tabelle anzulegen, dürfte doch für eine junge Buchhalterin kein Problem gewesen sein. Sie hatte den Einträgen auch nie ein Datum zugefügt. Andreas fand keine Erklärung dafür, warum sie sich zwar die Mühe mit dem Auflisten der Beträge gemacht hatte, dies aber wiederum so schlampig, dass es selbst für sie schwierig gewesen sein musste, die Übersicht zu behalten. Im Ordner sah er, dass Einträge der vergangenen Monate komplett fehlten. Die letzte Speicherung lag ungefähr ein halbes Jahr zurück. Wenn er es dennoch richtig deutete, hatte Mona Ersparnisse von fast 67.000 Euro angesammelt. Hinter *Mama* standen 24.640 Euro, das Erbe. *Str* dürfte Steuerrückzahlung heißen und kam viermal vor. Die 385 hinter *Tan TB* waren dem Anschein nach die Tantiemen ihrer Taschenbuchverkäufe. Das Kürzel *F. T.* stand mit Sicherheit für Frank Töpfer. Die 18.000 Euro passten. Mücke stutzte und scrollte zurück, als dieser Betrag erneut auftauchte. Gleiche Summe, gleiches Kürzel! Also doch, sie hatte zweimal bei ihm kassiert, und wer weiß, ob sie es dabei belassen hätte. Zweifel an Töpfer kamen auf. Andreas würde ihn zur Rede stellen müssen; er konnte den Töpfers nur helfen, wenn sie ihm nichts vorenthielten. Dem Alten würde er vorerst nichts sagen.

Er rief ihn dennoch an und erkundigte sich, ob er eine Übersicht davon habe, wie viel Geld seine Tochter hinterlassen hatte. Dr. Töpfer sprach von fast 70.000 Euro, was die Familie doch gewundert habe. Die Summe kam hin, wenn man Bargeld und Geld vom Girokonto zusammenrechnete. Mücke wollte gern die Kontoauszüge sehen und fragte, ob darüber hinaus die Möglichkeit für ihn bestände, sich in Ramonas Wohnung umzuschauen. Er hoffe, dort eventuelle Anhaltspunkte für die Tat oder deren Motiv zu finden. Jedenfalls wolle er diese Chance nicht ungenutzt lassen. Sobald die Polizei sie freigegeben habe, sagte der Doktor zögerlich, könne er den Schlüssel haben. Es sei aber klar, dass Ramona kein Testament gemacht habe und dass die gesetzliche Erbfolge gelte. Darauf hatte Andreas gar nicht hinaus gewollt, fragte dann aber trotzdem, was das konkret bedeute. Die eine Hälfte für den Bruder, die andere für den Vater. Sein Sohn hätte bereits angeregt, einen Teil des Geldes zu spenden. Wie wohltätig – Andreas schüttelte den Kopf.

Er hätte Frank Töpfer besser später angerufen. Oder auch nicht! Es meldete sich seine Frau Michaela, die unbedingt wissen wollte, um was es denn ging. Warum er sich mit ihrem Mann noch einmal treffen wollte – sie hätten vor einigen Tagen doch schon über alles geredet. Von einem Treffen hatte Mücke nicht gesprochen, aber ihm war schnell klar geworden, dass diese Frau bei einem vertraulichen Gespräch nicht in der Nähe sein sollte.

11.

Bei schönem Wetter muss es hier ideal sein, dachte Andreas, als er über die hölzerne Terrasse auf den Eingang zuging. Mit geringfügiger Verspätung betrat er das *Del Sol*. Ihm fielen die länglichen hellen Lampenschirme über dem Tresen ins Auge. Ulrich Schmidtke winkte ihm rechts aus einer Ecke mit großer Fensterfront zu. Er hatte sich bereits etwas zu trinken bestellt. Der Mann erinnerte ihn sofort an den jungen Tim Bendzko: groß, blond und ein glattrasiertes Gesicht. Älter als dreißig war er auf keinen Fall.

Sie kamen schnell und ohne Verlegenheitsfragen ins Gespräch, denn es war auch Schmidtkes Anliegen, über Mona zu sprechen. Er wusste über den Mord nicht mehr als das, was in den Zeitungen und im Internet zu lesen war. Zwei Polizisten hatten ihn zwar drei Tage nach der Tat vernommen, zeigten sich aber wenig gewillt, ihn über Details zu informieren, da er mit der Ermordeten lediglich eine Affäre gehabt hatte. Mücke fragte ihn, ob er der Polizei mit einem Alibi dienen konnte. Schmidtke war sich nicht sicher, da er den genauen Todeszeitpunkt nicht kannte. Er war an dem Abend jedenfalls beim Handball-Training in Aldekerk gewesen, anschließend hatten sie im größeren Kreis die Zusammenfassung der Spiele der Champions League geguckt. Ein Mannschaftskamerad aus Süchteln hatte ihn, wie vorher abgemacht, nach Hause gefahren. Um Mitternacht waren sie gestartet, wegen der beginnenden Nachrichten konnte er sich daran gut erinnern. André war nämlich sofort auf den Ukraine-Konflikt zu sprechen gekommen. Schmidtke wusste nicht, ob das als Alibi genügen würde. Drei oder vier Weizenbiere hatte er während der Spiele und der Interviews zu sich genommen, war aber nicht betrunken gewesen, das nicht. Andreas Mücke überschlug, dass man bei freier Autobahn und flottem Tempo von Viersen aus in einer Stunde in Bad Münstereifel sein konnte. Der Todeszeitpunkt wurde laut Obduktion vor ein Uhr angegeben, so viel hatte er telefonisch über Monas Vater in Erfahrung bringen können. Die Meldungen in den Zeitungen widersprachen sich dagegen beim Zeitpunkt. Trotzdem dürfte Ulrich Schmidtke als Verdächtiger damit höchstwahrscheinlich ausscheiden. Der nahm diese Information gleichgültig hin und empfahl Mücke das Frühstücksangebot *Businessman* mit Serrano-Schinken, Käse und Butter. Mücke nahm einen Cappuccino dazu, sein Gegenüber hatte bereits zu Hause gefrühstückt und zog nach dem Orangensaft jetzt ein Wasser vor.

»Erzähl mir von Mona. Kanntest du sie lange?«

Nach der Bestellung hatten sie sich ihre Vornamen genannt, das reichte, um einander zu duzen. Man sah Ulrich an, dass er in seinen Erinnerungen wühlte. Seine Gesichtszüge verrieten die Stimmungen dazu.

»Nachdem ich mich im letzten Mai bei *Facebook* angemeldet hatte, wurde sie mir als Freundin empfohlen. Offenbar wegen zwei, drei gemeinsamer Freunde. Mona hatte mir später das System etwas genauer erklärt.«

»Da könnte ich auch Nachhilfe gebrauchen«, räumte Andreas ein.

»Das ändert sich sowieso laufend. Im Grunde geht's nur um Werbung und Geld – ist doch logisch, oder?«

»Ich habe dich abgelenkt, erzähl weiter.«

»Ihr Profilfoto sprach mich an. Dieser kleine silberne Ring, der durch Monas Nase gezogen war, war der totale Wahnsinn. Dazu dieses souveräne, unverkrampfte Lächeln, es stimmte alles. Ich dachte anfangs, sie wäre berühmt, deshalb hielt ich mich mit Kommentaren zurück.«

»Irgendwann hast du dich dann doch getraut?«

»Trauen? Das kannst du so nicht sagen. Ich dachte viel eher, die reagiert sowieso nicht auf einen wie mich.«

Andreas schaute ihn an. Er würde Ulrich als gut aussehend bezeichnen, und sauber ausdrücken konnte er sich ebenfalls. Bestimmt war er im Vergleich zu Mona bedächtiger. Aber das war schließlich kein Nachteil, wahrscheinlich war es das auch in ihren Augen nicht gewesen. Warum hätte sie überheblich sein sollen? Als Außenstehender lässt sich das natürlich nüchterner betrachten, dachte Andreas und wurde aus seinen

Gedanken gerissen. Am Nebentisch war ein Glas umgestoßen worden, der Gast sprang blitzschnell auf, damit die Hose nichts abbekam. Sein Stuhl fiel um, aus einer anderen Ecke begann ein Dackel zu bellen. Schmidtke reichte einige Servietten hinüber und redete weiter: »Mona war es dann, die mir eine Einladung zu einer sogenannten Wohnzimmerlesung schickte. Ich sagte sofort zu und fieberte dem 26. September entgegen, ohne mich zu fragen, ob so eine Veranstaltung überhaupt etwas für mich wäre. Mir war da noch nicht klar, dass sie diese Einladung über zweitausend Leuten geschickt hatte – übers Netz ist das ja ein Klacks, wenn man sich damit auskennt.«

»So sieht's aus«, sagte Mücke.

»Und dann war ich unter 15 Frauen der einzige Mann in Dormagen. Mona fragte später in die Runde, zu welcher Frau denn dieser nette Typ gehöre, und fand es geil, dass ein Mann freiwillig zu ihrer Lesung gekommen sei. Freiwillig, das Wort betonte sie übertrieben und die Frauen beklatschten das sogar. Ich fand das doof und war auch etwas sauer, denn sie konnte sich nicht daran erinnern, dass wir bei *Facebook* befreundet waren. Mein Name sagte ihr nichts, einige Frauen fanden das zum Schießen.«

Beide grinsten. Andreas Mücke konnte sich die Situation gut vorstellen, er hätte ähnlich empfunden. »Und dann hat sie dich gleich mitgenommen?«

»Nein, was denkst denn du? Sie hat mich für den übernächsten Tag zu sich nach Neukirchen eingeladen, nachdem wir nach der Veranstaltung noch 20 Minuten vor ihrem Auto miteinander geredet und geraucht hatten.«

»Mona hat geraucht?«

»An diesem Abend ausnahmsweise. Das war mit dem Termin zwei Tage später nicht ganz einfach für mich gewesen, denn ich war an dem Samstag im Spätdienst eingeteilt. Ich arbeite im Nettetaler Krankenhaus als Palliativ-Pflegekraft, doch ein Kollege übernahm zum Glück die Vertretung.«

»Seid ihr euch schnell nähergekommen?« Andreas nahm sein Frühstück entgegen und nickte anerkennend. Auf dem Zuckertütchen stand: *In der Sonne liegt die Süße des Lebens.* Er fragte sich, ob Kulik das gefallen oder als Kitsch abtun würde.

»Eigentlich schon«, Ulrich legte sich die Worte sorgfältig zurecht. »Wenn auch erst am frühen Morgen. An dem Nachmittag spazierten wir zwischen riesigen Feldern und abends waren wir in Neuss unterwegs. Wir hatten in einem Nudelhaus gegessen und waren anschließend irgendwo am Hafen. Mona redete viel, aber es war alles interessant für mich. Ich hatte vom Schreiben, von Büchern und dem ganzen Drumherum wenig Ahnung. In dem Hafenlokal erhielt sie über *WhatsApp* die Zusage für eine weitere Lesung. Wir stießen mit einem Schnaps auf die Veranstaltung in Bedburdyck an. Die nächsten Runden galten dann unserer Freundschaft. Als wir bei ihr waren, kam es mir vor, als würde ich sie schon ewig kennen. Weil uns danach war, badeten wir nachts um drei in ihrer runden Wanne; im Sommer, lachte Mona, hätte sie den Kaarster See zum Begrüßungssex vorgeschlagen.«

Das Smartphone vor Andreas vibrierte. Frank Töpfer war am anderen Ende, er rief während einer Freistunde an. Mücke gab ihm zu verstehen, dass er ihn unter vier Augen sprechen müsste, möglichst schnell. Sie einigten sich auf den morgigen Abend in seiner Werkstattscheune. Auf Töpfers Reaktion war Andreas gespannt. Und nebenbei auch auf den VW-Schwimmwagen, den er letztens beiläufig erwähnt hatte. Ulrich drehte eine Zigarette und steckte sie sich für später hinters Ohr.

»Entschuldigung, das war Monas Bruder. Kennst du ihn?«

»Nicht persönlich, bei der Beerdigung habe ich ihn gesehen. Um solche Typen mache ich lieber einen Bogen.«

Ulrich erntete mit seiner Bemerkung einen fragenden Blick von Mücke. »Was weißt du dazu genau?«

»Mona hat mir erzählt, dass er sie als Kind gegen ihren Willen nackt fotografiert hatte. Sie meinte, durch ihn hätte sie das Passwort zu ihrer inneren Seele verloren. Sie haute häufiger solche Sätze heraus – auf ihn war sie jedenfalls nicht gut zu sprechen.«

»Ich weiß nicht, wem ich da glauben soll«, Andreas zuckte mit den Schultern. Mona de la Mare hatte zweifellos die Neigung zum Übertreiben gehabt. »Am Telefon sagtest du vorgestern, Mona wollte keine partnerschaftliche Beziehung zu dir.«

»Nicht nur zu mir! Die wollte sie zu keinem, das hat sie von

Anfang an deutlich gemacht. Nachdem die Polizei bei mir gewesen war, habe ich versucht, mich an alle Treffen zu erinnern. Wenn ich die Lesung nicht mitzähle, komme ich auf 14 Verabredungen. Der Sex mit ihr war immer gut. Doch dauernd hat sie mich danach frustriert zurückgelassen. Wichtig war ihr die Karriere, dafür hat sie gelebt, nur dafür.«

»Was hat dich frustriert?« Andreas nippte am Cappuccino und schüttete den restlichen Zucker nach.

»Dass sie wenig über mich wissen wollte. Vieles als unwichtig abtat – meinen Geburtstag im Dezember hatte sie beispielsweise vergessen. Oder dass sie kein Weihnachtsgeschenk für mich hatte, solche Dinge halt. Nur so als freundliche Geste, meine ich. Bestimmt wusste sie auch nicht, was eine Palliativstation ist. Das hätte sie erst dann interessiert, wenn sie drüber geschrieben hätte.«

»Haben die nicht mit Sterbehilfe zu tun?«

»Das kann man so sagen, das sind im Rahmen der Hospizbewegung entstandene Einrichtungen. Bist du etwa schon satt?«

»Willst du …?«

Das Tablett wechselte die Seite. »In den letzten Wochen war ich drauf und dran, die Sache mit Mona zu beenden. Ich hätte auf jeden Fall nicht ewig so weitergemacht, vielleicht ein paar Monate noch, keine Ahnung. Versteh mich nicht falsch, Andreas, ihr Tod hat mich richtig umgehauen. Nur auf Dauer war das mit ihr nicht das, was mir vorschwebte. Verstehst du?«

Mücke musste an Jessica denken. Im Vergleich zu Ulrich schien er mehr Glück zu haben, und das nicht nur, weil sie lebte. Gewissermaßen war sie eine Art Engel, der auf Männer attraktiv und auf Frauen nicht bedrohlich wirkte. Ein Grund, weshalb sie so beliebt war. Jess war häufig zerstreut, das schon, dann aber auch wieder hellwach und konzentriert – Mona schien ihm dagegen nur egozentrisch und oberflächlich gewesen zu sein.

»Und ob ich das verstehe, nach zwei geschiedenen Ehen.«

»Und jetzt?«

»Wie – und jetzt? Ach so. Jetzt hoffe ich, dass es die Richtige ist.«

»Weißt es aber nicht …«

»So ist es. Sie hat etwas, wie soll ich sagen, Geheimnisvolles an sich. Vielleicht lässt sich diese Schale knacken, wir kennen uns noch keine fünf Monate. Sonst ist sie aufgeschlossen, sie interessiert sich für so ziemlich alles, selbst für meinen Job.«

»Wie heißt sie?«

»Jess. Eigentlich Jessica.«

»Wie unsere Stationsärztin. Das wird bestimmt etwas mit euch. Du musst Geduld mit ihr haben.«

»Das könnte von ihr sein.« Andreas grinste, das Wort Geduld benutzte sie manchmal inflationär.

»Siehst du!«

»Hm. Was ich noch fragen wollte: Sagt dir der Name Kulik etwas? Jens Kulik?«

»Nur durch Kommentare bei *FB*. Mona war sich sicher, dass er scharf auf sie war, aber sie hatte keinen Bock auf den alten Sack.«

»Hat sie das so gesagt?«

»Das war die diplomatische Variante. Die Polizei hatte ihn vernommen, wie zu lesen war. Glaubst du, er hat etwas mit dem Mord zu tun?«

»Nein, das nicht unbedingt. Aber noch bin ich dabei, mir einen Überblick zu verschaffen – ich habe den Auftrag erst seit Kurzem. Kanntest du Monas finanzielle Verhältnisse?«

»Sie erwähnte, dass sie Geld von ihrer Mutter geerbt hatte. Wenn du wissen willst, wie viel, muss ich allerdings passen. Da müsstest du dich bei ihrem Vater erkundigen.«

12.

Er musste sich sputen, wenn er pünktlich um 14 Uhr in Bonn sein wollte. Der Leiter der Presse- und Öffentlichkeitsarbeit, Polizeihauptkommissar Jürgen Teuwen, hatte ihm die Einladung zur Pressekonferenz per E-Mail geschickt. Mücke besaß seit einem viertel Jahr einen Presseausweis, den hatte er Teuwen gegenüber am Telefon auch erwähnt. Der Ausweis war ein Deal aus befreundeter Quelle. Im Gegenzug hatte Andreas einige Informationen preisgegeben, nichts wirklich Dramatisches, aber ganz sauber war der Handel dennoch nicht. Wohl war ihm dabei nicht gewesen. Dass man ihn quasi überredet hatte, machte die Angelegenheit nicht besser. Andererseits war er kein Behördenangestellter – ohne ein Mindestmaß an gesunder Pfiffigkeit würde er es in seinem neuen Job zu nichts bringen.

Auf der Pressekonferenz würde er sich trotzdem lieber als der zu erkennen geben, der er war: privater Ermittler. Dass die Leute von der Kripo ihn als eine Art Kollegen akzeptierten, glaubte er kaum. Es reichte ihm schon, wenn keine aggressive Stimmung zwischen ihnen entstehen würde. Eventuell ließe sich die eine oder andere Information austauschen, das wäre super. Er war gespannt, ob Ulrich Schmidtke ihn demnächst besuchen würde. Mücke hatte ihm angeboten, das Gespräch in Bad Münstereifel fortzusetzen und ihm Monas letzte Stationen im Ort zu zeigen. Vielleicht war es nicht klug, so offen zu sein und ihm zu vertrauen, aber bei Ulrich hatte er ein gutes Bauchgefühl. Das hatte ihn bisher selten im Stich gelassen. Außerdem musste er Erfahrungen in seinem Job sammeln. Sollte sich sein Vertrauen als voreilig und falsch erweisen, dann war das eben so. Den Fehler würde er dann mit Sicherheit nicht so schnell wiederholen.

Wie neulich bei den Töpfers hatte er beim Gespräch eine wichtige Frage vergessen. Gut, dass es Smartphones gibt, dachte er und zog es aus der Jackentasche.

»Hallo Ulrich, Andreas noch mal hier. Mir ist gerade etwas eingefallen: Hatte Mona dir von früheren Beziehungen erzählt?«

Schmidtke überlegte; es rauschte im Hörer. »Nicht direkt, ich habe auch nie danach gefragt. Sie erwähnte einen Ayci, der nicht nur geil auf ihren Körper war.«

»Sondern?«

»Wie?«

»Auf was war er noch geil?«

»Ich glaube, der hatte es auf ihr Geld abgesehen.«

»Sag mir noch einmal den Namen.«

»Ayci, glaube ich …«

»Klingt türkisch, oder?«, Andreas musste an den Joghurt-Drink *Ayran* denken, der jahrelang Annas Lieblingsgetränk gewesen war.

»Kann sein, keine Ahnung.«

Das Polizeipräsidium in der Königswinterer Straße erreichte er einige Minuten zu spät, weil ihn das Navi in Bonn unbedingt durch eine Einbahnstraße schleusen wollte. Wie bereits am Morgen hatte er es nicht pünktlich geschafft – das sollte nicht zur Gewohnheit werden. Hauptkommissar Teuwen unterbrach für einen Augenblick seine Rede, als Andreas den Saal betrat und sich in einer der hinteren Reihen niederließ. Auch drei Wochen nach dem Mord sorge die Tat in der Region für Angst und Entsetzen, sagte Teuwen, den Andreas Mücke von Fotos aus dem Netz wiedererkannte. Nach wie vor hätten die Mitglieder der Mordkommission keinen konkreten Tatverdacht, auch keine heiße Spur. Die Ermittlungsgruppe sei nun um drei weitere Kollegen verstärkt worden. Insgesamt seien 45 Hinweise von sehr unterschiedlicher Qualität aus der Bevölkerung eingegangen, die teilweise noch geprüft werden müssten. Es gäbe in dem Fall auch plötzlich Ereignisse, die beobachtet würden.

»Welche Ereignisse?«, fragte eine Journalistin mit brünettem Haar zwei Reihen vor ihm.

»Ich bitte um Ihr Verständnis, wenn ich dazu momentan nichts sagen kann. Möglicherweise würden wir den Mörder von Mona de la Mare warnen, wenn wir Details preisgeben.«

Meinte er etwa ihn? Andreas fühlte sich ertappt. Die Kripo wird natürlich bemerkt haben, dass jemand Monas E-Mails und *Facebook*-Nachrichten gelesen hat. Das hätte er sich denken können. Ein Wunder, dass sie nicht schon bei ihm gewesen waren. Er würde sich im Anschluss an die Pressekonferenz die wichtigsten Dateien auf einen Stick ziehen und ihnen den Computer aus der Praxis von Dr. Töpfer bringen müssen. Das wäre die sauberste Lösung. Eine logische Erklärung würde ihm schon einfallen.

Teuwen trank zwei Schluck Wasser und fuhr fort: »Fest steht, dass Frau de la Mare beziehungsweise Ramona Töpfer aus Grevenbroich-Neukirchen mit sechs Messerstichen lebensgefährlich verletzt worden war, bevor der oder die Täter sie am Münstereifler Salzmarkt in die Erft geworfen hatten. Da das Opfer Wasser verschluckt hatte, muss es zu diesem Zeitpunkt noch gelebt haben. Ich weiß, das sagte ich bereits bei der letzten Pressekonferenz.«

Unzufriedene Kommentare waren zu hören. Teuwen bat um weitere Aufmerksamkeit und sagte, dass die Kleidung der Toten inzwischen in über tausend Stücke zerlegt worden sei, um nach DNA-Spuren zu suchen. Außerdem habe man in einem Gebüsch in der Nähe des Campingplatzes die Tatwaffe gefunden. Es handele sich um ein Steakmesser mit scharfer Klinge aus Spezialklingenstahl. Dieses Exemplar stamme aus einem sechsteiligen Set, das auch, aber nicht ausschließlich, über eine Kaufhauskette angeboten werde. Ein gut erhaltener Lederhut sei ebenfalls im Gebüsch gefunden worden, 80 Meter von der Tatwaffe entfernt. Beide Teile wurden von der gleichen Person benutzt. Scheinbar könne man davon ausgehen, dass der Täter in der Nähe des Campingplatzes oder des Schwimmbades sein Fahrzeug abgestellt hatte, sollte er eins benutzt haben. So weit zum aktuellen Stand. Fragen könnten jetzt gestellt werden.

»Wird der Platz im Winter von Gästen genutzt?«, schoss es einem blitzartig heraus, noch bevor Teuwen seinen Satz beendet hatte.

»In der Nacht vom 18. auf den 19. Februar gab es 14 Besucher, verteilt auf fünf Wohnmobile und einen VW California

Multivan. Überflüssig zu erwähnen, dass wir die Campinggäste gefunden und befragt haben.«

»Kann man dort unangemeldet campen?«

»Theoretisch ist das möglich, weil das Gelände nicht eingezäunt ist. Hinweise auf einen Wildcamper gibt es nicht. Der hätte im Übrigen genauso gut den großen, neu angelegten Parkplatz zwischen dem Supermarkt und dem Schwimmbad nutzen können.«

»Was ist mit dem Umfeld? Gibt es da keine neuen Anhaltspunkte?«, wieder war es die Brünette vor Andreas.

»Das Umfeld der Getöteten wird weiterhin durchleuchtet!«

»So genau wollten wir es gar nicht wissen!«, tönte es von außen. Es gab ein kurzes Gelächter, das Teuwen mit einer abfälligen Handbewegung kommentierte.

»Schließen Sie denn aus, dass es der Bruder war?«, fragte jemand aus der vorderen Reihe, den er nicht erkennen konnte.

»Wir schließen derzeit nichts aus, aber es deutet wenig auf ihn hin.«

»Ist erwiesen, dass tatsächlich mit diesem Messer auf die Frau eingestochen wurde?«

»Hundertprozentig! Die Wahrscheinlichkeit des Irrtums liegt bei 1:300 Millionen, das sollte selbst Ihrer Zeitung reichen.«

Zwei Plätze von Mücke entfernt saß ein Mann mit fettigen halblangen Haaren. Er wollte wissen, wie lange die Frau den französischen Namen getragen hatte und warum überhaupt. Der Hauptkommissar gab zu bedenken, dass de la Mare sicherlich interessanter klänge als Töpfer. Für eine Künstlerin sei das gewiss ein wichtiger Aspekt. Vor etwas mehr als zwanzig Monaten sei der Name von ihr das erste Mal im Internet erwähnt worden.

»Und warum ausgerechnet de la Mare?« Man sah Teuwen an, was er von der überflüssigen Frage hielt. Jede Handlung konnte man mit *ausgerechnet* hinterfragen, dachte Andreas. Ein Einwand, der von Jessica hätte stammen können.

»Ich fürchte, das wird sie uns nicht mehr erzählen können. Wir wissen aber, dass ihr dieser Name vorgeschlagen wurde.«

»Von Kulik?«

»Wie kommen Sie *ausgerechnet* auf Professor Kulik? Es könnte aber sein – am besten fragen Sie den Wissenschaftler danach.«

Jetzt fasste sich Andreas ein Herz: »Gab es keine Zeugen, die Hilfeschreie gehört hatten?«

Teuwen lehnte sich zur Seite, um ihm besser antworten zu können. »Doch, gab es. Das Opfer hatte nur einmal um Hilfe geschrien, um 0:05 Uhr, das bestätigen vier Aussagen.«

»Und?«, wollte jemand mit Gelfrisur wissen.

»Nichts! Drei Zeugen lagen bereits im Bett, befanden sich vermutlich im Halbschlaf. Jedenfalls sind sie dafür nicht aufgestanden. Es kommt in Fußgängerzonen auch im Winter fast jede Nacht vor, dass etwas durch die Straßen gebrüllt wird. Mit dem traurigen Ergebnis, dass selbst ein Hilferuf nicht mehr ernst genommen wird. Ein anderer Zeuge dachte zunächst, als er von der Toilette ins Zimmer zurückkehrte, der Ruf wäre aus seinem Fernsehgerät gekommen. Da das in der Sendung aber keinen Sinn ergab, ist er ans Fenster gegangen und glaubte, einen Schatten am Café erkannt zu haben. Das war um 0:05 Uhr, wie ich schon sagte. Er blickte etwa zwei Minuten lang runter, hat allerdings nichts weiter gesehen. Als er auf dem Sofa saß, hat er später noch zwei nicht weiter präzisierte Flüche vernommen, sich dann aber lieber aufs Programm konzentriert.«

»Todeszeitpunkt?«, die Betonung der Gelfrisur machte das Wort zur Frage.

»Der wurde jetzt mit 0:30 Uhr genauer bestimmt.«

»Was ist mit ihrem Notebook? Ist das inzwischen aufgetaucht?«, wollte eine Frau wissen, von der Mücke nur den grauen Hinterkopf sah.

»Leider nein.«

»Und die Handtasche?«, fragte eine andere.

»Fehlanzeige. Wir wissen durch Beschreibungen, dass das Opfer eine blaugrüne Tasche aus hochwertigem Kunstleder dabeihatte, 26 Zentimeter lang. Modell *Selena* des britischen Labels *Fiorelli*.«

»Mit Henkelgriff?« Die Frau kannte sich aus.

»Sowohl als auch. Zu der Tasche gehört ein abnehmbarer Schultergurt, den sie am Abend beim Verlassen der Buchhandlung benutzt hatte. Die schwarze Notebook-Tasche trug sie mit der Hand.«

Als das Ende der Pressekonferenz mitgeteilt wurde, erhoben sich die Teilnehmer zügig, wie beim Unterrichtsschluss in der Schule oder bei einem Seminar. Vielfach in Zweiergruppen wurden Informationen ausgetauscht, Köpfe geschüttelt oder gelacht, man kannte sich halt. Andreas hatte den Eindruck, als seien die meisten schon bei anderen Themen.

»Da geschieht mitten in der Nacht ein Mord in der Fußgängerzone, doch die Leute bleiben im Bett. Es ist unglaublich! Für welche Zeitung arbeiten Sie? Ich habe Sie hier noch nie gesehen, Herr ...«

Andreas musterte den Mann genau, der ihn soeben noch erwischt und auf dem Parkplatz angesprochen hatte. Bei der Pressekonferenz muss er ganz vorne gesessen haben. Er trug eine Brille mit viel zu großen und obendrein ungeputzten Gläsern. Einen Augenblick überlegte Mücke, dann nannte er ihm einfach die Koblenzer *Rhein-Zeitung*. Einem Journalisten wollte er seine Geschichte ganz sicher nicht erzählen, ein gesundes Misstrauen schien ihm diesmal angebracht.

»Dann grüßen Sie bitte Frau Berneis von mir.«

»Mach ich!«

»Wie war doch gleich der Vorname?«

»Andreas.«

»Den von Frau Berneis meinte ich. Der will mir gerade nicht einfallen«, ein unnatürliches, überlegenes Lächeln begleitete den Kommentar.

Andreas nannte ihm einfach den Namen seiner ersten großen Liebe. Am Ende war die Berneis sowieso nur eine Erfindung dieses Spinners vor ihm, der aufgeregt in der Innentasche seiner Jacke kramte.

»Hier ist meine Karte, möglicherweise können wir uns in der Sache austauschen ...«

Er würde es sich überlegen, antwortete Mücke und signalisierte, dass er losmüsse, bis Koblenz sei es ja ein gutes Stück. Er ließ die Visitenkarte in seiner linken Hosentasche verschwinden. Das gelungene Design passte nicht wirklich zu dem Mann, aber vielleicht unterschätzte er ihn. Andreas wollte darüber nicht nachdenken, steckte sich einen Kaugummi in den Mund und fuhr ohne Gruß los. Heinz Schmitz schaute dem Golf mit dem Euskirchener Kennzeichen interessiert hinterher – sein dreckiges Lächeln verkündete, dass man ihm nichts vormachen könne. »Arschloch«, rief Andreas beim Blick in den Rückspiegel.

13.

Nachdem sie beim Italiener am Entenmarkt ihre Bestellung aufgegeben hatten, schob Andreas Mücke das Buch zu Jess rüber. »Ich dachte, es könnte dich interessieren ...«

»Das ist lieb! Aber du hast es hoffentlich nicht extra für mich gekauft, oder?«

»Und wenn! Ich habe zu Hause noch ein eigenes Exemplar.« Dass es sogar drei waren, verschwieg er. Sein Mitbringsel musste nicht beliebig aussehen.

»Schon gelesen?«

»Ich habe gestern damit angefangen.« Das war übertrieben, gestand er sich ein. Ein wenig geblättert hatte er, so wie sie es gerade tat. Er sah, dass ihre Augen an einer Stelle hängen blieben.

»Das Zitat ist echt krass, steht das bei dir auch drin? Wie vorausahnend das ist!«

»Was denn?«

»Na hier, diese handschriftliche Widmung: *Cover her face, mine eyes dazzle, she died young.*«

»Sie starb jung! Wie wahr ...« Andreas verstand, was sie meinte.

»Bedecken Sie ihr Gesicht, meine Augen sind geblendet, sie starb jung«, Jessica übersetzte Wort für Wort. »Puh, das ist der Hammer ...«

»Als hätte sie es geahnt.«

»Sag ich doch! Geradezu unheimlich.« Jessica zog ein Stück ihres Ärmels in die Höhe. »Schau dir mal die Gänsehaut an.«

Andreas fühlte sie deutlich, kalt war ihr Arm. Da hatte er einen richtigen Volltreffer gelandet, als er zu Hause dieses Exemplar für sie eingesteckt hatte.

»In meinem Buch ist die Widmung belanglos. So belanglos, dass ich sie schon vergessen habe. Du hast recht, das ist hier wirklich krass.« Er nahm sein Glas und hielt es ihr zum Anstoßen vor die Nase.

»Auf uns! Und damit dir wärmer wird.« Die Weingläser mit dem eingeschliffenen Muster fand er zu wuchtig, sie gefielen ihm nicht.

»Der Rotwein braucht Fläche zum Atmen, heißt es doch immer. Auf jeden Fall ist er lecker, da sind mir die Gläser egal. Haben die das Wasser vergessen?«

Andreas überlegte, ob sie das tatsächlich bestellt hatten.

»Doch, er hatte es notiert.« Jessica war sich sicher. »Ist Mona eigentlich schon beerdigt worden? Das dauert bei Mord doch manchmal lange, bis die so mit allem fertig sind.« Sie nahm das Buch noch einmal in die Hand.

»Letzten Donnerstag bereits. Dummerweise hatte mir die Familie das erst am Tag drauf mitgeteilt, als ich bei ihnen war.«

»Aha.«

»Ärgerlich.«

»Du hättest vorher am Telefon danach fragen können.«

»Ich hatte nicht dran gedacht.« Mit der Hand verscheuchte er eine Fliege, die auf seiner Serviette spazierte.

»Sag mal, wieso steht da W. de la Mare?«

»Wie meinst du das?«

»Sie hieß doch Mona, hier steht aber ein W, siehst du?«, Jessica zeigte mit dem Finger auf die Stelle.

»Dann ist das Zitat von Walter de la Mare. Er muss düstere, gespenstische Bücher geschrieben haben. Mona ist durch ihn auf ihren Künstlernamen gekommen.«

»Wahrscheinlich auch ein gespenstischer Typ, oder?«

»Weiß ich nicht. Mona hatte so getan, als wäre sie mit ihm verwandt gewesen. Er ist bereits lange tot und in Deutschland ziemlich unbekannt.«

»Hatte sie einen Freund?«

»Mit dem habe ich mich heute in Wickrath getroffen, der scheint ganz in Ordnung zu sein. Als sie ihn kennenlernte, gab es noch einen anderen aus Ratingen, den hat sie dann aber ratzfatz fallen gelassen.«

»Wäre doch schon ein Motiv, oder?«, wollte Jessica wissen.

»Ich behalte ihn im Hinterkopf, denke aber, dass der harmlos ist. Der sorgt sich mehr darum, dass seine Frau von den beiden Treffen mit Mona erfahren könnte. Auf meine Frage hatte er mir eine ellenlange Mail geschrieben und mich geradezu angefleht, bloß nichts zu verraten. Am gleichen Tag hat er mich angerufen und alles noch einmal haarklein wiederholt, als wenn ich es nicht kapiert hätte.«

»Das vergrößert sein Motiv.«

Andreas spürte an ihrem Grinsen, dass sie das nicht ernst meinte. »Du hättest ihn hören sollen.«

Am Nebentisch erzählte eine Frau ihren Freundinnen, dass sie 30 Jahre lang Geld, Haare und sämtliches Vertrauen bei Münstereifels Friseuren gelassen habe. Jetzt fahre sie nur noch zum Max nach Köln. Der sei zwar schwul und koste sie regelmäßig ein Vermögen, dafür könne er aber ihre Haare bis zu den Wurzeln lesen. Verständnis und Zustimmung waren zu hören.

»Schmecken dir die Cannelloni?«, fragte er nach einer Weile.

»Du, das sah nach so wenig aus, aber ich bin schon fast satt. Die Käsesoße ist so was von mächtig.«

»Wenn du von der Pizza probieren willst ...« Andreas zeigte einladend auf das große Holzbrett.

»Nur eine Ecke. Bedien dich aber auch bei mir, noch sind sie warm.«

Nach dem Essen war Jessica durch ihr Smartphone abgelenkt. Andreas fand das nicht so toll, ließ sich aber nichts anmerken und ging zur Toilette. Auf dem Weg dorthin bestellte er noch eine Karaffe Rotwein, zwei Espresso sowie zwei Grappa. Vielleicht ein bisschen viel auf einmal, aber er hatte sie bei ihrer Spielerei nicht stören wollen. Wasser hatten sie noch genug in der großen Flasche, die von der Bedienung tatsächlich vergessen worden war.

Am Waschbecken schaute Mücke auf die eigenen Kurznachrichten. Paula teilte mit, dass Herr Nickel sich entschlossen habe, ihr gemeinsames Haus zu kaufen. Einige Details müssten allerdings noch geklärt werden – ob er sich darum kümmern könne? Der wird nur noch am Preis drehen wollen, dachte Mücke. Nach dem zweiten Gutachten wird uns dieses Karnickel jeden angekratzten Dachziegel vorrechnen. Er überlegte, ob es nicht doch besser gewesen wäre, ein Immobilienbüro mit dem Verkauf zu beauftragen, zu dem ihm sein

Ex-Kollege Rainer geraten hatte. Andreas schrieb ihr, dass er Nickel anrufen werde.

Als Mücke wiederkam und sich gesetzt hatte, fiel ihm der silberne Krebs-Anhänger an Jessicas Kette auf. Komisch, über ihre Geburtstage hatten sie noch nie geredet. Er überlegte, welche Eigenschaften ihm nach über zehn Jahren noch zu diesem Sternzeichen einfielen. Seine erste Frau war ebenfalls Krebs. Bis heute konnte er nicht verstehen, warum Agnes an Horoskope geglaubt und so manches Ereignis oder später so manche Krise mit den Sternen in Verbindung gebracht hatte. Die Lösungen erschienen ihm zu einfach, als wenn es nicht auch in der eigenen Hand läge, die Umstände zu beeinflussen. Irgendwann hatte er ihr Wissen akzeptiert und konnte einen Teil ihrer Argumente nachvollziehen. Den Ausdruck Hokuspokus hatte er sich danach abgewöhnt, hatte das Wort höchstens in Streitgesprächen benutzt oder wenn er nichts darüber hören wollte. Suspekt waren ihm die Sterne bis heute geblieben.

Dass Jess eine gute Zuhörerin war, wie es den meisten Krebsfrauen nachgesagt wird, konnte er bestätigen. Ähnlich wie Agnes wirkte sie häufig in sich gekehrt und zeichnete sich durch eine besondere Sensibilität aus. Andreas hatte das Gefühl, noch nicht ihr absolutes Vertrauen gewonnen zu haben. Auch dafür waren Krebse bekannt, dass das bei ihnen länger dauerte.

Als die Getränke kamen, steckte sie das Handy in die Tasche. Wurde Zeit, dachte er. Offenbar war das Bild mit der besonderen Sensibilität weit hergeholt, wenn sie 15 Minuten das dumme Ding benutzt hatte. Reines Wunschdenken. Also doch Hokuspokus – womöglich auch für Jessica, obwohl der Glaube an die Sterne zu ihr passen würde.

Andreas schaute in ihre braunen, leicht geschminkten Augen, bevor er den Glücksbringer zwischen Daumen und Zeigefinger nahm, um ihn sich genauer anzuschauen. Das Sterlingsilber war vergoldet. Jessica sagte, dass sie unbedingt die Panzerkette verlängern lassen müsse. Unter 40 Zentimeter, das wäre doch arg kurz. Sie würde sich auch keinen Schmuck mehr im Internet bestellen, sie könne sowieso nicht verstehen, warum sie das überhaupt gemacht habe. Jessica behauptete, sie wäre sogar ein doppelter Krebs, wenn ihm das etwas sagte.

»Klär mich auf!«

»Sternzeichen Krebs und Aszendent Krebs«, flüsterte sie beinahe. Sein Blick bat um weitere Aufklärung. Das wäre halt so, meinte sie, wenn man am 22. Juni um sechs Uhr morgens in Köln geboren worden sei. Köln wäre eigentlich egal, solange die Zeitzone die Gleiche sei.

Das Datum musste er sich zu Hause notieren. Mitkommen zu ihm wollte sie nicht, da morgen ein anstrengender Tag im Gymnasium auf sie wartete, wie jeden Freitag. Ein Blick durchs Restaurant zeigte ihm, dass nur noch ein weiterer Tisch besetzt war. Im *Bierhaus* gegenüber war es fast dunkel, das Personal begann die Stühle auf die Tische zu stellen. Fenster wurden geöffnet. Die letzten Gäste gingen gemächlich über den schmalen Holzsteg der Erft – ihre Stimmen waren bis in die Pizzeria zu hören. Andreas erkannte einen ehemaligen Kunden wieder, dessen Name ihm entfallen war. Die Geschäftsbeziehungen waren vor Jahren eingeschlafen, so viel wusste er noch. Und dass er äußerst kleinlich war, dass er immer etwas an der Qualität auszusetzen gehabt hatte. Dabei waren seine eigenen Dateien meistens unter aller Kanone gewesen. Er mochte ihn nicht.

Die Rechnung wollte Jessica begleichen. Andreas' Blick richtete sich wieder auf sie, die verzweifelt ihre Lesebrille suchte. Selbst in der Hektik wirkte sie schön und natürlich, hatte nichts Theatralisches an sich. Nachdem sie den halben Inhalt ihrer Tasche ausgepackt hatte, hielt sie die Brille strahlend hoch. Ein Bild, das bleibt, dachte Mücke. Ein Lächeln to go. Sie tranken beide einen letzten Schluck und erhoben sich gleichzeitig. Hatte er richtig gehört? Jess hatte ihn gerade zum ersten Mal Andy genannt.

14.

Andreas Mücke schaltete ein letztes Mal den Computer aus Töpfers Praxis ein. Wieder musste er ein Dutzend unterschiedlicher Begrüßungsfenster schließen, bevor er loslegen konnte. Diese lästigen Sachen hätte er an Monas Stelle längst entfernt gehabt. Auch das Datum war nicht korrekt eingestellt. Vielleicht hatte es nie gestimmt oder es lag an einer schwächelnden Batterie. Es wurde jedenfalls nicht der 13. März angezeigt, wie es richtig wäre, sondern der 29. September des letzten Jahres. Andreas rechnete sich aus, dass auf diesem PC gespeicherte Dateien ein bis zu 166 Tage älteres Speicherdatum anzeigen könnten. Die Zahlen notierte er sich in einem Heftchen. Das erklärte natürlich die fehlenden Einträge der letzten Monate in der Geld-Datei. Ein tolles Durcheinander – Mona schien im Umgang mit der Technik auf Kriegsfuß gestanden zu haben. Und viel zu gutgläubig war sie! Andreas hatte nach der *Money*-Datei eine weitere gefunden, in der ihre wenigen, sich ständig wiederholenden Passwörter notiert waren. Einige fehlende Buchstaben oder Ziffern hatte Mona zwar durch Pünktchen ersetzt, dies aber nicht einheitlich. Was einmal vorne fehlte, war einige Zeilen tiefer eingetragen. Mücke hatte nur wenige Minuten benötigt, um sämtliche Passwörter zu entschlüsseln: *Waldapotheker, PLZ41516, Phantome* sowie *DFT0815*. Die vier Wörter standen jetzt auf einem der hundert Post-it-Zettel, die bunt an den Rändern seines Monitors klebten. Aus der obersten Schreibtischschublade kramte er einen unbenutzten USB-Stick hervor, installierte ihn und speicherte Monas Dateien darauf. Es war sicherlich das Beste, sämtliche Ordner zu kopieren, denn er kannte noch lange nicht alle Inhalte. Ein letztes Mal ging er direkt in ihr *FB*-Profil und suchte in der Liste der blockierten Leute, die er ausgedruckt auch noch irgendwo liegen hatte, nach Ayci. Die Suche war nicht auf Anhieb erfolgreich, denn seine Augen hatten den Namen A. C. Stone zunächst überflogen. Nachdem Andreas die Initialen aber laut vor sich hin gesprochen und die Blockierung aufgehoben hatte, war er sich sicher, dass Stone der Ex-Lover sein musste: Hochschule für Musik, Köln; davor in Arnheim auf der *Artez Hogeschool voor de Kunsten*, wohnt in Krefeld-Uerdingen, ledig. Sein Profilfoto wirkte hochmütig, beinahe so, als hätte er auf alles die richtige Antwort. Viele Anhaltspunkte hatte Andreas noch immer nicht in der Mordsache. Wer weiß, vielleicht war gerade dieser Ex eine heiße Spur, irgendwie musste er schließlich weiterkommen. Am Abend würde er ihm über den eigenen Account eine Freundschaftsanfrage schicken, zusammen mit der Nachricht, dass er Mona kennt. Kannte? Nein, kennt!

Den Namen der Kommissarin im Bonner Präsidium musste sich Mücke zweimal sagen lassen, nachdem er den Rechner auf dem Nebentisch abgestellt hatte: Thea Oleknavicius. Geschätzt war sie einige Jahre jünger als er, anscheinend sogar jünger als Jessica. Andreas Mücke stellte sich vor und fragte, ob sie in der Sache de la Mare ermittle oder ob er einen anderen Ansprechpartner bräuchte. Er wäre hier schon richtig, meinte sie und strich sich eine vorwitzige Strähne aus dem Gesicht. Sie würde ihn auch wiedererkennen, sagte sie, machte sich eine knappe Notiz und klappte die Akte zu. Andreas stutzte.

Thea Oleknavicius erinnerte ihn an seine Verspätung bei der gestrigen Pressekonferenz. Die sei ihr noch aufgefallen, bevor sie gehen musste. Ihre Wege hätten sich quasi gekreuzt. Sie fragte, wie sie ihm helfen könne, und bot ihm einen Platz an. Andreas Mücke erzählte ihr von seinem Auftrag, von der Familie Töpfer und wie er zu dem Computer gekommen war. Er sagte, dass er sich Monas Dateien und auch die von ihr bevorzugten Internetseiten angeschaut habe. Ihre Passwörter für drei EMail-Konten, für diverse Online-Shops, *Facebook* und die Dropbox seien gespeichert gewesen, sodass das Einloggen kein Problem war. Nachdem er Dr. Töpfer berichtet hatte, dass sich auf dem Bürocomputer noch private Dinge seiner Tochter befänden, hätte Töpfer ihn gebeten, den PC ebenfalls der Polizei zu übergeben.

»Das ist aber nett von Ihnen«, bemerkte die Beamtin mit

leichter Ironie. Ihr Gesichtsausdruck blieb freundlich. Andreas Mücke sagte nichts und wartete ab.

»Haben Sie irgendwas gelöscht, verändert, bearbeitet ...«, wollte sie wissen.

»Nein, ich habe mir einige Internetseiten und Dateien angesehen, sonst nichts.«

»Aber die Nachrichten von Frau de la Mare haben sie schon geöffnet, oder?«

»Okay, so gesehen habe ich dann doch etwas verändert. Ich denke, das gehört zu meinem Job.«

»Ist auch egal, Herr Mücke. Wir haben sowieso mitbekommen, dass da jemand schnüffelt.«

»Das kann ich mir denken.« Aus diesem Grund hatte er sich schließlich hierhin begeben, aber das musste er ihr nicht auf die Nase binden. Es war ohnehin klar, dass sie das wusste. Thea Oleknavicius nippte an ihrem Becher und verzog das Gesicht.

»Brr, kalt! Haben Sie in den Dateien denn etwas Aufschlussreiches gefunden? Etwas, was wir möglicherweise nicht wissen können?«

Sie machte einen kooperativen Eindruck, eventuell würde er durch sie die eine oder andere Information bekommen können. Er überlegte, ob er ihr anvertrauen sollte, dass Frank Töpfer zweimal an seine Schwester gezahlt hatte. Aber den Auftraggeber zu verraten, widerstrebte ihm und er entschied sich dagegen.

»Das glaube ich nicht. Ich kann natürlich nicht beurteilen, was sie wissen und was nicht. Aber mir ist nichts aufgefallen, von dem ich annehme, das wüsste die Polizei noch nicht.«

»Vielleicht kommt das ja noch.«

»Wie meinen Sie das?«, er musterte die Frau.

»Na, Sie werden sich die Dateien doch hoffentlich kopiert haben. Ich sage ganz offen, an Ihrer Stelle hätte ich das als Erstes gemacht.« Die Art, wie sie das sagte, ließ keinen Zweifel aufkommen.

»Nur für den Fall, dass mir der Computer hingefallen wäre oder er es aus einem anderen Grund nicht mehr tun würde!«

»Klar, nur deshalb! Warum auch sonst?«

»Eben. Man weiß ja nie ...« Die Frau hatte Sinn für Humor, das gefiel ihm. Andreas deutete mit dem Kopf auf den abgestellten Computer. »Es gibt da übrigens eine Datei, in der Mona alle Passwörter notiert hat.«

»Prima! Dann gucken mich unsere PC-Spezialisten wenigstens einmal nicht wie den allerletzten Dummkopf an. Trinken Sie einen frischen Kaffee mit?«

»Oh ja, gute Idee, den kann ich vertragen.« Mücke stand auf und folgte ihr, nachdem sie die Bürotür abgeschlossen und den gewaltigen Schlüsselbund in ihrer Hosentasche verstaut hatte. Die Sohlen ihrer Schuhe quietschten bei jedem Schritt. Sie entschuldigte sich, die blöden Schuhe gingen ihr heute selbst auf die Nerven.

Frisch war relativ. Thea Oleknavicius besorgte sich den Kaffee aus dem Automaten. Als er nach Kleingeld suchen wollte, winkte sie ab. Sie zog den Bund wieder aus der Hosentasche und steckte einen auffallend dicken Schlüssel in einen Schlitz, danach wurde ihr das Guthaben angezeigt. Wie gestern entschied er sich für Cappuccino.

»Mona ist doch obduziert worden; hat man dadurch zusätzliche Erkenntnisse gewonnen?«

»Nein, nicht unbedingt. Die Gerichtsmediziner haben Wasser in ihrer Lunge sowie im Magen gefunden, außerdem Reste von Schaumpilz. Das sind eindeutige Beweise dafür, dass sie lebend in die Erft geworfen wurde. Doch das dürfte nichts Neues für Sie sein.«

»Hatte sie im Wasser noch lange gelebt?«

»Höchstens eine halbe Stunde, wenn überhaupt. Die niedrige Wassertemperatur löst einen Kälteschock aus, dadurch werden alle natürlichen Atem- und Muskelbewegungen außer Kraft gesetzt. Darüber hinaus hatte Frau Töpfer über zwei Liter Blut verloren. Wahrscheinlich wäre sie auch daran gestorben, es sei denn, man hätte sie rechtzeitig gefunden.«

»Hat es eigentlich einen Kampf mit ihrem Mörder gegeben?« Die Kommissarin blieb kurz stehen, um an dem mit zwei Fingern gehaltenen Becher zu nippen. Auf dem Gang warnte ein Plakat vor Einbrechern: *Riegel vor! Sicher ist sicherer.* Sie blickte auf die Armbanduhr und setzte den Weg fort.

»Zumindest hat eine Gegenwehr stattgefunden. An beiden Händen konnten Abwehrverletzungen festgestellt werden. Sie muss versucht haben, nach der Waffe zu greifen. Aber die Einstiche waren heftig und tief. Es gab fünf typische Stichwunden – bei der sechsten hatte der Täter beim Herausziehen das Messer noch gedreht und dem Opfer damit eine weitere Verletzung zugefügt.«

Im Büro angekommen erzählte er ihr, dass er am Abend in Geldern eine Verabredung mit Frank Töpfer in dessen Werkstatt habe. Amüsiert beobachtete sie dabei Mückes gedankenverlorenes Spiel mit dem leeren Plastikbecher, das sie an eine Angewohnheit ihres Mannes erinnerte. Ihr Sohn war gerade dabei, das zu übernehmen. Mit großer Ausdauer konnte Yannick sich mit Verpackungen vertilgter Süßigkeiten beschäftigen, als gäbe es da noch etwas zu entdecken.

Thea Oleknavicius machte kein Geheimnis daraus, dass sie die Strecke in die niederrheinische Stadt schon auf sich genommen hatte. An diesen Schuppen mit den alten Militärfahrzeugen konnte sie sich bestens erinnern, sie fand die Atmosphäre dort beeindruckend und bedrohlich zugleich. Ihr Kollege Dieter Schraven hätte auf der Rückfahrt erzählt, dass die zwei ältesten Fahrzeuge im funktionsfähigen Zustand zusammen locker einen sechsstelligen Betrag wert seien. Auch wenn sie ihm das gern glaubte, vorstellen konnte Thea sich das beim besten Willen nicht. Bei der Verabschiedung nahm sie Andreas den zerdrückten Becher aus der Hand.

15.

Frank Töpfer griff zum Lappen und redete weiter. »Jeder hat seinen Spleen. Bei mir ist es das hier, bei meiner Schwester waren es lange die Teppiche und zuletzt ihre Bücher. Welchen haben Sie?«

»Vielleicht, dass ich keinen habe. Oder die Sache mit dem Herd. Mein Tick ist der Elektroherd, den ich jeden Abend dreimal kontrolliere, um zu sehen, ob er wirklich aus ist. Gilt das?«

»Nee, eigentlich nicht. Aber um Ihre Frage zu beantworten: Das ist ein NSU-Kettenkrad, Baujahr 1944. Die meisten wurden produziert, als Deutschland in Trümmern lag. Die vollständige Bezeichnung ist Kettenkraftrad, aber das sagt niemand. Man brauchte im Gelände ein geeignetes Zugmittel für kleinere Transporte, das Kettenkrad war die ideale Lösung. Das hier wurde anschließend im Ackerbau eingesetzt, bevor es die letzten 50 Jahre irgendwo vor sich hin rostete. Ich habe es auf einer Auktion in Malmedy ersteigert.«

Töpfer hatte seine Hände vom gröbsten Schmutz befreit. Den ölverschmierten Lappen warf er in einen ovalen Eimer, in dem einmal Streusalz gewesen war. An der fleckigen Wand hingen angerostete Reklameschilder von Varta, Morris, Zündapp, einige Urkunden sowie unzählige Fotoaufnahmen von Oldtimer-Treffen und natürlich aus seiner Werkstatt.

Mücke strich über das Blechgehäuse der Maschine, die er bislang nur aus einem Kriegsfilm kannte. »Interessantes Teil. Wie viele gibt es davon?«

»Keine Ahnung! Viele auf jeden Fall nicht, und die sind mittlerweile auch schweineteuer. Ich habe da in Belgien noch ein echtes Schnäppchen gemacht. Es wurden nur knapp 9.000 gebaut.«

»Könnten Sie damit fahren?«

»Ob es jetzt fahrbereit wäre, meinen Sie?«

»Jetzt oder demnächst.«

»Nee, noch lange nicht, das wird noch etliche Monate dauern. Als ich das Ding bekam, sah es mehr nach einer rostigen Wanne aus. Dazu gab es einen Kartoffelsack mit Ersatzteilen, die teilweise gar nicht zu der Maschine gehörten oder nicht mehr passten.« Töpfer zog einige Fotos aus einer Schublade, deren Motive Andreas eher an einen Haufen Schrott erinnerten.

»Hier fehlt noch der zweite Benzintank, und für den Batteriekasten muss ich auch eine Lösung finden«, fuhr er nach einer Pause fort. »Und der Auspuff gehört auf diese Seite. Den Kanal für das Rohr habe ich letztens mit der Wanne verschweißt. Der Landwirt hatte damals sämtliche Teile entfernt, die ihn störten oder ihm überflüssig erschienen. Außerdem wagte er sich an halsbrecherische Konstruktionen, die wenig Sinn machten. Es gab allein drei Vorrichtungen zum Anbringen eines Pfluges oder was auch immer. Ich hoffe für ihn, dass wenigstens eine davon gepasst hat.«

»Not macht erfinderisch«, Mücke konnte sich den ungeschickten Bauern gut vorstellen. Er musste ein Typ wie der verschrobene Opa seiner ersten Frau gewesen sein. Der alte Herr war in seinem verqualmten Keller immer am Tüfteln gewesen und hatte allein in den letzten Jahren seines Lebens eine Unmenge an Patenten angemeldet.

Bestimmt ist er so manchem Beamten damit gewaltig auf den Geist gegangen. Nicht wenige Familienangehörige sorgten sich bereits ums Erbe. Mücke hatte ihn plötzlich genau vor Augen.

Er war schon über eine Stunde hier und musste langsam zur Sache kommen, schließlich war er nicht nach Geldern gefahren, um sich mit Frank Töpfer über Kabinenroller, Schwimmwagen und Kettenkräder zu unterhalten.

»Wie haben Sie Ihrer Schwester das Geld gegeben?«

»Sie meinen, ob ich es überwiesen habe?« Andreas Mücke nickte. »Nein, ich habe sie in Neukirchen besucht und ihr das Geld gebracht. Ich wollte ihr erklären, wie es gewesen war, und habe gesagt, dass es mir leidtut und ich nicht gekommen bin, um über die Höhe zu feilschen. Ich hoffe, dass sie mich danach nicht mehr für das gehalten hat, was sie mir im Zorn vorgeworfen hatte.«

»Und die 18.000 Euro hatten Sie so einfach flüssig?«

»Ja, hatte ich. Erstens hatte ich geerbt, zweitens gibt es eine eigene Kasse für dieses Hobby hier. Ich betrachte es als Spielgeld, wenn das nicht zu überheblich klingt. Man kann meinetwegen auch von einer schwarzen Kasse sprechen, das spielt wohl keine Rolle für Ihre Ermittlungen! Vor zwei Jahren konnte ich eine seltene US-Ausführung einer Isetta verkaufen. Es gibt nicht nur Ausgaben, will ich damit sagen. Zufrieden?«

»Und der Verlust des Geldes ärgerte Sie nicht?«, Mücke betrachtete ein eingerahmtes Foto der Isetta.

»Doch, natürlich. Ich musste für eine Dummheit bezahlen und fand die Summe happig, eigentlich unverschämt. Andererseits war ich froh, Ramona als Autorin unterstützen zu können. In ihrer Unabhängigkeit, meine ich.« Töpfer wählte seine Worte bedächtig, Falten durchzogen seine Stirn. Vor dem Weiterreden rang er sich ein Lächeln ab. »Sie freute sich, dass ich ihre Bücher gelesen hatte. Sie bat mich, sie Mona zu nennen, sie liebte ihren Künstlernamen nämlich sehr. Mir gefällt er übrigens auch, einen besseren hätte sie nicht wählen können. Oder wüssten Sie einen?«

Andreas überlegte kurz. »Auf Anhieb schon gar nicht.«

»Der mediterrane Klang hat halt seinen besonderen Reiz. Ich finde de la Mare optimal.«

»Anna würde sagen: Der Name ist mega!«

»Anna?«

»Meine Tochter!«

»Ach ja, klar! Wir haben uns danach noch Weihnachten bei unserem Vater gesehen, leider nur für zwei Stunden, weil Mona zu einem Freund nach Viersen musste. Ich wollte ihr noch vorgeschlagen haben, in einem der nächsten Romane ein seltenes Auto zu erfinden, das ich ihr dann im Original restauriert hätte. Eventuell mit einer Lackierung im Buchdesign. Das wäre doch bestimmt die ideale Werbung gewesen.«

»Tja, was tut man nicht alles für seine Schwester, nicht wahr?« Die Ironie der Frage war für Töpfer nicht zu überhören.

»Ich fand ihre Geldforderung ziemlich mies, das erwähnte ich ja bereits. Aber ich wollte einen Neubeginn unserer Beziehung, wollte uns eine echte Chance geben. Unsere Mutter hätte das auch gut gefunden.«

Töpfer ließ sich schwer einschätzen. Entweder war er wirklich so naiv oder er war ein verdammt guter Schauspieler. Andreas Mücke tendierte zum Schauspieler. »Und wie war es beim anderen Mal, bei der zweiten Zahlung?«

»Welches andere Mal?«

»Sie haben ihr die Summe zweimal gegeben.« Er hatte es ohne Zweifel ausgesprochen und beobachtete sein Gegenüber genau.

»Das ist Blödsinn, wie kommen Sie darauf?«

»Zu Ihrem Pech gibt es eine Datei, in der Mona ihre Einnahmen eingetragen hat. Ihr Kürzel und der Betrag tauchen mit einem Abstand von über einem Jahr doppelt auf. Also erzählen Sie mir endlich die Wahrheit, wenn ich Ihnen helfen soll.« Aus der Jackentasche holte Mücke den Ausdruck hervor und warf ihn verärgert auf den Motor. Töpfer nahm das Blatt an sich. Er schluckte sichtbar und murmelte Unverständliches.

»Ich kann mir nicht vorstellen, dass Mona das ein weiteres Mal von mir verlangen wollte.«

»Sie haben gezahlt, erzählen Sie mir keinen Stuss. Nur so erklärt sich ihr Gesamtvermögen von fast 70.000 Euro. Wollen Sie davon auch nichts gewusst haben?«

»Schlagen Sie einen anderen Ton an! Vielleicht erinnern Sie sich, dass Sie von uns bezahlt werden. Wenn ich Ihnen sage, dass Mona die Summe nur einmal von mir bekommen hat, dann erwarte ich von Ihnen, dass Sie mir das gefälligst glauben«, jetzt klang Töpfer sauer, aber das beeindruckte Mücke nicht.

»Und wie erklären Sie mir den zweiten Eintrag mit Ihrem Kürzel?«

»Ich erkläre gar nichts, verdammt noch mal! Es ist Ihr Job, herauszufinden, wie das sein kann. Natürlich kann ich mir vorstellen, wie die Datei auf Sie wirkt, ich bin ja nicht blöd. Aber die zweite Zahlung ist nicht von mir, definitiv!«

»Hoffentlich sieht die Kripo das auch so.«

»Die Polizei?«

»Genau!«

»Wieso? Haben Sie etwa ...«, es war unübersehbar, wie es in Töpfer arbeitete. »Das darf ja nicht wahr sein: Wir engagieren einen Ermittler, der uns bei erstbester Gelegenheit ohne erkennbaren Grund bei den Bullen anscheißt. Unglaublich!«

»So würde ich das nicht nennen«, verteidigte sich Andreas.

»Wie denn dann?«

»Ich musste den PC aus der Praxis vorhin abgeben, weil die Kripo wusste, dass zuletzt jemand Monas Mails und *Facebook*-Nachrichten gelesen hatte.«

»Prima, da haben wir ja einen Spitzendetektiv eingestellt«, er verzog spöttisch den Mund. »Ich hätte Sie für pfiffiger gehalten. Am besten lösen wir den Vertrag auf, Sie bringen uns nicht weiter.«

»Es ist ja nicht so, als wenn ich sonst nichts herausgefunden hätte. Aber Ihr Name steht nun zweimal auf der Liste und das Geld hatte Mona schließlich ebenfalls. Das kann ich doch nicht ignorieren und Ihnen gegenüber so tun, als sei alles paletti.«

»Das habe ich längst verstanden, Sie wiederholen sich.« Für Monas Bruder schien das Gespräch beendet, er wandte sich beleidigt wieder seinem Kettenkrad zu. Ärger und Aufregung hatten sich auch bei Mücke noch nicht gelegt. Er wollte einen versöhnlichen Kurs einschlagen, doch dazu war es scheinbar zu spät. Oder zu früh, je nachdem wie man es sah. Es hatte keinen Zweck, im Moment erreichte er Töpfer nicht.

»Der Vorschuss ist für zwei Wochen, davon ist gerade eine um. Ich erfülle meine Verträge. Und, ob Sie es glauben oder nicht: Mich interessiert der Fall.«

»Wer will denn hier nicht glauben? Verschwinden Sie endlich, Ihr Herd ist an!« Er schaute ihn noch einmal kurz an, seine dunklen Augen funkelten böse.

Eine gute Minute blieb Andreas noch stehen. In einer halbdunklen Ecke sah er ein Kinderfahrrad an einer Kette baumeln. Das Vorderrad war ausgebaut, den Lenker schmückten zwei imposante Lkw-Rückspiegel. Wie erwartet wollte Töpfer nichts mehr sagen. Er ließ die offensichtlich verspannten Schultern kreisen und dehnte seinen Hals in alle Richtungen. Beim Herausgehen heftete Andreas seine Karte an die Pinnwand, damit er ihn auch aus der Werkstatt jederzeit erreichen konnte. So leicht ließ er sich nicht abschieben.

Er fuhr bis zum unbeleuchteten Sportplatz des SV Veert. Nach der Toilette hatte er Töpfer ebenso wenig fragen wollen wie nach seinem Eindruck von Monas Büchern. Beim Pinkeln sah er von unten Dampf aufsteigen. Einem Impuls folgend ließ er seinen Wagen stehen und stiefelte die zwei Straßen zum Schuppen zurück. Die meisten Autos trugen hier Klever Nummernschilder, aber seit einiger Zeit war das ursprüngliche GEL wieder erlaubt. Neben den Kennzeichen klebten an jedem zweiten Pkw Bekenntnisse zum Lieblingsverein. HSV, Gladbach, Fortuna, Schalke, Köln, dann wieder Gladbach – dazwischen warb jemand für Sylt. Mücke fiel das Spiel ein, das seine fußballbegeisterte Tochter erfunden hatte. In einem Sommer musste er Anna immer dann ein Eis spendieren, wenn unter zehn Aufklebern in Folge keiner des FC Bayern war.

Er schaltete sein Handy auf lautlos, dann sah er sich um und schlich vorsichtig um das Gebäude herum. Trotzdem wäre er um ein Haar über eine alte Autobatterie gestolpert. Aus der Werkstatt drang leises Schimpfen nach draußen. Frank Töpfer telefonierte aber nicht, sondern war in Selbstgespräche vertieft, das war deutlich herauszuhören. Sollte er sich immer noch nicht beruhigt haben?

Hinter dem Schuppen lagen verstreut einige Paletten herum. Andreas stapelte im Licht des Mondes fünf aufeinander, stieg die wacklige Konstruktion hinauf und konnte durch ein milchiges Fenster Töpfers Schatten in der Werkstatt erkennen. Das Kettenkrad befand sich im toten Winkel. Auf der anderen Seite entdeckte er ein mit Tüchern überdecktes Fahrzeug, das ihm vorhin gar nicht aufgefallen war. Lange Zeit tat sich nichts. Aus dem Gebüsch links erklang irgendwann das Schmatzen eines Tieres. Es könnte ein Igel gewesen sein, sollte er den Winterschlaf schon beendet haben. Wenig später schlurfte Töpfer zum Radiorekorder, seine niedergeschlagene Körpersprache war trotz Entfernung und verdreckter Scheibe zu erkennen. Ein nerviger Song aus den Achtzigern oder Neunzigern wurde gespielt – der Gute-Laune-Hit würde hier heute keinen mehr anstecken. Aus dem Kühlschrank holte sich Töpfer ein Bier mit grünem Etikett. Routiniert öffnete er die Flasche am Schloss der Schiebetür und trank sie, der Zeit nach zu urteilen, fast leer. Andreas Mücke konnte jetzt eher einen Glühwein vertragen, aber auf den würde er sich noch gedulden müssen. Immer mehr gestand er sich ein, dass es hier nichts zu sehen gab. Er sprang von den Paletten ins nasse Gras und legte sie an ihre Plätze zurück. Das Holz fühlte sich weich und matschig an.

16.

Wie Freitag vor einer Woche war es wieder 23 Uhr, als er die Autobahnausfahrt Mechernich verließ. Regentropfen prasselten laut aufs Autodach, die Scheibenwischer liefen seit Minuten auf der hektischsten Stufe. Der Nachrichtensprecher begann erneut mit der Meldung, dass die Karlsruher Richter das pauschale Kopftuchverbot für Lehrerinnen für rechtswidrig erklärt hatten. Andreas hätte sich aber nicht an die letzten Musiktitel erinnern können – während der Fahrt waren seine düsteren Gedanken bei Frank Töpfer gewesen. Selbst wenn er ihm glauben wollte, war es schwer, eine Erklärung für die anderen 18.000 Euro zu finden. Hatte er in den letzten Tagen etwas übersehen? Wenn dem so wäre, hätte Töpfer recht gehabt mit der Behauptung, dass er einen schlechten Job mache. Wo sollte er mit der Suche beginnen? Zwischendurch überfiel ihn immer wieder das Gefühl, dass Töpfer ihn hinters Licht führte. Und wenn er es nicht tat, verheimlichte er ihm dann etwas? Andreas Mücke hasste solche Gedankensprünge, dieses ständige Einerseits-Andererseits. Nicht zuletzt fühlte er sich dadurch an die Trennungsphase mit Paula erinnert, auch da saß er zwischen den Stühlen. Lange genug hatte er darunter gelitten, hatten beide gelitten. Und Julian natürlich auch. Solche Erinnerungen konnte er jetzt nicht gebrauchen, irgendwann muss man es hinter sich lassen. Er hoffte, zu Hause bei einem heißen Bad, das den Glühwein ersetzen sollte, und einem Weizenbier abschalten zu können, danach sah man weiter. Den Kreisverkehr von Nöthen hatte er bereits hinter sich gelassen. Kurz vor dem Kurhaus bog er links ab in die Willy-Brandt-Straße, die steil zur Ashfordstraße hochführte. Nicht wenige Autofahrer können diese Steigung nur im ersten oder zweiten Gang bewältigen, er gehörte dazu. Wenige Meter vor seinem Ziel huschte eine Katze im Scheinwerferlicht über die Straße und brachte sich im Vorgarten des Nachbarn in Sicherheit.

Mücke schloss die Haustür doppelt ab, bückte sich nach der breit verstreuten Reklame und schleppte sich die Stufen zur 1. Etage hoch. Bevor er in die Wanne stieg, schob er noch Marizas *Concerto em Lisboa* in den CD-Player. Fado-Musik passte zu diesem wechselhaften Abend, in letzter Zeit passte Fado verdammt oft. Ob er Jess dazu überreden könnte, mit ihm diesen Sommer in den Süden zu reisen? Es musste nicht Portugal sein. Spanien oder Italien würden ihn auch reizen. Oder wieder Griechenland! Im letzten August war er mit Anna 14 Tage in Georgioupolis auf Kreta gewesen. Zu seiner Verwunderung war sie von der strapaziösen Tour durch die Samaria-Schlucht total begeistert gewesen. Danach hatte sie in der Ferienanlage einen Jungen kennengelernt und damit das Ende des Vater-Tochter-Urlaubs besiegelt. Andreas hatte anschließend nur darauf bestanden, dass sie nachts um halb eins im Apartment war und wenigstens mit ihm das Abendessen einnahm. Dies geschah dann meistens mit großer Ungeduld und abschätzigen Bemerkungen über die Griechen, die Touristen und seine Wahl am Buffet. Eine Urlauberin hatte wortlos den Nachbartisch verlassen, nachdem Anna ihren Vater auf deren zu knappen Rock sowie den Hagelschaden an den Oberschenkeln hingewiesen hatte. Bestimmt würde Anna auch Marizas Gesang als *Grufti-Klänge* bezeichnen, so wie sie es im vergangenen Jahr mit dem Sirtaki gemacht hatte. Als er einmal während des Essens angedeutet hatte, dass Georgioupolis für eine Dreizehnjährige aus Euskirchen nicht der richtige Ort wäre, sich zu verlieben, glaubte Anna zu wissen, dass es in seinem Leben nie den richtigen Zeitpunkt oder Ort gegeben habe. Auch eine Antwort, hatte er sich eingestanden – gleichermaßen deprimiert über das erneute Scheitern seiner Ehe und doch erfreut über Annas zunehmende Schlagfertigkeit. Die Abende hatte er dann oft allein in der Strandbar *Mikes Oasis* mit *Mythos*-Bier und hausgebranntem Raki verbracht. Mit Jessica würde er dort gerne einmal sitzen. Das Plätschern des Meeres, der Himmel sterneverhangen, die Füße spielen mit dem Sand und miteinander. Wahrscheinlich würden sie dann auch zu viel trinken und für den früh ermüdeten Mike wieder die klapprige Tür abschließen müssen. Ihm fielen die nassen Augen des Griechen ein – noch nie war ihm ein Mensch begegnet, dem vom vielen Gähnen solche Tränenbäche über die Backen liefen.

Der Abschied von diesem Jungen aus Bayern, Leon hieß er, war für Anna tragisch gewesen. Der genervte Busfahrer hatte mehrmals zur Abfahrt hupen müssen und auf seine Armbanduhr getippt. Allein auf der Strecke zum Flughafen wurden mindestens 20 Kurznachrichten von ihr empfangen und verschickt. Auf der Startbahn von Heraklion ging es wegen der damals noch strengeren Bestimmungen nicht anders: Andreas hatte Anna schlussendlich das Smartphone aus der Hand nehmen und ausschalten müssen. Eisiges Schweigen und abrupt wiederkehrende Heulanfälle waren bis Köln die Folge gewesen.

Nachdem er sich einen Ingwer-Orange-Tee gemacht hatte, schaltete Mücke noch den Fernseher ein, um sich einen alten *Tatort* anzuschauen. Der Abspann der Talkshow lief bereits mit der gewohnten Hintergrundmelodie. Wie immer sah es so aus, als würden die Gäste erst jetzt, wo sie die Kameras abgeschaltet vermuteten, eine lockere Haltung einnehmen. Er hatte das schon tausend Mal beobachtet.

Neben ihm auf dem Sofa lag ein Exemplar von Monas *Hurensohn*, das er in die Hand nahm. Nach kurzem Blättern stutzte er. Sieh an, dachte Andreas erfreut. Das Impressum hielt eine Überraschung für ihn parat – Coverfoto: A. C. Stone.

17.

Mein Mann ist nicht da. Er ist gestern verreist, hatte er Ihnen das nicht gesagt?«

»Im Ernst? Ich bin mit ihm verabredet.« Die jugendlich wirkende Frau mit dem schmalen Gesicht im Türrahmen irritierte Andreas – hätte sie von ihrem Vater gesprochen, hätte ihn das weniger gewundert.

»Mag sein, trotzdem ist er in England und kommt erst Donnerstagabend wieder, vielleicht wird es auch Freitag, das weiß man nie so genau.«

»Das ist dumm, wir hatten erst vor wenigen Tagen telefoniert, und er hatte mir ausdrücklich den Samstag vorgeschlagen.«

»Machen Sie sich nichts draus. Das ist Jens schon häufiger passiert, dass er die Übersicht über seine Termine verliert. Eigentlich ständig, mit der Zeit habe ich mich dran gewöhnt«, sie zuckte hilflos mit den Schultern. »Und ich kann Ihnen vermutlich nicht helfen, oder?«

»Kommt drauf an: Sagt Ihnen der Name Mona de la Mare etwas?«

»Na klar! Sie kommen von der Polizei – warum sagen Sie das nicht gleich? Gibt es etwas Neues?«

»Sorry, ich heiße Andreas Mücke. Ich bin privater Ermittler und arbeite für die Familie der Autorin.«

»Ach, für Familie Töpfer?« Die Augenbrauen unterstrichen ihre Verwunderung.

»Sie kennen die Töpfers?«

»Nein, das wäre zu viel gesagt. Aber das müssen wir nicht hier draußen besprechen.«

Sie schloss hinter ihm die Tür und ging voraus. »Bitte, hier entlang«, Sabine Kulik deutete in die Richtung. Mücke folgte ihr in einen von zwei Panoramafenstern erhellten Raum, der mit Yucca-Palmen, bunten Bildern und beeindruckenden Buchregalen geschmückt war.

»Das ist bestimmt die Bibliothek«, mutmaßte Mücke, weil er das Gefühl hatte, etwas sagen zu müssen.

»Die kleine, wenn Sie so wollen.«

»Das heißt?«, fragte er neugierig.

»Es ist meine Bibliothek. Die meines Mannes befindet sich oben und ist um ein Vielfaches umfangreicher. Er würde seine Bücher niemals diesem Licht hier aussetzen, da ist er äußerst penibel. Ständig zeigt er mir ausgebleichte Buchrücken aus meinen Regalen, als wüsste ich nicht, was er meint. Mir sind die Verfärbungen egal, sie gehören zum Älterwerden. Bei uns Menschen ist das schließlich nicht anders. Mich interessiert der Inhalt, nicht die Verpackung. Lesen Sie eigentlich, Herr Mücke?«

Vom letzten Buch, das er vor einem halben Jahr gelesen hatte, fielen ihm weder Autor noch Titel ein. »Meistens fehlt die Zeit.«

»Also nein, sagen Sie es ruhig.« Sie erhob sich und schloss kopfschüttelnd die Terrassentür. »Es ist nicht zu fassen. Kaum zeigt der März ein wenig Sonne, muss bei den Nachbarn gleich der Rasen gemäht werden. Sind Sie auch so einer?«

Auch so einer? Andreas überlegte, was für einer er war. Ihre Direktheit erinnerte ihn an Julians lebenslustige Kindergärtnerin. »Im Prinzip schon, aber meistens bin ich zu faul, deshalb fällt es nicht auf.«

»Dann geht es ja noch.« Sie lockerte den Schal, den sie passend zur klein gemusterten Seidenbluse trug.

»Haben Sie beruflich ebenfalls mit Büchern zu tun?«, fragte er sie.

»Genau, ich schreibe Kritiken für Zeitschriften, Zeitungen und den WDR. Zum Beispiel auch für dieses Magazin dort.« Mit einer Kopfbewegung deutete Sabine Kulik auf den gläsernen Beistelltisch. Sie erwähnte, dass sie nach wie vor alles unter ihrem Mädchennamen veröffentlicht: Sabine Anders. In diesem Heft und im Internet allerdings unter dem Pseudonym *Sabander.*

»Und hat *Sabander* auch etwas zu *Passwort Hurensohn* geschrieben?«

Sie lachte kurz, bevor sie ernst wurde. »Das hat *Sabander*

selbstverständlich nicht, weil das Zeitverschwendung gewesen wäre. Hören Sie, ich beschäftige mich mit Literatur und nicht mit unreifem Geschreibsel irgendwelcher Möchtegern-Schriftsteller.«

»So hart urteilen Sie über Mona de la Mare?«

»Ich sage nur, was Sache ist. Eine wirklich interessante Autorin schreibt, weil sie etwas loswerden muss oder möchte, und nicht, um der ganzen Welt zu gefallen, wie es diese Mona getan hat und wie es heutzutage üblich ist.« Sabine Kulik trank einen Schluck, überlegte kurz und redete weiter. »Ein Buch wird für mich durch die ernsthafte Auseinandersetzung mit den Ideen und Gedanken des Schriftstellers gut oder nicht gut. Je stärker diese Gedanken von meinen eigenen Vorstellungen abweichen, desto spannender und nachdrücklicher ist für mich die Lektüre, wobei ich ein gewisses intellektuelles und sprachliches Niveau als selbstverständlich voraussetze.«

»Ich verstehe«, halbwegs konnte er Sabine Kulik folgen. Ihm war zumindest klar, welchen Unterschied sie aufzeigen wollte.

»In dieser Hinsicht«, fuhr sie fort, »hatte Mona nichts zu bieten, gar nichts. Verstehen Sie – sie schrieb bloß austauschbares Zeug, das ist keine Kunst. Das kann jeder, der halbwegs der Sprache mächtig ist. Ihr Sprachstil war in schmerzhafter Form leicht verständlich. Sie wollte gefallen und befriedigte dabei primitivste Instinkte.«

Andreas nippte ebenfalls am hingestellten Wasser. »Sie hatte aber einen gewissen Erfolg damit, oder?«

»Das eine hat nichts mit dem anderen zu tun. Erfolg ist relativ: Wer täglich seine *Amazon*-Platzierungen postet, ist noch lange keine große Nummer. Ich wette, die meisten Buchhändler kennen sie nicht.«

»Ihr Mann kannte sie dafür umso besser.«

»Mag sein. Ich kann nicht verstehen, was Jens an dieser talentfreien Göre gefressen hatte«, sie bot ihm eine Zigarette an.

»Nein danke. Habt ihr euch darüber gestritten?«

Sie nahm das Feuerzeug vom Tisch und überlegte eine Weile. »Gestritten? Auch, aber nur, weil ich es nicht verstehen konnte. Ich bin nicht eifersüchtig, das wäre mir zu anstrengend. Wenn er sich um eine gute Autorin gekümmert hätte, wäre es für mich okay gewesen. Frau Töpfer war ja nicht einmal fähig, den eigenen Künstlernamen zu kreieren.« Sabine Kulik hatte die Zigarette lange in der Hand gehalten und zündete sie erst jetzt an. »Normalerweise frage ich, aber ich denke, in den eigenen Wänden besitze ich die Freiheit.«

»Ich würde es nicht anders machen«, Andreas fühlte sich nicht gestört. »Gibt es in Ihren Augen richtig gute Autorinnen?«

»Jede Menge! Ich könnte auf Anhieb ein Dutzend nennen. Die bekäme ich fast schon in Berlin zusammen.«

»Und Sie?«

»Ich verstehe nicht ...«, Sabine Kulik schaute ihn ratlos an.

»Haben Sie es mal versucht mit dem Schreiben?«

»So etwas *versuche* ich nicht. Nein, da müsste einfach mehr in mir sein, was raus muss. Ein Buch muss für mich das Ergebnis langer Prozesse sein.«

»Hm«, er ärgerte sich. Wusste er wieder mal nicht, was er sagte? Er hatte sie gefragt, als wäre sie eine Anfängerin; im Nachhinein kam er sich wie der Anfänger vor.

»Ich meine lange Prozesse des Denkens und des Fühlens. Das Handwerk selbst ist kein Problem. Das ist, wenn man es beherrscht, nur eine Frage der Disziplin und Konzentration.«

Sabine konnte offensichtlich seine Gedanken lesen. Mit einer Handbewegung signalisierte sie, dass die Frage so schlimm nun auch nicht gewesen war. Mücke hatte darauf hinaus gewollt, dass sie es besser könnte als ein Großteil derer, die viel Geschrei um sich und ihre Bücher verbreiteten. Ihm war mit Verzögerung klar geworden, dass das für eine kluge Frau wie Sabine Kulik keine ausreichende Motivation sein konnte. Wie es aussah, hatte sie verstanden, dass er es endlich kapiert hatte.

Sie stand auf und kam mit zwei Gläsern und einer halb vollen Karaffe Rotwein zurück. Während sie beide Gläser zu einem Drittel füllte, sagte sie zwei Sätze zur Herkunft des Weines. Mücke lobte den guten Tropfen.

»Bei Handke«, fuhr sie nach einer Weile fort, »heißt es sinngemäß in der *Morawischen Nacht*: Das Singen meiner Mutter hat verhindert, dass ich Sänger wurde. Genauso verhält sich das bei mir mit den Büchern meines Mannes; mit dem entscheidenden Unterschied, dass seine Werke großartig sind, was für den Gesang der Mutter anscheinend nicht zutrifft. Jens hat die Messlatte für mich noch höher gelegt, eventuell hätte ich es sonst tatsächlich einmal *versucht.*«

»Was für eine Aussage: Das Singen meiner Mutter hat verhindert …«, Andreas geriet ins Stocken.

»… dass ich Sänger wurde«, ergänzte sie ihn.

»Der Satz gefällt mir.« Er lächelte und tippte aufs Glas. »Und der hier auch – ist das ein Beaujolais?«

Sabine Kulik nickte. »Aber nicht aus Villefrance, sondern nördlich davon. Er kommt aus dem Villages-Gebiet, dies ist auch das eigentliche Beaujolais, wie es in der Novelle *Clochemerle* von Chevallier beschrieben wurde.«

»Als Jugendlicher bin ich einige Jahre mit der Bahn durch halb Europa gereist. Es gab da so eine Aktion …« Mücke überlegte; der Name lag ihm auf der Zunge.

»*Interrail*? Gibt es immer noch. Durch halb Europa: Das war aber ganz schön mutig.«

»Den Mutigen gehört die Welt!«

»Das klingt auch fast wie ein Zitat. Oder?« Sabine Kulik blickte ihn neugierig an.

»Na ja, Matula könnte das gesagt haben.« Wurde er etwa übermütig? Was kam er ihr mit einer Krimiserie?

»Nie gehört, diesen Namen.«

»Ein Typ aus dem Fernsehen. Ich glaube, das war jetzt kein guter Vergleich.«

»Wenn Sie es für sich behalten: Mein Laster heißt *Lindenstraße.*«

»Das glaube ich Ihnen nicht.« Andreas konnte sich nicht vorstellen, wie das zusammenpasste.

»Es ist aber so, ich schwöre es.« Sie schien es selbst eigenartig, auf jeden Fall lustig zu finden.

»Ich war damals auch für mehrere Tage in Vaux-en-Beaujolais.«

Sabine Kulik griff erneut zur Zigarettenschachtel. »Genau, wenn ich mich richtig erinnere, war doch dieses Städtchen das Vorbild für das fiktive *Clochemerle.*«

18.

Andreas warf seine Lederjacke und die Sonntagszeitung aufs Sofa, bevor er die Nachrichten abhörte. Michaela Töpfer hatte gestern um 15:20 Uhr auf die Box gesprochen und gefordert, er solle sie sofort zurückrufen. Ihr Mann sei verschwunden, sie wären doch noch am Vortag so geheimnisvoll verabredet gewesen. Ob er etwas wüsste, sonst solle er ihn halt suchen. Den Schlüsselbund legte Andreas auf die Kommode, direkt vor Jessicas silbergerahmtes Foto.

»Nicht in diesem Ton«, murmelte er vor sich hin. Was bildet die sich ein? Wenige Minuten später hatte dann sein Optiker angerufen. Die Stimme teilte ihm mit, dass die Gleitsichtbrille zur Abholung bereit läge. Das Schöne: Die Premium-Plus-Gläser würden im Preis nur knapp über dem der Komfort-Gläser liegen. Das von ihm gesetzte Limit wäre eindeutig unterschritten worden. Na klasse, dachte Mücke, er hatte sich eine Brille zu fast 800 Euro aufschwatzen lassen. Eindeutig unterschritten, mal sehen, wie viel das wäre ...

Bei Anruf drei und vier wurde aufgelegt. Dann war es wieder die Töpfer, die fragte, was denn nun sei. Monas Abneigung erschien ihm immer verständlicher. Nachricht Nummer sechs von 22:08 Uhr klang besser: Jessica erzählte, dass es ihrer Freundin heute nicht besonders gut gegangen sei und sie deshalb früher aus Erftstadt zurückgekommen wäre. Innerhalb weniger Minuten seien bei Lotte die Kopfschmerzen aufgetreten und die Tabletten hätten nichts bewirkt, hätten sie nur müde gemacht. Wenn er wolle, könne er noch zu ihr kommen, sonst würde sie spätestens nach dem *Sportstudio* zu Bett gehen. Sie würden sich am Sonntag ohnehin sehen, also keinen Stress, bitte. Nach einer kurzen Pause fragte sie, ob es dabei bliebe, sie wäre ewig nicht mehr nach Nöthen gelaufen und freue sich auf den Besuch der *Deutsch-Französischen Bäckerei*. Er zog sich die Schuhe aus, füllte den Kaffeefilter mit Pulver, verschüttete dabei einen halben Löffel und ließ anschließend

Badewasser ein. *Natürlich bleibt es dabei. Was denkst denn du? Ich freue mich!!!* Seine Gedanken tippte er rasch ein und schickte sie ihr über *WhatsApp*. Es folgte: *Jess, ich bin in einer Stunde bei dir – Andy*. Sie mochte es nicht, Jessi genannt zu werden. Aber Jess war okay, das gefiel ihr. Er nahm das Foto in die Hand und betrachtete es. »Jesses Maria, wie hübsch du doch bist«, seufzte Andreas.

Aus dem Apartment im Erdgeschoss war lautes Gezeter von Frau Dr. Siemensmeyer zu hören, einer Mittdreißigerin, die seinem Eindruck nach entweder redete oder nicht zuhörte. Sie hatte in schöner Regelmäßigkeit ihre verhängnisvollen Affären. Es war für die anderen Bewohner des Hauses unmöglich, davon nichts mitzubekommen.

Er war schon komplett ausgezogen, als das Telefon läutete. Die Gelderner Vorwahl auf dem Display verriet eine ungeduldige oder erboste Anruferin, darauf hatte er keinen Bock. Vielleicht war seine Einstellung unprofessionell, aber dieser Sonntag gehörte ihm. Morgen würde er sich wieder richtig ins Zeug legen, sofern er bei den Töpfers überhaupt noch im Rennen war.

Trotz des halben Rauswurfs hatte er ein gutes Gefühl. Es kostete ihn Überwindung, das Gespräch nicht doch anzunehmen. Zu gern hätte er erfahren, was mit Frank Töpfer los war. Andererseits war ihm klar, dass er dann das Treffen mit Jess vergessen konnte. Und genau das wollte er nicht, nachdem er die letzte Nacht bei Sabine in Bonn verbracht hatte. Er schüttete in hohem Bogen die Badekristalle in die Wanne, verteilte sie flossenartig mit der Hand und wäre beinahe voreilig ohne den dringend benötigten Kaffee ins violette Lavendelwasser gestiegen.

In Gedanken ließ er den vergangenen Tag Revue passieren. Sie hatten sich angeregt unterhalten, am frühen Abend herbeitelefonierte Falafel-Wraps gegessen, und irgendwann mussten Sabine und er feststellen, dass sie es mit dem Wein übertrieben hatten.

An Entspannung war nicht zu denken: In der unteren Wohnung ging etwas zu Bruch. Nicht nur das, scheinbar ging gerade auch eine weitere Affäre lautstark zu Ende. Eine Ausdrucksweise hatte die Siemensmeyer! Kein Wunder, dass niemand bei ihr bleiben wollte.

19.

Missgelaunt kratzte er sich nach einer unruhigen Nacht den angegrauten Dreitagebart. Im Fenster der Apotheke wurden lausige vier Grad angezeigt, dazu dieser eisige Wind. Der neue Schal aus heimischer, ölhaltiger Wolle bewirkte nicht annähernd das, was man ihm im Geschäft versprochen hatte. Die Geldausgabe hätte er sich schenken können, das war der reinste Nepp. Schlimmer als in den Stripbars von St. Pauli oder den Edelpuffs im Rheinland. Er war erst zwei Stunden hier, doch er fand Tórshavn, die angeblich schönste Stadt im Nordatlantik, schon so richtig scheiße. Aber was konnte man von einer Hauptstadt erwarten, die nicht einmal 15 000 Einwohner besitzt? Selbst für die kleinste Hauptstadt der Welt reicht es nicht. Für den kommenden Tag stand eine Rundfahrt über die Insel Eysturoy mit dem Besuch des Örtchens Gjógv an der nordöstlichen Spitze auf dem Programm. Obwohl er für die fünf Tage das volle Ausflugsprogramm gebucht hatte, überlegte er bereits, ob er nicht auch tagsüber seine Zeit an Bord der *Norrøna* verbringen sollte. Da hätte er wenigstens seine Ruhe, und ordentlich geheizt waren die Decks ebenfalls. Was juckte ihn das älteste bewohnte Holzhaus der Welt aus dem 11. Jahrhundert? Die 18 Inseln hatten sowieso nur eines gemeinsam: Überall würde es regnen und dieser Dreckswind einem den Tag versauen, egal wo man sich befand. Mit den Färöern brachte er in erster Linie das Abschlachten von Grindwalen in Verbindung, aber davon wollten sie nichts wissen, diese Schmarotzer. Das Thema sollte man nicht anschneiden, hatten sie auf dem Schiff gesagt. Er hatte einfach keine Lust auf die Inseln und die Leute hier, schließlich machte er die Reise nicht freiwillig, und zu seinem Vergnügen unternahm er sie schon gar nicht. Okay, am Vortag hätte er noch alles dafür gegeben, das Schiff verlassen zu können, aber da hatte er etliche Tüten vollgekotzt. Unerträglich war es am Nachmittag in der *Sky*-Bar gewesen, als sie die Shetland-Inseln passiert und von der Nordsee in den Nordatlantik gelangt waren. Da hatten weder *Gammel Dansk* noch hochprozentigere Drinks geholfen. Das sollte bei ihm etwas heißen – sonst halfen die harten Sachen immer.

Am späten Abend hatte es dafür ein unerwartetes Erfolgserlebnis gegeben. Vom Außendeck hatte er früher als gedacht intensive grüne Polarlichter erkennen können und damit den ersten Teil seiner Strafe bereits erfüllt. So etwas hatte er noch nie gesehen, es war ihm vorgekommen, als wollten die spiralförmigen Bewegungen der Lichter ihm etwas mitteilen. Wollten sie? Er wusste es noch immer nicht. Das war ein Gänsehautmoment gewesen, der die Übelkeit vergessen ließ.

Freitag würde hoffentlich auch der richtige Mord gesühnt. Das wäre dann rasch gegangen, der reinste Schnellschuss. Wie befohlen würde er die Hölle erleben, wenn am Tag für wenige Minuten komplette Dunkelheit herrschte. Dann wäre er mit allem wieder im Reinen. Mit sich war er es sowieso schon, aber Töten war eine andere Geschichte, das verboten ihm die Fratzen. Dabei war es beim ersten Mal gar nicht geplant, da wollte er ihr nur eine Lektion erteilen. Und mit Ramona hatte es danach nur ein rücksichtsloses, hinterhältiges Luder erwischt, das ihn verspottet und ausgeplündert hatte. Die undankbare Fotze hatte es nicht anders verdient – zu schön wäre es gewesen, wenn die Erft sie nach Hause gespült hätte. Ungefähr 80 Kilometer waren es bis Grevenbroich, viel zu weit für diesen mickrigen Fluss. Schon an der ersten Biegung war er es satt gewesen und hatte dem Passagier die letzte Reise verweigert. Er hätte auf die Fratzen hören und die Schnauze halten sollen, anstatt dem Flittchen unflätige Flüche hinterherzuschreien. Vielleicht hatte es daran gelegen.

Er hätte den Mord lieber noch etwas hinausgezögert, aber er hatte in dieser Reise die ideale Möglichkeit gesehen, die ihm früh auferlegte Aufgabe zu erfüllen. Er müsste für seine Taten das bunte Licht und die Hölle auf Erden erleben, diese Strafe hatten sie ihm auferlegt und er hielt sie für angemessen. Die zaghaft vorgeschlagene Achterbahnfahrt auf der Rheinkirmes wurde trotz seiner Höhenangst nicht akzeptiert. Böse ausgelacht hatten sie ihn. Die Fratzen hatten gefragt, ob er sie verarschen wolle. Ob er glaube, so billig davon zu kommen. Für wie blöd er sie hielte. Seine Wangen waren heiß und rot geworden. Die Dunkelheit der Sonnenfinsternis war zwar auch nur eine symbolische Hölle, aber immerhin mit viel Aufwand und Geld verbunden. Bestimmt hatten sie ihn zur Verschärfung zusätzlich so lange kotzen und schlecht schlafen lassen. Seinetwegen könnte es bei der Rückfahrt am kommenden Wochenende wieder so werden, wenn sie ihn danach mit den Scheißmorden in Ruhe ließen. Fette Regentropfen füllten die unzähligen Schlaglöcher. Den spürbaren Stolz der Bewohner konnte er sich nur damit erklären, dass sie es schafften, in dieser kalt-feuchten Pampa zu überleben.

20.

Die Lage ist einfach klasse, aber das weißt du ja.« Mücke schaute sich um. Auf dem Rhein fuhr stromaufwärts ein holländisches Frachtschiff vorbei, beladen mit großen Containern. Den Namen des Schiffes konnte er auch ohne Brille entziffern: *Marieke.*

»Stimmt, du hättest mal sehen sollen, wie das vor zehn Jahren hier ausgesehen hat.«

»Alles selbst in Schuss gebracht?«

»Logisch«, der Mann mit dem lächerlichen Kinnbärtchen schmiss seine Küchenabfälle auf den Komposthaufen. Ein extrem weites und zu langes Hemd umflatterte die hagere Gestalt.

»Respekt.«

»Wasser, Strom, Ofen, selbst Festnetz – all das habe ich jetzt. Nur die Mülltonnen muss ich noch hundert Meter bis zur Straße ziehen, das lässt sich nicht ändern.«

»Wenn das alles ist ...«

»Na ja, Elektroherd und Waschmaschine gleichzeitig anschalten, das geht natürlich nicht. Da fliegen dir die Sicherungen um die Ohren, aber wann macht man das schon?«

»Eben.«

Für Andreas war das hier die reinste Idylle, auch wenn das hellblaue Häuschen nur geringfügig größer war als eine Doppelgarage. Aber es hatte seinen eigenwilligen Charakter, den dürfte A. C. Stone ebenfalls haben, dachte Mücke, der sich noch immer skeptisch betrachtet fühlte.

»Ich freue mich, wenn ich bald wieder hier arbeiten kann – der Garten ist mir heilig. Da drüben, das ist meine Kräuterecke: Thymian, Rosmarin, Spitzwegerich und so. Ist noch nicht ganz fertig, aber den Samen fürs Tausendgüldenkraut habe ich bereits. Und das hier, was wie Unkraut aussieht, sind Knoblauchrauken, die wachsen sonst vor allem im Wald. Wenn du an den Blättern reibst, riechen deine Finger nach Knofi. Total lecker sind die, musst du unbedingt mal probieren, übrigens eines der frühesten Kräuter im Jahr.«

»Damit kenne ich mich nicht aus, muss ich gestehen«, Andreas hatte die Pflanzen tatsächlich für Unkraut gehalten.

»Solltest du aber! Gehe zurück zur Natur und lerne von den Pflanzen, das ist meine Devise«, er betrachtete ihn halb verlegen, halb misstrauisch. »Aber was ganz anderes: Ich kann mich nicht an dich erinnern – haben wir uns wirklich schon mal gesehen?«

»Aber sicher. Mona hatte dich erkannt. Es war in Neuss oder Düsseldorf gewesen, als sie dich zufällig getroffen hatte. Ich bin dann etwas später zu euch an den Tisch gestoßen.«

»Echt?«

»Sie meinte nachher, du wärst ziemlich zugekifft gewesen. Mir war das gar nicht aufgefallen, ist auch egal!«

»In Neuss? Nicht in Krefeld? In Neuss war ich ewig nicht mehr.«

»Will ich nicht ausschließen. Ich kenne mich hier nicht so gut aus, viele Städte gehen ineinander über. Was weiß ich, wo Krefeld aufhört und Neuss beginnt.«

»Im *Mikado* könnte das gewesen sein, da bin ich häufiger. Packst du mal mit an? Die Zeit der Nachtfröste ist vorbei.« Gemeinsam lehnten sie eine ausgediente Balkontür an einen Flechtzaun, der vor Blicken und Wind schützen soll.

»Die gute alte Mona, der kann man so schnell nichts vormachen. Lass uns reingehen.«

Mücke fiel ein Stein vom Herzen. Er folgte A. C. durch einen schmalen Korridor, der durch abgestellte Kartons noch enger geworden war.

An den Wänden hingen Fotos und Plakate von Rockbands, deren beste Zeiten lange überschritten waren. Eine gerahmte Autogrammkarte von Udo Lindenberg mit persönlich gut gemeintem Ratschlag: *No Panic!*

»Das hier war meine Band. Wir nannten uns *Findelkind*, wir spielten einen Mix aus Bluesrock, Texas Blues und Hardrock. Echt cool waren wir, kannst du mir glauben. Leider war nach drei Jahren Schluss – dabei lief es richtig gut, wir wurden ständig gebucht. Die Leute hatten uns gemocht, weil wir sie an

ZZ Top erinnerten, obwohl das gar nicht unsere Absicht war. Nicht dass du meinst, wir wären eine Coverband gewesen.«

»Und wenn …«

»Nein, das ist alles Bullshit, Mann.«

Andreas deutete auf ein Plakat. »Auf diesem Festival war ich, wenn ich mich nicht irre. Doch, Pfingsten '99, ich bin mir sicher!«

»Echt? Dann hast du uns gesehen.«

»Kann sein – es ist lange her.«

»Da sagst du was. Erzähl mir von Mona. Hat sie endlich ihren Roman fertig?«

Andreas stutzte. Sein Gegenüber hatte doch laut Impressum das Coverfoto beigesteuert. Wusste er das nicht oder wollte er nur unverfänglich das Gespräch beginnen?

»Jepp, das hat sie. Das müsstest du aber wissen, so wie ich Mona verstanden habe.«

»Du hast recht. Ich wusste nicht, ob sie dir von den letzten Besuchen erzählt hatte, wo ich doch ihr Ex war.«

»Hat sie, ich lege immer Wert auf Offenheit.«

»Das ist gut, Mann. Mir hat sie zu viel von ihren Büchern geredet, da halfen keine ehrlichen Worte. Alles drehte sich nur darum und um diesen komischen Professor. Das war schon krankhaft.«

»Du meinst Jens Kulik?«, fragte Andreas, nachdem der Diesel-Sound eines vorbeiziehenden Frachters leiser geworden war.

»Da haben wir's, genau. Was habe ich diesen Namen gehasst. Pass auf, dass er sie dir nicht ausspannt!«

»Alan, weißt du nicht, dass sie tot ist?«

»Was ist sie?«

»Mona ist heute vor vier Wochen umgebracht worden.«

»Scheiße, oh Mann. Wie ist das passiert?«

»Man hat auf sie eingestochen und sie dann in die Erft geworfen.«

»Das ist krass. Wieso in die Erft?«

»Weil das in Bad Münstereifel geschehen ist, dort fließt die Erft durch den Ort.«

»Ich weiß, ich kenne die Stadt. Wir sind auch in Euskirchen

und Zülpich aufgetreten. Oh Mann, leck mich am Arsch – die Mona, wer hätte das für möglich gehalten?«

A. C. ließ sich aufs Sofa fallen, auf dem mindestens zehn bunte Kissen sowie schmutzige Wäsche für alle Körperbereiche lagen, einschließlich einer blassgrauen, verwaschenen Pudelmütze. Auf dem kleinen Tisch verteilten sich Musikzeitschriften, einige LPs, jede Menge gebrannter CDs und ineinandergesteckte Pizzakartons mit den Resten vergangener Tage. Wie war das vorhin: *Von der Natur lernen*? Mücke dachte sich seinen Teil. Wo Platz war, standen Gläser herum, nicht alle waren ausgetrunken. Von außen wirkte das Häuschen um einiges gepflegter.

»Es ist Zufall, dass ich auch in Münstereifel lebe. Aber ausgerechnet an diesem Abend war ich nicht da, deshalb wäre Mona nach der Lesung wieder nach Hause gefahren.«

»Oder zu ihrem Professor«, räumte Alan ein.

»Das hatte sich längst erledigt.«

»Echt? Bist du sicher?«

»Was ist schon sicher? Aber ich glaube, sie hatte zu ihm keinen Kontakt mehr.«

»Dann war er es. Eifersucht und so, hört man überall. Wissen die Bullen von ihm?«

»Natürlich, er war es wohl nicht, weil er ein Alibi hat.«

»Ach, das sollen die genauer prüfen.« A. C. stöhnte und hielt sich die Hände vors Gesicht. Die Verzweiflung schien echt. Er erwähnte Namen von verstorbenen Musikern und meinte, die Besten gingen immer zu früh. Es klang so, als würde Mona da mit einbezogen. Dabei hatte er so gut wie nichts von ihr gelesen. Umständlich erklärte er, warum das so gewesen war. Alan hätte das nicht gebraucht, weil er ein Feeling für sie gehabt hatte, sie kannte, ohne ihr ständig zuhören zu müssen oder etwas von ihr zu lesen. Das wäre überflüssig gewesen, fast wie Verrat an seinem Feeling, auf das er sich verlassen konnte, falls Andreas verstünde, was er meinte. Bis hierhin ging es gerade noch. Er hoffte, dass ihm weitere intellektuelle Nachhilfe erspart bliebe.

Andreas nahm das angebotene Bier, das konnte er wenigstens aus der Flasche trinken. Alan fragte ziemlich direkt, ob ihn ihr lautes Stöhnen beim Bumsen auch gestört hätte. Dazu sagte Mücke nichts. Er wunderte sich über seinen schnellen Stimmungswechsel und erfand für A. C. ein Tattoo, das Mona sich in Hamburg habe machen lassen.

»Noch ein Tattoo?« Mit der Frage setzte er sich auf einen anderen Platz. Alans Sessel kippte leicht nach rechts, weil ein Fuß fehlte. Er schien das zu kennen.

»Mona sagte *Schlampenstempel* dazu.« Endlich konnte sich Andreas einmal am Vokabular seiner Tochter bedienen.

»Das ist gut, Mann. Was für ein Tattoo?«

»Ein Anker, umwickelt von einer Schlange. Der Anker passte zur Stadt und zu ihrem Künstlernamen. Das Motiv war mein Vorschlag.« Wie leicht ihm doch heute das Lügen fiel.

»Richtig, dieses Mare-Dings, für mich hieß sie nur Mona, manchmal Moni. Hey, eine Schlange konnte sie auch sein, wenn du mich fragst.« Alan grinste.

»Das hast du gesagt! Wir waren im Januar für eine Woche in Hamburg, das war eine geile Zeit.«

»Glaub ich dir, die Stadt hat etwas. Aber Berlin ist besser, lass es dir gesagt sein. Oh Mann, jetzt bist du aber richtig in den Arsch gekniffen. Tut mir leid, Alter, echt. Nun kapier ich auch deinen Besuch.«

»Schon gut. Ich bin zu dir gekommen, weil ich hoffte, dass du eine Idee hättest, wer dahinter stecken könnte, abgesehen von diesem Professor.«

»Hinter dem Mord, spinnst du? Ich? Nein, das ist nicht meine Welt. Glaube nicht, dass ich nichts auf dem Kerbholz habe, aber Mord ... Vergiss es!«

»Hätte ja sein können, dass du einen Verdacht hast.«

»Nicht mal in eine Schlägerei war ich verwickelt.«

Dabei könnte man, dachte Mücke, die Dübellöcher an seiner Wand auch für prima Einschüsse halten. »Okay, den Versuch war es wert. Ich habe das Gefühl, es Mona schuldig zu sein.«

»Heiliger Bimbam, das kenne ich. Ich habe noch Sachen von ihr hier.« Alan blickte ihn an mit einer Intensität, die unterstrich, dass er das Thema wechseln wollte.

»Was denn für Sachen?«

»Na, einige Bücher, Klamotten, einen Ordner und etwas

Krimskrams. Es ist leider so, wie soll ich sagen, dass sie … dass Mona mir noch Geld schuldet.«

»Wieso denn das?«

»Ich habe das Buchcover, Werbematerial und so für sie entworfen. Hatte einiges an Ausgaben, sie wollte es mir jetzt zurückzahlen. Flyer habe ich ebenfalls drucken lassen.« Mit Daumen und Zeigefinger spielte er an seinem silbernen Ohrring.

»Ist dafür nicht der Verlag zuständig?«

»Normalerweise schon. Aber Mona pfiff auf Buchverlage, und kümmerte sich lieber um alles selbst oder ließ es von guten Leuten machen. Dafür hat sie dann an ihren verkauften Büchern mehr verdient als bei einem Verlag.«

»Ach so.«

»Das ist jetzt so ein Trend, das selbst zu machen. Find ich okay, so ohne den großen Kommerz. War ja auch nie mein Ding.«

Durch Monas Schilderungen, Kommentare, Bettel- und Jubelszenarien im Internet war Andreas halbwegs im Bilde, was ihre Verkaufsstrategie betraf. Besorgte Blicke waren auf ihn gerichtet. Dann veränderte sich erneut Alans Mimik, er spielte den Lässigen.

»Hat sie mit dir nie darüber gesprochen? Hey, da hast du Glück gehabt. Ich musste mir ständig ihre Pläne anhören.«

»Doch, klar hat sie das. Wie viel schuldet sie dir?«

»Achthundert?«, kam es leise hervor.

»Hör zu, das Cover interessiert mich nicht, das war eine Sache zwischen euch beiden. Unter uns, auch ich habe ihre Bücher nicht gelesen. Aber ich habe einen Hunderter dabei. Wenn du mir ihre Klamotten dafür gibst, wären wir im Geschäft.«

»Die Erinnerungen sind mir einiges wert.« Wieder drückte sein Blick Besorgnis aus.

»Kann ich verstehen, dann behalte den Kram.« Mücke dachte an frühere Preisverhandlungen mit Kunden oder Lieferanten, ein Pokerface hatte er deshalb aber noch lange nicht. Er war scharf auf die Sachen, vor allem auf den besagten Ordner. »Das Bier schmeckt gut«, er nahm einen weiteren Schluck.

»Okay, weil du es bist.«

Andreas zückte seine Geldbörse und gab A. C. das Geld, bevor der es sich noch einmal überlegte.

»Was für ein Tag, was für beschissene Nachrichten. Andreas, vielleicht kommst du noch einmal vorbei. Ich würde mich freuen, echt.« Er erhob sich vorsichtig aus dem altersschwachen Sessel und steckte die 100 Euro ein.

»Warum nicht?«

»Meine Fotos sind gut, ich biete sie auch in selbst gemachten Rahmen an.«

»Hm«, Andreas rieb sich die Augen.

»Hätte ich nicht über all die Jahre meine Musik, das Fotografieren, das Zeichnen und den Garten als persönliche Rückzugsmöglichkeit gehabt, würde ich heute an der Flasche hängen.« Mücke griff noch einmal zum Bier und schaute demonstrativ auf die Bahnhofswanduhr, ein billiges Imitat der Londoner Kensington Station.

»Sorry, ich weiß, ich sollte jetzt nicht von mir reden, oder? Ich will dich auch nicht volltexten.«

»Macht doch nichts«, sagte Andreas.

»Nein, verfluchte Kacke, das mit Mona ist schon krass, ich werde ihr einen Song widmen. Natürlich nur, wenn du nichts dagegen hast.«

»Ich finde das klasse. Mach das ruhig, sie war auch Teil deines Lebens«, ermutigte er ihn. »Wir haben beide unsere Erinnerungen an Mona.«

»Du siehst das so klar. Find ich gut, Mann.«

Mit zwei prall gefüllten Einkaufstüten, die bis zur Straße einzureißen drohten, verließ Andreas eine halbe Stunde später das kleine Hinterhaus am Uerdinger Rhein. Alan Chris hatte ihm noch etwas zu rauchen aus eigenem Anbau eingepackt, das hätte auch der Mona immer geschmeckt, sagte er nachdenklich und augenzwinkernd zugleich. So verstrahlt, widersprüchlich und berechnend dieser A. C. auch war, irgendwie mochte Mücke ihn – was nicht hieß, dass er ihm traute.

21.

Ulrich wendete am Taxistand seinen Wagen und stellte ihn auf dem Parkplatz am Bahnhof ab. Das Werther Tor, wo er um elf mit Andreas verabredet war, hatte er bereits vom Auto aus gesehen. Nachdem sie im *Café T.* bis halb eins gefrühstückt hatten, standen sie eine Viertelstunde später am Marktplatz vor Zwentibolds Brunnenfigur. Der Wind hatte sich gelegt und die Sonne strahlte etwas Wärme aus. Sie mussten einem Lieferfahrzeug Platz machen, ehe Andreas den Faden wieder aufnahm. Seinem Gast erklärte er, dass König Zwentibold kurz vor seinem Tod dem Benediktinerkloster das Markt- und Zollrecht verliehen hatte, weshalb sich ihm die Münstereifler zu allen Zeiten zu Dank verpflichtet fühlten, einige bis heute. Umgekommen ist der König im Jahr 900 bei einem Gefecht mit den Grafen Gerhard, Matfrid und Stephan aus dem Geschlecht der Matfriden. Treue wurde auch damals nicht großgeschrieben, denn seine Frau Oda ehelichte im gleichen Jahr noch Zwentibolds Bezwinger Gerhard. Mücke musste sich bremsen, zu sehr war er auf einmal wieder in seinem Element als Stadtführer. Vergessen geglaubte Details und Jahreszahlen waren plötzlich wieder da. In den beiden Jahren vor dem Abitur hatte er sich mit Führungen durch seine Heimatstadt regelmäßig etwas hinzuverdient. 15 Mark hatte er für den Rundgang von eineinhalb Stunden bekommen. Manchmal, wenn er gut drauf gewesen war oder besonders interessierte Zuhörer gehabt hatte, gab es die gleiche Summe noch einmal als Trinkgeld. Er hatte es sich dabei zur Gewohnheit gemacht, aktuelle und kommunalpolitische Themen aufzugreifen und in kleine Anekdoten zu verwandeln, die in den Gruppen meist für Heiterkeit sorgten. Nach Auffassung des überaus erfahrenen Schülers wurde im Ort beispielsweise alle naslang Enthaltsamkeit mit Impotenz verwechselt. Es gab noch ehemalige Ratsmitglieder, die ihn bis zu diesem Tage nicht grüßten.

Vor der Buchhandlung mit dem überdimensionalen *Müt-*

ters-Schriftzug wies ein Plakatständer auf einen neuen Eifel-Krimi hin. »Das Haus ist aus dem 15. Jahrhundert, zumindest der älteste Teil davon. Ich bin froh, dass hier wieder Bücher verkauft werden, das passt irgendwie zusammen, finde ich. Mona hatte übrigens nicht hier, sondern da vorne in dem Haus gelesen.« Mücke zeigte in die Marktstraße und wartete auf Schmidtke, der sich das Geschäft anschauen wollte. »Die Lesung fand in der ersten Etage statt«, rief er ihm hinterher.

Ein mit riesigen Einkaufstüten bepacktes Ehepaar aus seiner Nachbarschaft ging vorbei. Sie waren so sehr in ihr Gespräch vertieft, dass sie ihn nicht sahen. 20 Meter hinter ihnen folgte eine Frau mit unbeholfenen Schritten. Hohe Absätze und das Kopfsteinpflaster hinderten sie an einem Tempo, das ihr Hund gewollt hätte. Das Tier bellte wenig später einen dicken Jungen an, der mit großem Eifer eine leere Cola-Dose vor sich her kickte. Das Teil rollte unbeabsichtigt vor Mückes Füße – mit einem flüchtigen Nicken bedankte sich der Junge für den gelungenen Doppelpass.

Als Ulrich zurückkam, gingen sie weiter Richtung Brauhaus. Wenn er wolle, könnten sie nachher ein Ritterbier probieren, schlug Andreas vor. Ulrich fand das nicht angebracht, weil Mona einen Steinwurf entfernt in die Erft geworfen worden und unter der Brücke ertrunken war. Das hatte Andreas Mücke nicht bedacht. Er zeigte Schmidtke beide Stellen und auch das vergitterte Fenster im Keller des Brauhauses, wo die Bedienung vor gut vier Wochen, am Morgen des 19. Februars, die Leiche entdeckt hatte.

Andreas und Ulrich standen jetzt da, wo auf Mona eingestochen worden war. Ein Entenpaar schwamm flussabwärts Richtung Brauhaus. Schmidtke drehte sich eine Zigarette und sah gedankenverloren den Enten nach, deren kurzes Interesse einer Plastiktüte am Ufer galt. Nebenan putzte eine junge Frau mit violetter Schürze die Tische ab. Ihre ältere Kollegin legte rot-weiß karierte Sitzkissen auf die Stühle und verteilte Aufsteller mit Speisekarten. Danach kam die Jüngere noch einmal mit Blumenväschen und Aschenbechern zurück.

»Hast du diesen Ayci mal erreicht?«

Andreas hatte sich entschieden, Ulrich nicht alles zu erzählen. Schließlich wurde er nicht von ihm bezahlt. »Noch nicht«, antwortete er und hoffte, durch Monas Freund mehr über deren Ex zu erfahren. Er sah Ulrich von der Seite an. Die Färbung um sein rechtes Auge kam im Sonnenlicht noch stärker zur Geltung – Handball ist ein extrem harter Sport.

»Wir haben kaum über ihn geredet. Aber nachdem du aufgelegt hattest, ist mir eingefallen, dass er für Mona das Buchcover gestaltet hatte. Im Impressum steht der Name A. C. Stone, vielleicht hilft das weiter …«

Alan Chris Stone, dachte Mücke, eigentlich Alan-Christian Steiner. Die Mutter Engländerin, der Vater Deutscher, aufgewachsen in Hamburg und Blackheath bei London. Später in Köln und Arnheim gelebt – jetzt in Krefeld. Der 38-Jährige sah durch sein überwiegend mit grauen Strähnen durchzogenes Haar älter aus, was auch der lange, dünne Zopf nicht wettmachen konnte. Er war bis Anfang vergangenen Jahres Monas Freund gewesen.

»Warum hast du mir das nicht gleich gesagt? Eine SMS hätte gereicht …«

»Ist das denn wichtig?«

»Wenn man kaum Anhaltspunkte hat, ist alles wichtig.«

»Vielleicht hast du recht, es gab da etwas«, Ulrich drückte im Vorbeigehen seine Zigarette in einem der Aschenbecher aus. »Mona war wütend, weil er 200 Euro für das Cover bekommen hatte und plötzlich weiteres Geld haben wollte, als ihr Buch auf den Markt kam. Wegen unerlaubter Werbung mit seinem Motiv oder so ähnlich.«

Dieser kleine Gauner, dachte Mücke, ihm hatte er 800 abknüpfen wollen. »Und, wie hat sie reagiert?«

»Gar nicht. Sie lachte nur, er könne sie mal.«

»Gab es einen Vertrag über diese, sagen wir, Dienstleistung?« Er hatte A. C. gut vor Augen, es hätte ihn gewundert, wenn es einen gegeben hätte. Aber Ulrich wusste nicht, was er wusste.

»Nein. Das hatte ich sie auch gefragt. Mona fand das überflüssig. Sie ist natürlich nicht davon ausgegangen, von einem Freund beschissen zu werden, deshalb war sie so angefressen.«

Andreas führte Ulrich Schmidtke später zum Gebüsch kurz vorm Campingplatz, in dem die Mordwaffe fünf Tage nach der Tat gefunden worden war. Im Hintergrund plätscherte die Erft. Auf der anderen Seite des Weges befand sich der große Parkplatz, der im letzten Jahr zur Eröffnung des City-Outlets fertiggestellt worden war. Ihm musste eine grüne Wiese weichen – vielen Bürgern der Stadt hatte das nicht geschmeckt, mittlerweile hatte man sich daran gewöhnt. Die beiden kamen am gut besetzten Campingplatz vorbei. Wie immer waren Wohnmobile mit holländischen und belgischen Kennzeichen darunter. Ein älteres Paar demonstrierte in engen Shorts, Sandalen und Träger-Shirts, dass sie genau den richtigen Zeitpunkt zum Campen gewählt hatten. Weiter hinten roch es nach Holzkohle. Vom Eifelbad drangen die bekannten Lärm- und Planschgeräusche zu ihnen herüber. Das war nichts Besonderes, denn das Schwimmbad verfügte über ein temperiertes Außenbecken, das während des gesamten Jahres genutzt wurde.

Sie gingen weiter. Ulrich beantwortete alle Fragen zu Mona und der halbjährigen, äußerst lockeren bis wackligen Beziehung. Seine Worte wählte er bedächtig. Er vermisse sie, auch wenn klar gewesen war, dass es eine gemeinsame Zukunft nicht gegeben hätte. Doch dass sie so grausam aus dem Leben gerissen wurde, das könne Ulrich nicht verstehen. Er würde das nie verstehen können, das wisse er schon jetzt. In den vergangenen Wochen hatte er sich wiederholt gefragt, worin sein Beitrag zum wahrscheinlichen Scheitern der Beziehung bestanden habe. Ob es unter anderen Voraussetzungen besser hätte laufen können. Andreas kannte nach zwei gescheiterten Ehen solche Zweifel.

22.

Diese Henrike aus Enschede war ihm zuletzt so richtig auf die Eier gegangen. Es war absoluter Schwachsinn gewesen, die letzten Abende auf der *Norrøna* mit ihr in der *Naust-Lounge* oder im *Viking-Club* zu verbringen. Im Bett war sie das eine Mal nicht einmal schlecht gewesen, aber unterm Strich redete sie zu viel, dazu dieses schreckliche Deutsch, an dem man die Holländer erkennt – nein, das konnte guter Sex nicht wettmachen. Beim besten Willen nicht. Außerdem war sie naiv. Spürte sie denn nicht, dass sie ihn nicht interessierte? Und dann dieses Getue um ihre finanzielle Unabhängigkeit, was sollte das? Hielt sie ihn für einen Schmarotzer? Wenn er kein Geld hätte, wäre er nicht auf diesem Schiff und hätte ihr erst recht nicht am laufenden Band die karibischen Cocktails an der schnieken Mahagonitheke spendiert. Den Sex mit ihr hatte er nicht einmal nötig gehabt, wo er zu Hause ganz andere Möglichkeiten besaß. Selbst am letzten Abend war noch eine schnelle Nummer drin gewesen, nachdem ihm unverhofft dieser Depp übern Weg gelaufen war.

Wohlweislich hatte er Henrike seinen wahren Namen nicht genannt, den würde sie auch nie erfahren. Er hatte sich spontan als Frederik vorgestellt, wie dieser Nichtsnutz von Detektiv, mit dem er einen seiner größten Reinfälle erlebt hatte. Die echten Namensschildchen seines Koffers und der Reisetasche flatterten seitdem über die Inseln. Frederik und Henrike, die Holländerin fand das entzückend. Ihr Glück bestand darin, dass sich übermorgen in Hamburg ihre Wege endgültig trennten. Sie hätte sonst große Chancen gehabt, Mordopfer Nummer drei zu werden. Diesen Gedanken fand er irgendwie verlockend, meinte es aber nicht ernst, denn er hatte geschworen, es nie wieder zu tun. Er war froh, die Fratzen endlich zufriedengestellt zu haben. Daran würde auch diese Schabracke nichts ändern.

Kennengelernt hatte er sie am Dienstag im Restaurant *Áar-*

stova, wo er sich am frühen Abend den *Smoked Salmon* und das *Rabarbutrifli* sowie diverse Biere hatte schmecken lassen. Es war schon nach 21 Uhr gewesen, als sie an seinen Tisch gekommen war und fragte, ob sie sich nicht vom Schiff kennen würden. Er hatte Henrike sofort an den drei protzigen Ringen wiedererkannt, die ihm am Frühstücksbüffet unangenehm aufgefallen waren, und sie auf ein Bier eingeladen. Dabei war es nicht geblieben. Sie war allein unterwegs und in der Lage, sich seinem Trinktempo anzupassen, was ihm noch einigermaßen imponierte. Es hatte ihn anfangs nicht gestört, dass sie den hageren Kellner für das ausgezeichnete *Hoegaarden* übertrieben gelobt hatte. Eine *lecker* Bierspezialität, die sie den Nordlichtern gar nicht zugetraut hätte. Als sich diese Kommentare bei jeder Runde wiederholten, begann ihn das blöde Gerede zu nerven, zudem war jedes zehnte Wort von ihr *lecker*. Vermutlich hätte sie auch ihre üppige Oberweite so bezeichnet. Er hatte es bis zum Ende für überflüssig gehalten, zu erwähnen, dass es sich um ein belgisches Bier handelte – ein Blick aufs Etikett hätte im Übrigen genügt. Stattdessen drängte er nach zweieinhalb Stunden zum Aufbruch, gab dem aufmerksamen Kellner ein großzügig bemessenes Trinkgeld von mehr als 100 dänischen Kronen und vertraute ihm an, dass nur seine einfältige Begleiterin nicht wissen würde, woher das Bier stamme. Von einer Hutträgerin könne man halt nicht mehr erwarten. Der Hagere hatte verständnisvoll genickt und auch das deutsche Bier als *very good* bezeichnet. Er hatte zahlreiche Marken aufgezählt, um sein Urteil fachmännisch zu bekräftigen. Was für ein Mann: Er kannte sogar einige Altbiere der kleinen Düsseldorfer Hausbrauereien beim Namen. Und das hier in der Pampa! Bestimmt wäre er der interessantere Gesprächspartner für diesen Abend gewesen.

Gestern hatte Henrike dann über eine Stunde lang versucht, ihn wegen der unsicheren Wetterlage dazu zu überreden, die Sonnenfinsternis heute Morgen an Bord der *Norrøna* zu erleben. Die Erfolgsaussichten wären um ein Vielfaches höher, das hätte ihr der Kapitän versichert. Die erfahrene Crew würde sich rund um die Inseln bestens auskennen und die Jagd auf Wolkenlücken würden sie mit dem Schiff bestimmt gewinnen – nicht zu hundert Prozent, aber knapp darunter. Das waren für ihn alles keine neuen Aspekte, schließlich hatte er den Prospekt selbst studiert. Sogar besser als sie, wie er an einigen Stellen heraushörte. Aber erstens interessierte ihn die Sonnenfinsternis als Schauspiel nicht, und zweitens war Henrike ter Haar, oder wie immer sie hieß, Grund genug, das Gegenteil von dem zu tun, was sie vorhatte. Von ihm hatten die Stimmen nur verlangt, die Dunkelheit am Tag zu erleben. Und das war selbstverständlich auch bei einem wolkenverhangenen Himmel möglich, der Rest war Zugabe. Und so hatte er die Minuten der Finsternis auf einer matschigen Wiese verbracht, am Fuße eines grünen Hügels ohne diese blöde Kuh. Allein war er trotzdem nicht gewesen, denn es hatte Hunderte, wenn nicht Tausende Touristen auf die Färöer getrieben. In Tórshavn behaupteten die Einheimischen, sei noch nie so viel los gewesen. Das brauchten sie ihm nicht zu beweisen, das glaubte er ihnen blind. In dieser verregneten Drecksstadt wäre er schon längst verrückt geworden. Viele Besucher waren enttäuscht, weil genau in dem Moment, als sich der Mond ganz vor die Sonne geschoben hatte, ein dickes Wolkenmeer das Gleiche mit dem Mond tat. Sei's drum, er hatte die zwei Minuten purer Finsternis mit der elastischen Schnur seiner Windbreaker-Kapuzenjacke zwischen den Zähnen genossen. Das war der unbestrittene Höhepunkt seiner Reise, er fühlte, wie eine Last von ihm wich. Ramona Töpfers Tod war gesühnt, sein Leben hatte ein Update bekommen wie ein fehlerhaftes Programm. Ein belebendes Update, das ihn von dunklen Gedanken befreite. Er hatte es sich verdient.

23.

Was sagst du zu der Sache mit Monas Bruder, die vom letzten Wochenende?« Andreas und Ulrich hatten wieder das Orchheimer Tor in Bad Münstereifel erreicht, nachdem sie eine große Runde über den Nachbarort Eicherscheid gelaufen waren.

»Ich weiß, dass er verschwunden war, aber am Telefon wollte sein Vater nicht mit der Sprache raus.«

»Dienstag oder Mittwoch stand es in der Zeitung. Ich dachte, du wüsstest das«, sagte Ulrich.

»Nein, gar nicht. Er war in der Zeitung, echt? Schieß los!«

»Samstag früh muss er in einem Düsseldorfer Puff randaliert haben. Er hat anscheinend richtig was auf die Schnauze gekriegt und wurde morgens auf der Graf-Adolf-Straße in der Nähe des Hauptbahnhofs gefunden. Ohne Geld und Papiere, dafür aber ordentlich abgefüllt.«

»Dann sieht er wahrscheinlich schlimmer aus als du?«

»Davon würde ich ausgehen.« Ulrich blieb stehen und blickte durch das Fenster ins Innere. »Das ist doch hier das Lokal, in dem Mona nach ihrer Lesung gewesen ist, richtig?«

»So ist es.«

»Die Küche ist geöffnet«, sagte jemand aus dem Pulk von vier, fünf Leuten, die vor dem Bistro standen und rauchten.

»Dann lass uns reingehen, wenigstens etwas trinken«, schlug Ulrich vor.

»Einverstanden, ich muss aber die Uhr im Auge behalten.« Sie setzten sich in die Ecke am Fenster, wo Mona auch gesessen hatte, und bestellten zwei Kölsch. Ulrich sah sich um. Zwei weitere Tische waren besetzt. Auf einer Tafel wurden diverse Tagesgerichte empfohlen. Direkt daneben warb ein A3-Plakat für eine Musikveranstaltung übernächsten Samstag.

»Ist das Essen hier gut?«, wollte Schmidtke wissen.

»Keine Ahnung, habe es noch nicht ausprobiert. Wenn du willst, dann bestell dir ruhig etwas. Ich esse allerdings nachher mit meinen Kindern. Für Anna muss ich noch unbedingt Focaccia im Supermarkt besorgen, sonst reißt sie mir den Kopf tatsächlich ab, nachdem ich das Brot beim letzten Mal schon vergessen hatte.«

Schmidtke griff zur Speisekarte, während sich Mückes Gedanken um seine Kinder und um Frank Töpfer drehten. Vom Nachbartisch nickte ihm ein bekanntes Gesicht zu. Er brachte es irgendwie mit Paula in Verbindung und erwiderte den Gruß. Richtig, nun hatte er es, das Gesicht kannte er aus ihrem Chor. Paula hatte ihm einmal erzählt, die Frau würde seit Jahren zwischen zwei Schlafzimmern pendeln. Unvorstellbar für sie, solch eine jahrelange Geheimniskrämerei.

Draußen kam mit lautem Getöse eine Gruppe von Radsportlern vorbei, die ihre Räder schoben und alle, bis auf eine Ausnahme, ein Eis in der Hand hielten. *Giant-Alpecin* stand auf ihren schwarzen Trikots.

»Und das stimmt, das mit der Randale im Puff?«, vergewisserte sich Andreas.

»So stand es in der Zeitung. Gut, der Name war abgekürzt, aber ich bin mir sicher, dass ich den Bruder auf dem Foto trotz Balken erkannt habe. Auch das angegebene Alter stimmte. Soll ich dir den Artikel einscannen und schicken?«

»Das wäre super!«

»Mona wurde ebenfalls erwähnt, dann ist es sowieso eindeutig.«

»Stimmt. Prost, erst einmal«, sie stießen an. »Ich bin gespannt auf den Artikel.« Mathias betrat das Bistro. Wie war das noch? Mathias mit einem t, hatten sie ihn einmal am Tresen belehrt. Andreas kannte den Inhaber flüchtig, er hatte vorhin zu den Rauchern vor dem *Amadeus* gehört.

»Das tut jetzt gut.« Ulrich setzte das Glas ab.

»Könntest du das mit dem Scannen sofort machen?«

»Wenn ich die Zeitung finde. Müsste aber ... Sonst kann ich sie bestimmt noch bei Nachbarn oder beim Zeitungshändler auftreiben.«

Mücke sah schon die Meldungen in den Suchmaschinen vor sich. Am Wochenende würde er ihn anrufen, es interessierte ihn, was an der Geschichte dran war. Er hoffte, dass Frank

Töpfer nicht mehr sauer auf ihn war. Sein Vater hatte ihn am Telefon darum gebeten, weiterhin für die Familie zu arbeiten. Ein Hoffnungsschimmer.

Im Supermarkt hatte Andreas Mücke den Einkaufswagen prall gefüllt. Irgendwann würde auch er es noch lernen, an Sonderangeboten vorbeizugehen oder 4 für 3-Aktionen zu ignorieren. Er hatte sich viel länger aufgehalten als geplant. Zu seiner Verärgerung waren wieder einmal nur drei Kassen besetzt und jede Menge Kunden davor. Sein Smartphone meldete sich aus der Hosentasche. Hoffentlich war Anna nicht schon da oder gar Paula mit Julian. Die Bonner Nummer war ihm unbekannt, er nahm den Anruf an und rechnete damit, Sabine Kulik am anderen Ende zu haben. Es war allerdings eine andere Frau: Thea Oleknavicius, welch eine Ehre. Sie fragte, wie es ihm gehe und ob er ein wasserdichtes Alibi für die Tatnacht habe. Andreas glaubte, wegen der störenden Berieselungsmusik aus den Lautsprechern nicht richtig gehört zu haben. Er konzentrierte sich, sekundenlang hatte er schmale Augen.

»Sie machen Witze, Frau Kommissarin. Ich stehe unter Tatverdacht? Ich soll etwas mit dem Mord zu tun haben? Ich? Ausgerechnet ich?«, brüllte er in sein Handy. Links, rechts und auch vor ihm schauten sich die Leute erschrocken um. Emporgereckte Hälse in den Regalreihen. Die Frau hinter ihm wählte reaktionsschnell eine andere Kasse. Andreas Mücke zog seinen Einkaufswagen zurück und ging in eine abgelegene Ecke des Supermarktes.

Thea Oleknavicius sagte, sie müsse jedem Hinweis nachgehen. Sie klang nicht mehr ganz so ernst, als sie ihm erzählte, dass ein Mann aus Krefeld angerufen und nach einer Belohnung im Mordfall de la Mare gefragt habe. Dann hätte er berichtet, Besuch von einem merkwürdigen Kerl aus Bad Münstereifel bekommen zu haben. Es sei Monas Freund gewesen und ausgerechnet in der Mordnacht will er nicht im Ort gewesen sein. Er hätte sich dermaßen für die Tat interessiert, da hätte sich der Anrufer gleich gedacht, dass der nicht sauber ist, ihn aber erzählen lassen.

»Ja, nee, ist schon klar.« Diese miese kleine Ratte, dachte Mücke. Er erzählte der Kommissarin von seinem Besuch bei

A. C. Stone in Krefeld, dass Mona eineinhalb Jahre mit ihm zusammen gewesen war und vom Buchcover, für dessen Verwendung zu Werbezwecken er noch weiteres Geld von ihr haben wollte. Bis auf den letzten Punkt waren der Kripo die Sachen bekannt. Woher er das wüsste, wollte sie wissen. Er nannte ihr den Namen von Ulrich Schmidtke. Die Kommissarin dankte für die Info und fragte kurz nach, was er an diesem Wochenende so mache. Sie erwähnte daraufhin ihren neunjährigen Sohn Yannick und die ärgerlichen Wochenenddienste ihres Mannes bei der *Lufthansa* und wünschte ihm viel Spaß beim Ausflug mit den Kindern. Lachend erinnerte sie ihn an das dringend benötigte Alibi.

Zwei Kundinnen hatten während seines Gesprächs mit Thea Oleknavicius nicht aufgehört, ihn misstrauisch zu beobachten. Sie tuschelten miteinander, als er an ihnen vorbeiging, anstatt sich endlich um die Rotznasen ihrer Gören zu kümmern. Mücke hätte ihnen Taschentücher anbieten können. Er hätte ihnen erklären können, wie sich die Dinge verhielten. Aber wozu? Sie hatten ihr Urteil bereits gefällt. Wenn er ehrlich war, er auch über sie.

24.

Das Rezept war für vier Personen ausgelegt und Andreas war heilfroh, dass er beim Gemüsehändler und im Supermarkt noch alle Zutaten, abgesehen von frischen Champignons, bekommen hatte. Ansonsten hätte er aber einen Plan B in der Hinterhand gehabt. Der Makkaroniauflauf war seit Wochen Julians Wunsch gewesen. Andreas hatte sich diesmal für die Variation mit Mozzarella und Gemüse entschieden. Hoffentlich würde Jess einen guten Appetit mitbringen, denn Anna würde den Auflauf sowieso nur als Beilage zum Focaccia betrachten, von dem sie an einem guten Tag 500 Gramm verdrücken konnte. Andreas war gerade dabei, Majoran und Mascarpone unter die Soße zu mischen, als Anna aus dem Wohnzimmer rief, dass sie es nicht fasse, das wäre ja ziemlich daneben. Er schlich drei Schritte zurück und sah sie vom Türrahmen aus vor seinem Regal stehen. »Was denn?«, fragte er seine Tochter. Sie wedelte mit einem der Bücher.

»Na hier das, du Blitzmerker! Sonst liest du so gut wie nichts und dann sehe ich gleich drei Mal *Passwort Hurensohn.* Wenn ich mir schon drei Bücher zulege, dann finde ich es irgendwie effektiver, drei verschiedene zu lesen. Meinst du nicht auch?«

»Es ist so ...«

»*Passwort Hurensohn* – oh Gott, das darf ich keinem erzählen«, fuhr sie ihm ins Wort.

»HadiHadiHadiHo – BVB, Hurensöhne.«

»Sei still, Julian. Davon verstehst du nichts.«

»Verstehe ich wohl.«

»Lernst du so was im Kindergarten?« Anna machte fast einen mütterlich besorgten Eindruck.

»Es ist so, dass die Autorin des Buches, Mona de la Mare, letzten Monat hier in Münstereifel ermordet wurde.«

»Ach, die ist das.«

»Ja, die ist das. Ihre Familie hat mich beauftragt, bei der Suche nach dem Mörder mitzuhelfen.«

»Cool.«

»Und deshalb liegen die Bücher da, es waren die letzten Exemplare in der Buchhandlung. Du kannst meinetwegen ein Buch behalten, wenn du es nicht gleich deiner Mutter unter die Nase hältst und mich wieder in Erklärungsnot bringst.«

»Geil.« Anna griff zu. Mit einigen Formulierungen des Romans dürfte Anna voraussichtlich besser zurechtkommen als er, auch wenn der Altersabstand von Mona und ihr größer war als die zehn Jahre, die ihn von Mona trennten.

»Ich will auch ein HadiHadiHo.«

Wenn das so weiterginge, würde er beim nächsten Apothekenbesuch an Dragees zur Stärkung seines Nervenkostüms denken müssen. Er hatte zu tun und ließ die Kinder allein zurück. Der Mozzarella musste noch in Scheiben geschnitten und verteilt werden. Da Andreas vergessen hatte, den Backofen auf 200 Grad vorzuheizen, nutzte er die Wartezeit zu einem Glas Weißwein. Die Schürze mit dem Aufdruck *Auftragsgriller* hängte er in die Abstellkammer. Er hatte sie zu Weihnachten von Anna bekommen, kam sich darin aber ein bisschen albern vor. In zehn Minuten müsste die Hitze erreicht sein, spätestens in einer halben Stunde könnten sie dann essen. Er bat Anna und Julian, den Tisch zu decken.

»Kommt deine neue Schickse etwa auch?«, wollte Anna wissen.

»Jessica kommt auch, ja«, korrigierte Andreas.

»Yammi«, Julian jubelte, weil es dann immer Eis zum Nachtisch gibt.

»Nie sind wir allein«, schimpfte Anna. Mücke verzichtete darauf, seine Tochter an den Pubertätssommer auf Kreta zu erinnern, obwohl ihm eine passende Bemerkung auf der Zunge lag. Ein vorwurfsvoller Blick sollte reichen.

»Doch, sind wir. Morgen, wenn wir nach Königswinter fahren.«

»Wir wollten nach Köln!«, meckerte Anna.

»Köln wäre letzte Woche dran gewesen, aber da konntest du nicht. Schau, ich kann es nicht allen recht machen. Vorschlag: Nach dem *Sea Life* gehen wir zum Griechen, einverstanden? Du kannst natürlich auch hierbleiben ...«

»Meinetwegen.« Ihr schmollendes Gesicht hellte sich etwas auf.

»Heißt?«

»Ich fahre mit.«

»Im *Sea Life* gibt es jetzt eine Oktopus-Höhle, ganz neu«, die Mitteilung änderte nichts an Annas gleichgültigem Gesichtsausdruck, der Antwort genug war.

»Und Käpt'n Barnius«, Julian, der die ganze Zeit am Tisch gesessen und seiner Halbschwester bei der Arbeit zugesehen hatte, streckte ihr siegesgewiss die Zunge raus.

»Anna muss wieder alles allein machen. Du kannst wenigstens die Getränke aus dem Kühlschrank holen.«

»Habe ich doch!«

»Ich sehe bloß deine Limo auf dem Tisch stehen. Und hör auf, mit dem Stuhl zu schaukeln.«

»Mein Zahn wackelt.«

25.

Nachdem Jess neben ihm eingeschlafen war, stand er noch einmal auf und griff zum olivfarbenen T-Shirt. Seinen Slip fand er unter der Bettdecke. Es gab um 1:50 Uhr vernünftigere Entscheidungen, aber Andreas fühlte sich wach und zufrieden nach dem schönen Abend, an dem sie viel gelacht hatten. Natürlich war der Anruf im Supermarkt zur Sprache gekommen. Anna hatte es cool gefunden, dass ihr Dad unter Mordverdacht stand.

»Morgen schaut dich das ganze Rentnerdorf blöd an, dann kannst du einpacken und endlich nach Euskirchen ziehen.«

»Nach Großbüllesheim«, hatte Julian sie korrigiert.

»Das heißt Kackbüllesheim!«

»Gar nicht.«

»Dann eben Großkackbüllesheim.« Anna hatte es nicht lassen können.

»Scheißkirchen, Scheißkirchen!«

»Morgen, glaube ich, schauen die Leute euren Vater komisch an und in ein paar Tagen ist alles vergessen«, war Jessicas Einschätzung zum Tratschverhalten der Münstereifler gewesen.

»Aber nicht, wenn ich es weitererzähle«, hatte Anna mit entschlossenem Blick gekontert.

»Aha«, Jessica hatte sich ein Grinsen nicht verkneifen können.

»Dann weiß es im Nullkommanichts halb Euskirchen, und darum kann ich auch gleich hier wohnen bleiben«, der Logik ihres Vaters hatte Anna ausnahmsweise nichts entgegenzusetzen gehabt.

Während sein Computer bedächtig hochfuhr, holte Andreas sich in der Küche ein Kölsch-Radler. Dort roch es noch immer nach Fenchel – Anna hatte seit Neuestem diese Teesorte für sich entdeckt. Er trank einen kräftigen Schluck aus der Flasche und starrte unschlüssig auf die restlichen Salzstangen in der Schale. Ein Blaulicht auf der weit gegenüberliegenden

Umgehungsstraße ließ ihn das Gebäck vergessen. Eine Minute später fand er auf der gefliesten Fensterbank des Badezimmers Jessicas Schmuck. Er nahm den Ring in die Hand und betrachtete ihn eine Weile. Am Schreibtisch maß er den Innendurchmesser und brachte ihn wieder zurück ins Badezimmer. *19 Millimeter* notierte er auf einem Zettel, den er anschließend in sein Portemonnaie steckte.

Als er wieder am PC war, klickte er auf sein Postfach. Ulrich hatte den Zeitungsartikel bereits geschickt, er öffnete aber zunächst die darunter angezeigte Antwort von Sabine Kulik auf seine E-Mail von Mittwoch. Sie schrieb, dass ihr der lange Abend am vergangenen Samstag gefallen habe. So betrunken sei sie schon ewig nicht gewesen, aber auch er habe kräftig zugelangt, wie seine zunehmenden, geradezu sympathischen Wortfindungsstörungen am frühen Morgen gezeigt hätten. Und viel gelacht hätten sie, also sei es laut Charlie Chaplin kein verlorener Tag gewesen. Gegen eine Wiederholung hätte sie grundsätzlich nichts einzuwenden. Sie wolle jedoch betonen, dass sie, ganz gleich wie nah sie sich kämen oder nicht kämen, ihren Mann niemals verlassen würde. Den letzten Satzteil hatte Sabine sogar fett markiert. Sie freue sich auf ein Wiedersehen, wolle ihm allerdings, und das wäre nur fair, keine falschen Hoffnungen machen. Sie bat ihn abschließend, ihren Mann nicht in ihrem Beisein zu treffen. Entweder solle er ihr rechtzeitig Bescheid geben oder sich mit Jens woanders verabreden. Er sei übrigens schon seit gestern Mittag wieder zu Hause. Ihn habe er schlichtweg vergessen, das nur am Rande.

Andreas Mücke las den Text ein weiteres Mal. Sabine Kulik hatte in seinem Sinn geantwortet, das war gut. Er hatte nach seinem Besuch und der gemeinsamen Nacht keinen Gedanken daran verschwendet, Jessica aufzugeben. Die E-Mail bestätigte mehr oder weniger das, was er zwar geahnt, aber nicht gewusst hatte: Auch wenn er mehrmals nackt neben der ebenfalls unbekleideten Sabine aufgewacht war, schien zwischen ihnen nichts Ernsthaftes gelaufen zu sein. Einige Küsschen und Umarmungen hatte er noch vor Augen, aber sonst ... Eine ähnliche Episode gab es paradoxerweise in Monas Buch, die den versuchten Geschlechtsverkehr zwischen Betrunkenen

Komasutra nannte. Es war ein extrem bescheuertes Gefühl, sich nicht vollständig erinnern zu können. Mücke hätte nicht gedacht, dass ihm solch ein Filmriss noch einmal passieren könnte. Beim einzigen Mal davor war er noch Schüler des St.-Angela-Gymnasiums gewesen. Und das war wirklich verdammt lange her. Sabines E-Mail legte er im Ordner *Freunde* ab. Nach kurzer Überlegung verschob er sie in den Ordner *M. de la Mare*.

Die Spams von einem Reiseanbieter und einem Elektronik-Versandhaus wurden gelöscht. Er brauchte auch kein Viagra – eher ein Gegenmittel, jedenfalls manchmal, wenn er zu sehr an Jess dachte. Und wie er vor Urzeiten in den Verteiler von Nuttenmails geraten war, konnte er sich sowieso nicht erklären. Vielleicht hatte er das einem unzufriedenen Kunden zu verdanken. Es war schon ärgerlich, dass dieser mehr werdende Schrott an seine neue E-Mail-Adresse weitergeleitet wurde. Im Restaurant der Burg wurde noch gefeiert oder jemand hatte vergessen, das Licht zu löschen. Personen waren keine zu erkennen.

Es wurde Zeit, sich endlich mit Frank Töpfer zu beschäftigen: Ulrich bedankte sich im Begleittext für den informativen Tag. Er fand es toll, dass er sich so viel Zeit für ihn genommen hatte. Nun war Mücke gespannt auf den Artikel im Anhang:

Der Bruder der ermordeten Schriftstellerin Mona de la Mare gehörte im Februar noch zu den Hauptverdächtigen der Bonner Kripo (unser Bericht vom 21. Feb.), ehe er aus nicht näher erläuterten Gründen aus diesem Kreis gestrichen wurde. Möglicherweise voreilig! Nach Recherchen unserer Zeitung hat der Gelderner Lehrer Frank T. (39) in der Nacht zum 14. März in einem Düsseldorfer Sex-Club randaliert. Dabei dürfte es kaum um Geld gegangen sein, denn der luxuriöse Fuhrpark des Autoliebhabers ist imposant und locker im sechsstelligen Bereich anzusiedeln. Um was ging es also in der besagten, feucht-fröhlichen Nacht, nur wenige Tage nach der Beerdigung seiner Schwester? Fest steht, dass Frank T. zusammengeschlagen, ohne Papiere und Schlüssel in den frühen Morgenstunden auf der Graf-Adolf-Straße gefunden wurde, keine 250 Meter vom Hbf entfernt. Er wurde vom Notarzt in ein Krankenhaus eingewiesen. Der Alkoholtest ergab einen Wert von über zwei Promille. Die Polizei verweigert zum jetzigen Zeitpunkt jede weitere Information. Unsere Leser fragen sich ein weiteres Mal, was es zu verbergen gibt.

Der Artikel enthielt nicht mehr als das, was Ulrich ihm bereits erzählt hatte. Luxuriöser Fuhrpark, als hätte er lauter Nobelkarossen in der Garage stehen. Die biegen sich die Dinge nach Belieben hin. Andreas setzte sich auf den Teppich, um die beiden Einkaufstüten mit Monas Sachen auszupacken. Das hatte er schon vorgestern machen wollen, aber da hatte er sie im Kofferraum vergessen. Als er es später bemerkt hatte, regnete es in Strömen und hatte sich den Abend über drangehalten. Nun lagen die Tüten vor ihm auf dem Boden, er spürte den Nervenkitzel und hoffte, sein Geld nicht zum Fenster rausgeworfen zu haben. Er erinnerte sich an einen neulich ausgestrahlten TV-Beitrag über Kofferversteigerungen am Flughafen. Diese prickelnde Spannung verspürte er jetzt auch, er fühlte sich wie einer der Bieter. Nicht wenige hatten zu ihrem Pech in Schmutzwäsche und unnützen Krimskrams investiert. Aber wie immer gab es auch richtige Glückspilze, schließlich hatten solche Sendungen ausgewogen zu sein.

Das Erste, was Andreas in den Wundertüten zu fühlen bekam, waren Monas Badelatschen. Danach zog er saubere T-Shirts und Unterwäsche heraus. Es folgten einige Taschenbücher sowie weiche, längst abgelaufene orange *Balisto*-Riegel und eine Hautpflegecreme namens *Totes Meer.* Auf der Tube stand, dass Totes-Meer-Salz die zu Irritationen neigende Haut beruhige. Es folgten weitere Kosmetika. Interessant wurde es, als Mücke den blauen Ordner aufschlug. Im vorderen Teil befanden sich Absageschreiben von Buchverlagen, die von Mona mit hämischen und obszönen Bemerkungen versehen worden waren. Dann sah er ein Schreiben ihres früheren Arbeitgebers, mit dem er ihr vor zweieinhalb Jahren fristlos gekündigt hatte. Mona hatte einen roten Filzstift in Reichweite gehabt: *Besten Dank für jahrelanges Mobbing, Gerd Filbinger (Loser in all missions!).* Es folgten eine Kostenübernahme-Bestätigung der Rechtsschutzversicherung und zwei Schreiben ihres Rechtsanwalts Max Brinkmann. Die Düsseldorfer Arbeitsagentur bestätigte, dass sich Ramona Töpfer zum 21. September bei ihr als arbeitssuchend gemeldet hatte. Da sie die fristlose Kündigung mit verursacht habe, hieß es in einem Folgeschreiben, könnte es sein, dass sie für einige Wochen gesperrt würde und in dieser Zeit kein Geld bekäme. Mücke war jetzt hellwach und brauchte ein Glas Weißwein. Beim Eingießen hatte er das angenehme Gefühl, dass die Fahrt zu A. C. Stone nicht umsonst gewesen war.

26.

Mücke hatte sich nach der Rückkehr aus Königswinter für eine Stunde aufs Ohr legen müssen, so müde wie er nach der kurzen Nacht war. Zwei große Cola und die Athena-Platte in der *Taverna Olympia* hatten seinem Körper nur kurzfristig Power einhauchen können. Schon auf der Rückfahrt hatte er sich richtig zusammenreißen müssen, das Fahrerfenster hatte er hinuntergelassen und Gespräche mit den Kindern zu führen versucht. Anna hatte irgendwann von ihrem Smartphone aufgeblickt und gefragt, ob er denn wirklich nicht merkte, dass Julian schon die ganze Zeit schlafe. Als er daraufhin in den Spiegel geschaut hatte, konnte er sehen, wie Julians kleiner Kopf erschöpft auf der Schulter hing. Wie süß, dachte Andreas und beneidete seinen Sohn, dem der blonde Pony schweißnass in der Stirn hing, um den Schlaf. Kein Wunder, dass er müde war: Das gewonnene Wettrennen zum Auto dürfte ihm genauso zugesetzt haben wie seinem Vater. Im *Sea Life* hatte sich Julian außerdem mit großem Eifer darum bemüht, alle acht Stempel für sein *Logbuch* zu bekommen. Im Berührungsbecken hätte er die Krabbe fast aus dem Wasser geholt, dabei sollte er sie nur leicht von oben streicheln, um Stempel Nummer zwei zu erhalten.

Andreas schlurfte in die Küche und schaltete die altersschwache Kaffeemaschine ein, die fünf Haushalte und zwei Ehen überlebt hatte. Seine Kinder verfolgten die Bundesliga auf *sky* mit einer erquengelten Riesentüte Chips und süßen Getränken vor sich. Ein Knacken, Mampfen und Schlürfen, als hätten sie im Restaurant nichts bekommen. Anna trug inzwischen Monas knallrotes Shirt mit der Aufschrift *Der frühe Vogel kann mich mal*. Es stand ihr ausgezeichnet, wirkte lässig und natürlich etwas frech, wie Andreas feststellen musste. Da er ihr das Teil nicht angeboten hatte, klärte er Anna über dessen Herkunft auf. Sie fand es komisch, aber auch irgendwie cool, etwas zu tragen, das einer vor Kurzem Ermordeten gehört hatte. Anna störte bloß der muffige Geruch an Monas Shirt – zu Hause würde sie es sofort waschen. Wahrscheinlich waschen lassen, dachte Andreas, denn sie hätte es hier schon längst auswaschen können. An den anderen Kleidungsstücken aus den Tüten war sie nicht interessiert, die könne er ihretwegen Jessica anbieten oder in die Tonne kloppen. Wie großzügig von ihr.

Mücke schloss die Küchentür hinter sich. Es wurde Zeit, mit Frank Töpfer zu telefonieren. Nachdem sie letzten Freitag im Streit auseinandergegangen waren, hatte er nicht mehr mit ihm gesprochen. Die Kaffeemaschine rülpste in den letzten Zügen, der Dampf ebbte ab. Etwas mulmig war ihm zumute, aber da musste er jetzt durch. Im Grunde war es die gleiche Situation wie früher, als er aufgebrachte Kunden zurückrufen musste, weil irgendetwas beim Druck nicht gestimmt hatte oder sie den zugesagten Termin nicht einhalten konnten.

Er wählte versehentlich Frank Töpfers Festnetznummer und legte sofort wieder auf. Mücke versuchte stattdessen, ihn auf dem Handy zu erreichen, denn Töpfers Frau war nach seinen unterlassenen Rückrufen sicherlich noch weniger gut auf ihn zu sprechen. So rechnete Andreas nur mit Franks Vorwürfen, doch die blieben aus. Er sagte allerdings, dass es ihm egal sei, ob er weiter ermittle oder nicht. Sein Vater sei dafür, seine Frau dagegen – ihn interessiere es nicht. Immerhin konnten sie miteinander reden, mehr hatte Mücke nicht erwartet. Töpfer erzählte, dass er nach den nächtlichen Vorkommnissen in Düsseldorf vorübergehend vom Dienst freigestellt sei. Das könne er zwar alles nachvollziehen, gerechtfertigt sei es allerdings nicht, weil die Sache viel zu dramatisch und vor allem falsch dargestellt worden sei. Mücke kannte nur den Artikel aus der Boulevardzeitung und bat Töpfer, den Vorfall aus seiner Sicht zu schildern. In ruhigem Ton erzählte er, dass es zuletzt dauernd Krach mit seiner Frau gegeben habe. Es ging dabei meist um Kleinigkeiten, gewissermaßen nicht der Rede wert, außerdem sei sie sehr eifersüchtig, das würde von Jahr zu Jahr schlimmer. Laufend würde sie ihm Affären unterstellen, alles absurd und an den Haaren herbeigezogen. Sein Bordellbesuch scheint nun ihre Eifersucht zu rechtfertigen, wie er einräumte, in Wirklichkeit sei er aber nur eine Trotzreaktion gewesen. Es hätte sich einiges angesammelt, und Mückes Auftreten in der Werkstatt – ohne ihm einen Vorwurf machen zu wollen – hätte das Fass zum Überlaufen gebracht. Deshalb wäre er später mit einigen Hundertern in der Tasche nach Düsseldorf gefahren. Im Ortsteil Flingern hätte er in einer Seitenstraße geparkt. Von einem Taxifahrer habe er sich danach von der Grafenberger Allee zu einem beliebigen Nachtklub bringen lassen. Dort hätte er dann zu schnell einige Drinks in sich hineingekippt, die es richtig in sich hatten.

»Was ist dann passiert?«, fragte Andreas nach. Im Hintergrund schimpften seine Kinder, speziell Anna war nicht zu überhören.

»Ich bekam mit, dass eine junge Frau von einem Zuhälter, vielleicht war es auch ein Gast, geschlagen wurde. Die Frau kam mir nur unwesentlich älter vor als manche meiner Schülerinnen am Gymnasium. Ich konnte das nicht mit ansehen und bin dazwischengegangen, allerdings nicht wüst – vermitteln wollte ich oder einfach nur die Gemüter beruhigen.«

So misstrauisch Andreas bisher auch war, Töpfers Geschichte klang glaubwürdig. Anna steckte den Kopf zur Tür herein und schimpfte: »Elfmeter gegen uns, ein Witz! Da kannst du in jedem Spiel zehn geben.«

»Na toll!« Andreas bedeutete ihr, dass er gleich käme.

»Sorry, das war meine Tochter. Und dann?«

»Man sagte mir, ich solle mich raushalten. Einer legte seinen Arm um meine Schulter und gab mir an der Bar einen aus. Ich hatte das Gefühl, er würde meinen Namen kennen, aber ich war das erste Mal dort, und vorgestellt habe ich mich in dem Puff bestimmt nicht.«

»Hm«, eventuell hatte ihn jemand aus der Zeitung wiedererkannt. Eine andere Erklärung hatte Andreas nicht.

»Ich glaube, ich vermisste bereits meine Papiere. Aber ich hatte zu diesem Zeitpunkt einiges intus, ich weiß es wirklich nicht genau. An den Rest kann ich mich nur verschwommen erinnern ...«

»Verschwommen, das heißt?«

»Die Frau schrie ein weiteres Mal, glaube ich. Wenn es dieselbe war ... Dazwischen hörte ich immer wieder Hohngelächter von Männern und Frauen. Keine Ahnung, wem es galt. Womöglich galt es mir.«

»Das ist alles?«

»Danach kann ich mich nur noch an typische Straßengeräusche, Straßenbahnen in der Ferne und an Schritte erinnern, ich lag ja auf dem Boden. Abfällige Kommentare wurden im Vorbeigehen geäußert und dazwischen immer meine Panik wegen der verlorenen Papiere. Aber es war alles so weit weg, so, als wenn man hohes Fieber hat und fantasiert. Auch die Schlüssel waren verschwunden. Das erste klare Bild ist der Notarzt gewesen, der sich über mich beugte und fragte, ob ich ihn verstehe.«

»Hätte man Ihnen K.-o.-Tropfen in den Drink mischen können? In solchen Etablissements wäre das nicht das erste Mal.«

»Was weiß ich ... Kann sein, kann nicht sein.«

»Im ärztlichen Befund ...«

»... nee, nee. Da ließ sich nichts nachweisen. Die Polizei hatte das überprüft.« Töpfer entschuldigte sich, dass er Mücke unterbrochen hatte.

»Schon okay. Werden in dem Klub junge Mädchen zur Prostitution gezwungen?«

»Das kann ich mir gut vorstellen.«

»Aus Osteuropa?« Andreas Mücke spielte gedankenverloren mit dem grünen Einwegfeuerzeug, das er in der Nacht zum Öffnen des Radlers benutzt hatte.

»Wahrscheinlich, aber das weiß ich nicht, weil ich mit keinem der Mädchen gesprochen und überhaupt wenig in Erinnerung habe. Am Tag drauf waren die Bullen in dem Laden und natürlich war da dann alles in bester Ordnung. Man kennt das ja!«

»Die haben halt ihre Zeit zum großen Reinemachen genutzt«, sagte Mücke und trank den letzten Schluck Kaffee. Es reizte ihn, sich dieses Bordell anzuschauen. Aber das würde ihn in seinen Ermittlungen keinen Schritt weiterbringen und könnte eher andere Schwierigkeiten nach sich ziehen. Es war nicht seine Aufgabe, sich um jedes Problem zu kümmern. Ein Besuch wäre pure Zeitverschwendung. Und preiswert würde dieser Abend ebenfalls nicht. Den Namen dieses Etablissements ließ er sich trotzdem geben.

»Wie reagierte Ihre Frau auf den Ausflug?«

»Herr Mücke, das können Sie sich jetzt aber denken! Ich erwähnte doch schon, dass sie sich in ihrer Eifersucht bestätigt fühlte.«

»Hm«, stimmt, das wusste er. Andreas schlenderte wieder in die andere Ecke der Küche. Den Ficus auf der Fensterbank drehte er um 180 Grad.

»Ist doch wohl logisch, dass der Haussegen schief hängt, oder?«

»Verlassen hat sie Sie aber nicht?«

»Noch nicht. Ich weiß nicht, wie es weitergeht. Möglicherweise bin ich hier als Lehrer bereits erledigt.«

»Da können Sie sich bei der Presse bedanken.«

»Ich weiß. Aber ich habe meinen Teil halt selbst dazu beigetragen.«

»Tja«, da konnte man ihm nicht widersprechen.

»Ich wundere mich ohnehin über Ihr Verständnis. Woher kommt das so plötzlich? Letzte Woche haben Sie mir kein Wort geglaubt.«

»Das kann man so nicht sagen. Aber lassen wir das und kommen auf Mona zu sprechen. Wissen Sie etwas über ihren damaligen Arbeitgeber?«

»Nee, nur dass Mona sich in dem Busunternehmen nicht mehr wohlfühlte und nach etlichen Jahren von heute auf morgen ihren Job hingeschmissen hatte. Danach hielt sie nichts mehr in Düsseldorf.«

»Das stimmt nicht ganz: Ramona wurde entlassen.«

»Das ist mir neu«, Töpfer war verwundert, wollte es nicht wahrhaben.

»Ist aber so.«

»Sie hatte mir von erheblichen Sicherheitsmängeln an den Bussen berichtet. Auch von manipulierten Fahrtenschreibern, nicht eingehaltenen Ruhezeiten, unbezahlten Überstunden und so weiter.«

»Und das glaubten Sie Ihrer Schwester, was ich wohl ebenfalls getan hätte.«

»Warum nicht? So etwas kommt vor, andererseits kannte ich ihre Neigung zu Übertreibungen. Deshalb dann gleich zu kündigen – das sah mir nach einem etwas übertriebenen Gewissen aus, aber letztendlich hatte sie den Job nicht mehr, da blieb mir nichts anderes übrig, als ihr zu glauben.« Auch das klang in Andreas' Ohren logisch. Beide schwiegen eine Weile.

»Ein Freund«, fuhr Töpfer dann fort, »hat sich später beim TÜV erkundigt und bekam die Information, dass Filbingers Reisebusse in der Regel in sehr gutem Zustand sind. Wenn überhaupt, wurden im Laufe der letzten Jahre höchstens Kleinigkeiten an den Lichtanlagen festgestellt oder vielleicht mal ein abgelaufener Feuerlöscher.«

»Das ist nicht viel.« Mücke sah vom Küchenfenster aus der Siemensmeyer beim Einparken zu.

»Richtig. Busse werden außerdem jährlich und in über 140 Punkten überprüft.«

»Dann hatte Mona tatsächlich übertrieben?«

»Ich schätze schon, auf jeden Fall was den Vorwurf der Sicherheitsmängel betrifft. Bei Filbinger gibt es keine Busse, die älter als zehn Jahre sind. Auch das ist nicht selbstverständlich.« Mücke kannte mittlerweile Monas Fantasie und vermutete, dass sie alles erfunden hatte, damit die Familie ihre angeblich eigene Kündigung guthieß.

»Monas damaliger Freund hat mir einen Ordner mitgegeben, in dem sich Filbingers Kündigungsschreiben sowie Korrespondenz mit ihrem Anwalt befindet.«

»Na, endlich tun Sie was! Aber wie ich schon sagte, davon wusste ich nichts, mein Vater sicher ebenfalls nicht. Was ist denn aus dem Rechtsstreit geworden?«, wollte Töpfer wissen.

»Kann ich leider nicht beantworten, weil die Korrespondenz unvollständig ist.«

»Das sieht ihr ähnlich!«

»Ich würde mich gerne in Monas Wohnung umsehen, bevor ich diesen Anwalt anrufe.«

»Die Wohnung wurde jetzt freigegeben. Das regeln Sie am besten mit meinem Vater. Der wohnt in Grevenbroich ja quasi um die Ecke.« Andreas dankte Frank Töpfer für das Gespräch. Er würde den Alten anrufen, es ging auch um Details zur Fortsetzung seiner Arbeit. Den gezahlten Vorschuss für zwei Wochen hatte er abgearbeitet.

Viel später, nach dem Essen und der Fernsehshow, nachdem Anna vor dem Fernsehgerät schon fast eingeschlafen war, schickte er sie ins Bett und las in Monas Buch weiter. Angeblich sollte *Passwort Hurensohn* stark autobiografische Züge haben, die hatte er bislang nicht gefunden. Ihm war spätestens nach der erfundenen Geschichte mit dem Urgroßvater klar, dass Monas Andeutungen nicht allzu ernst genommen werden sollten. Immerhin konnte sie ihn nach Mitternacht einigermaßen gut unterhalten. Die Male davor war er in dem Buch eher schleppend vorangekommen. Ihr Hang zu Übertreibungen, wie Töpfer es genannt hatte, wurde immer offensichtlicher, und auch endlos ineinander verschachtelte Sätze gehörten nicht zu ihren Erfindungen. Das war ihm allerdings lieber, als jeden Satz dreimal zu lesen, um ihn zu verstehen. Wie hatte es jemand im Internet gesagt? *Mona de la Mare, die Meisterin lesbarer Texte.* Das stimmte und klang freundlicher als Sabines unerbittliches Urteil. Und sie besaß Sinn für Humor: *Auf meinem Sideboard stand seit Langem diese schrecklich rosafarbene Taschentuchbox. Sie musste erst halb leer werden, um einmal fürs Naseputzen und nicht nach anstößigen Spielchen genutzt zu werden.*

Nicht schlecht, dachte Andreas. Er fragte sich, ob es nicht voreilig gewesen war, seiner Tochter ein Exemplar zu überlassen. Ihre Mutter würde wenig Verständnis dafür haben, wenn sie das sah. Seine erste Ehe war er zu früh eingegangen, von Zeit zu Zeit musste er daran denken. Er hätte ahnen müssen, dass es mit Agnes' dominantem Wesen auf Dauer nicht gut gehen konnte. Seine Freunde hatten sich mit dem vorbereiteten Schabernack ihren Teil gedacht, als er sich bei der Hochzeitsfeier unter lautem Gelächter auf ein Fakirbrett legen musste. Einige hatten auch vorher ihre Bedenken zu der geplanten Ehe geäußert, aber Andreas wollte sich nichts sagen lassen, da war er stur gewesen wie kein Zweiter.

Nachts um drei Uhr klappte er das Buch endgültig zu. Müde und leicht enttäuscht, denn er war sich nun sicher, dass *Passwort Hurensohn* keinen Hinweis auf ein Motiv oder den späteren Mord enthielt. Dazu war die selbstverliebte Geschichte zu belanglos, wie Sabine Kulik es letzte Woche prophezeit hatte. Ach, Sabine, es war dieses Gefühl von Überschuss, das diese Frau so interessant machte. Es war, als hätte sie auf unaufdringliche Weise von allem eine Spur zu viel.

27.

Irgendein Lichtblick musste heute noch her. Das hatte Andreas Mücke beim Friseur beschlossen, nachdem der Morgen, nicht nur wegen des defekten Wäschetrockners, nicht nach Plan verlaufen war. Von draußen hatte er den freien Fensterplatz in der ersten Etage entdeckt. Jetzt saß er im *Café am Salzmarkt* mit einem Becher Kaffee, einem *Stephinsky* mit satten 43 Umdrehungen und einem Stück Käsekuchen vor sich. Auf dem Tisch hatte er außerdem zwei Kataloge ausgebreitet und studierte die Kanaren- und Griechenland-Angebote eines Reiseveranstalters. Ab und zu markierte er eine Hotelanlage mit einem Kreuz. *Silver Playa, Club Kalimera, Playa Bonita, Atlantis Beach* – allein der Klang der Namen beschleunigte seine Vorfreude. Salziges Meer, lauwarme Nächte unter einem unendlichen Sternenhimmel, verboten gute Cocktails, ein Minimum an Kleidung und die Dusche nach kurzer Benutzung voller Sand – wie oft hatte er das schon erlebt? Und doch reizte es immer wieder aufs Neue. Die dazu gehörenden Preise aus dem hinteren Teil auszurechnen erschien ihm verfrüht, schließlich hatte er keine Ahnung, welches Ziel Jessica favorisieren würde. Eine weitere Frage war, ob sie Anna mitnehmen würden; sofern seine Tochter überhaupt interessiert wäre. Julian berücksichtigte er erst einmal nicht, weil der im Mai mit Paula nach Ibiza fliegen würde. Er würde seiner zweiten Ex-Frau für die Reise 300 Euro überweisen, das wollte er bald erledigen. Gegebenenfalls ließe sich in den Herbstferien noch etwas mit Julian unternehmen. Lust hätte er dazu, und wenn es nur ein Kurzurlaub für wenige Tage wäre. Die Nordsee würde sich dafür anbieten.

Andreas klickte auf Jessicas Profil. Es dauerte nur wenig mehr als eine Sekunde, bis sie sich meldete. Viel länger brauchte sie auch nicht für ihre Zusage für den morgigen Abend. Sie war damit einverstanden, zum Thailänder zu gehen, das hatten sie sich schon oft vorgenommen, aber entweder hatten sie sich dann doch anders entschieden oder es war etwas dazwischengekommen, wie ein unvorhergesehener Termin bei ihm oder eine Magenverstimmung bei Jess.

Unten sah er Frau Andersen gehen, seine ehemalige Kindergärtnerin. Andreas überschlug, dass sie auch schon über 70 sein musste. Damals durften alle Kinder sie schlicht Elke nennen, für viele Münstereifler war das bis heute so geblieben. In der Stadt stellte Elke nach wie vor ein buntes Kinder-Kulturprogramm auf die Beine. Mit Julian hatte Andreas vor Kurzem eine Veranstaltung in der Stadtbücherei besucht, da ging es um ein spannendes Piratengeheimnis. Anschließend hatten sie gemeinsam eine Flaschenpost auf die Reise geschickt. Er fragte sich, ob ihre Nachricht schon gefunden worden war.

Vielleicht hat es die Flasche tatsächlich von der Erft bis in den Rhein geschafft, oder wenigstens bis Grevenbroich. Dort ging auch morgen früh seine nächste Reise hin. Um zehn Uhr war Mücke mit Dr. Töpfer in Ramonas Wohnung in Neukirchen verabredet. Er hatte seinen Auftraggeber erst nach zahlreichen Anläufen am Telefon erreicht.

Weniger Erfolg hatte er bei der Anwaltskanzlei Brinkmann in Düsseldorf. Der Rechtsanwalt war bis kommenden Montag in Urlaub. Eine Auskunft zum Ausgang des arbeitsrechtlichen Rechtsstreits Töpfer gegen Filbinger wurde vom Sekretariat verweigert. Er hatte auch nicht ernsthaft erwartet, der Kanzleiangestellten etwas entlocken zu können. Immerhin, einen Versuch war es wert gewesen.

Er versuchte, aus dem Café ein weiteres Mal Jens Kulik zu erreichen, auch das war ihm am Morgen nicht gelungen. Jetzt klappte es, aber der Professor teilte ihm gleich mit, dass er gegen Ende der Woche nach Lissabon müsse und die Zeit bis dahin für die Ausarbeitung von zwei Referaten benötige. Er wüsste nicht, was er über Mona de la Mare noch sagen könnte. Mücke fragte dennoch, ob sie Talent gehabt habe, die Meinungen würden bei den Buchbesprechungen auseinandergehen. Er hätte sich gedacht, wenn es einer sachlich beurteilen könnte, dann er, Kulik.

»Sie war eine zweifellos begabte und fantasiereiche Autorin, die zuletzt mit ihrem Stoff sehr flatterhaft, vor allem jedoch sprachlich zu schlicht, man kann sogar behaupten, zu widersprüchlich umgegangen ist.«

Mücke bohrte weiter, versuchte, am Ball zu bleiben. Kulik antwortete ruhig und bedächtig. Er nannte Beispiele dafür, dass Mona ihr Talent zu verschleudern im Begriff gewesen war. Nicht um Literatur sei es ihr gegangen, sondern darum, sich in den Netzwerken bei allen beliebt zu machen. Sie hätte durchaus eine Vorzeige-Autorin werden können, wenn man nur an ihre gelungene Erzählung von der *Teppichknüpferin* dachte, sie hatte sich aber von den Fast-Food-Verlockungen des Buchmarktes vereinnahmen lassen. Wäre sie nicht ermordet worden, wäre sie schnell in die Bedeutungslosigkeit abgedriftet, sofern sie die überhaupt verlassen hätte. Er habe sich viel Mühe mit ihr gegeben, auch Geduld bewiesen, sie am Ende aber nicht mehr erreicht. Es blieb nicht aus, dass der Professor von Dingen erzählte, die Andreas schon längst recherchiert hatte. Bei *Facebook* und in anderen Internetforen hätte er anfangs ihre Fragen beantwortet, ihr Anregungen gegeben, die sie zunächst begeistert umgesetzt habe. Er bestätigte, ihr den Künstlernamen vorgeschlagen zu haben, allerdings hätte er sich an ihrer Stelle für Mona Cardinale entschieden. Das unverfänglichere Cardinale hätte besser zu ihrem Stil gepasst, aber Mona sei geradezu versessen auf eine Verknüpfung zu Walter de la Mare gewesen, ohne diesen hervorragenden Autor zu kennen. Mücke fragte Kulik, ob man von einer einseitigen Beziehung sprechen könne, die von Mona ausgenutzt wurde.

»Nein, so mag es aussehen, war es aber nicht«, Andreas spürte, wie sorgfältig sein Gesprächspartner sich am anderen Ende der Leitung die Worte zurechtlegte.

»Mit ihrer unbekümmerten Art hat sie mir für manche Dinge die Augen geöffnet. Das war nichts Spektakuläres, nichts, was grundsätzlich neu für mich gewesen wäre, aber gelegentlich musste ich dran erinnert werden. Sie hat einfach das ausgesprochen, was viele über mich denken, aber nicht aussprechen. Das hat mir gefallen.«

»Zum Beispiel?«, fragte Mücke nach, obwohl er ahnte, was Kulik meinte.

»Zum Beispiel, dass ich nicht verstehe zu leben, weil ich mich unbewusst für ein Leben entschieden habe, das rastlos nach Wissenszuwachs, Perfektion und Anerkennung strebt. Die Sucht danach würde immer größer, sagte Mona. Sie hatte mich gut beobachtet. Aber wahrscheinlich flossen bereits ihre eigenen Erfahrungen mit ein, denn sie hatte sich am Ende für einen ähnlichen, wenn auch stümperhafteren und letztendlich sogar stressigeren Weg entschieden.«

Andreas musste an Ulrich Schmidtke denken, der für Mona bestenfalls ein Anhängsel gewesen war. Dem Anschein nach hatte sie nur einen fürs Bett gebraucht.

»Mona behauptete«, fuhr Kulik fort, »dass ich mir ein Leben mit einem gesunden Ausmaß an Genuss, Leichtigkeit und Lust wünschen würde und es mir nicht möglich sei, so zu leben. Das war vor langer Zeit so, aber ich leide nicht darunter, dass ich im Fernsehen über alberne Comedians nicht lachen kann. Vielleicht war Mona mein Comedian, mein Ausgleich, ohne ihre Ansichten ins Lächerliche ziehen zu wollen. Es schmeichelte mir, dass sie sich mit mir treffen wollte; für die meisten bin ich ein Fachidiot, dem man nur zuhört. Mona hörte zu und stellte Fragen. Solange man das noch macht, ist man nicht oberflächlich. Ich fand sie attraktiv, wusste aber von Anfang an, dass es nur eine Freundschaft auf Zeit sein würde.«

»Sie haben Mona auch persönlich gekannt?« Wenn die Zeitungsmeldung stimmte, musste der Professor die Frage bejahen.

»Wir sahen uns monatelang jeden letzten Mittwoch um 18 Uhr zum *Frühen Dialog* in Köln. Mona hatte dieses Wortspiel erfunden, weil wir uns im Brauhaus *Früh* trafen. Sie fand den Ausdruck zum Schießen. Ich machte sie darauf aufmerksam, dass ich mich im Herbst meines Lebens befinde, von früh also keine Rede sein könne, und in Anbetracht der Uhrzeit ebenfalls nicht. Außerdem, wenn überhaupt, müsse es richtigerweise zum *Früh'schen Dialog* heißen.«

»Wie reagierte Mona auf Ihren Einwand?«

»Sie meinte, die Antwort sei typisch Kulik«, man spürte durch die Leitung sein Grinsen.

»Und?«

»Das war in der Tat gut beobachtet. Die Reaktion verdeutlicht trotzdem ihre Widersprüchlichkeit: Wenn ihr ein Gedanke gefiel, war es egal, ob er passte oder nicht.«

»Haben Ihnen die *Dialoge* etwas gebracht?« Andreas dankte der Bedienung für den zweiten Kaffee.

»Sie waren eine angenehme Abwechslung, mehr nicht. Es hätte zudem sein können, dass ich bei mir etwas übersehe.«

»Haben Sie?«

»Nein. Meine Frau meinte allerdings, ich hätte übersehen, dass ich mir mit Mona die denkbar ungeeignetste Person ausgesucht hatte, die mich auf etwas Übersehenes hätte hinweisen können.«

»Hatte sie recht?«

»Ich hatte auf keinen Hinweis gehofft, wie beispielsweise Raddatz ihn bei einem angeblichen Goethe-Zitat hätte gebrauchen können. Sein Übersehen hatte ihn bekanntlich das Amt als Feuilletonchef der *Zeit* gekostet. Nein, ich hoffte, Mona könnte mir etwas über Marketing und moderne Vertriebswege beibringen. Meine Bücher werden in den Himmel gelobt, aber nur selten gekauft. Ich beneide viele junge Autoren um ihren Charme und ihre guten Verkaufszahlen. Insofern war ich von Mona fasziniert. Unbedarft und visionsgeladen, wie sie war – ich fühlte mich sogar von ihrer Unberechenbarkeit angezogen.«

»Ich verstehe. Und Sie waren in allem eher der Gegenpol, wenn ich das so sagen kann.«

»Das stimmt in etwa. Eine Zeit lang glaubte ich, dass eine Art Kooperation zu unserem beiderseitigen Vorteil sinnvoll wäre.«

»Warum funktionierte das nicht?«

»Die Pole waren zu unterschiedlich, zu weit entfernt.«

»Vor zehn Tagen war ich bei Ihnen zu Hause, als Sie den Termin vergessen hatten. Fanden Sie Mona eigentlich attraktiver als Ihre Frau?«

»Ich fand sie attraktiv, ja. Aber sie war keineswegs attraktiver als meine Frau. Für Sabine gilt außerdem: *Man muss das Gute nicht mit der Suche nach Besserem beleidigen.* Dieser Satz, leider nicht aus meiner Feder, trifft es – ich habe ihn neulich in einem Buch entdeckt, das mir mein Buchhändler geschenkt hatte. Genau, es war ein Taschenbuch von einem deutschen Schriftsteller: Thommie Bayer, wenn ich mich nicht irre. Ich habe es nicht so mit den zeitgenössischen Autoren, wie Sie sich denken können, doch gelegentlich schadet es nicht, über den eigenen Zaun zu schauen.« Andreas konnte zu dem Thema wenig beisteuern. Einen Teil seines schmalen Wissens verdankte er dem Abend mit Sabine sowie einigen Buchbesprechungen von *Sabander*, die er im Netz gefunden hatte. Damit konnte er dem Professor natürlich nicht kommen.

»Es geht mich ja nichts an, aber hatten Sie trotzdem eine sexuelle Beziehung mit Mona?«, die Frage wollte Mücke schon die ganze Zeit loswerden. Sie erschien ihm an jeder Stelle des Telefonats deplatziert. Das war sie auch jetzt.

»Sie sagten es: Es geht Sie nichts an.«

28.

Es war bereits Viertel nach zehn. Andreas stand vor Monas Wohnung in der Viehstraße und sah dem Fahrzeug der Straßenreinigung bei der Arbeit zu. Immer wieder musste es einen Bogen um parkende Autos ziehen. Von Dr. Töpfer war weit und breit nichts zu sehen. Am Telefon hatte er gestern davon gesprochen, dass er sich eventuell wegen seiner Darmspiegelung verspäten könnte, das wäre aber eher unwahrscheinlich, da er den frühesten Termin um halb acht bekommen habe. Der versprochene Wohnungsschlüssel für alle Fälle lag nicht am vereinbarten Platz unter dem Blumenkübel. Eine weitere Topfpflanze gab es nicht vor dem Haus. In der gepflasterten Toreinfahrt entdeckte er dafür einen Grünspecht auf Futtersuche. Sein Schnabel war äußerst imposant. Als sich der Vogel beobachtet fühlte, flog er davon.

Andreas Mücke hatte lange genug gewartet. Nach kurzer Überlegung kramte er den quadratischen Kasten mit dem Aufsperrwerkzeug unter dem Beifahrersitz hervor. Der akkubetriebene Elektropick konnte heute seinen wahren Einstand feiern. Zu Hause hatte der Detektiv ihn wiederholt ausprobiert. Seine Wohnungstür ließ sich damit inzwischen, ohne den Schließzylinder zu beschädigen, problemlos öffnen. Auch jetzt gelang es ihm im zweiten oder dritten Versuch, jedenfalls in weniger als einer Minute.

Die Wohnung roch verlassen, falls es einen typischen Abwesenheitsgeruch geben sollte. Seine Wohnungen hatten immer so gerochen, wenn er aus dem Urlaub kam. Die heruntergelassenen Rollläden ließen wenig Licht in den Wohnraum. Warum hatte die Polizei sie überhaupt wieder geschlossen? Er konnte sich nicht vorstellen, dass sie bei der Durchsuchung auf Tageslicht verzichtet hatten. Andreas schob einige Blumentöpfe beiseite und öffnete das großflächige Fenster zur Straßenseite. Das Reinigungsfahrzeug kam jetzt aus der anderen Richtung. Er lehnte sich nach draußen. Die blecherne Fensterbank war voller Vogelmist und verblichenen *Batman*-Stickern. Einer der Vormieter muss Kinder oder Langeweile gehabt haben. Aus der Ferne hörte er Kinderstimmen, die immer lauter wurden. Andreas entdeckte eine Schülerschlange. Eine oder zwei Grundschulklassen auf dem Weg zum Sportzentrum, das Hinweisschild war ihm vorhin an der Ecke aufgefallen. Vor seinem Fenster überquerten die Schüler in Zweierreihen die Straße. Ein Junge mit gelbem Anorak hatte sich bereits die Taucherbrille aufgesetzt. Die Lehrer baten energisch um Aufmerksamkeit und Ruhe. Einer grüßte nach oben. Von Dr. Töpfer war noch immer nichts zu sehen. Andreas kannte sein Auto nicht, aber die Straße war bis auf die sich entfernenden Kinder leer. Weit entfernt bearbeitete ein Trecker die Felder.

Vermutlich war er weltweit der einzige Detektiv, der in fremden Häusern den Blumen unaufgefordert Wasser gab. Danach betrachtete er die Teppiche; in jedem der drei Räume hingen welche an den Wänden, selbst in der Diele war das so. Sie machten die Wohnung warm, bunt und dunkel, nach seinem Geschmack zu dunkel. Die Herkunft der Teppiche war auf angesteckten Karteikarten zu lesen: Kaschmir (mittlere Seidenstraße), Taschkent (mittlere Seidenstraße), Peking (östliche Seidenstraße), Mashhad (westliche Seidenstraße) oder Nanjing (östliche Seidenstraße).

Jetzt kapierte er auch den Sinn des Zettels aus der Küche, der an einer verschmutzten fernöstlichen Matte hing: Hinterlassenschaft A. C. (Sackgasse). Er grinste. Monas Sinn für treffsicheren Zynismus kannte er inzwischen, seine Tochter hatte ihn ebenfalls – aber mit Sicherheit nicht von ihm, von ihrer Mutter allerdings auch nicht. Mücke ging noch einmal in die Küche. Neben der Gebetsmatte hing die Pinnwand, bestückt mit Post- und Visitenkarten, Terminzetteln für nächste Arztbesuche, dem Flyer einer Pizzeria und diversen Briefmarken mit kitschigen Blumenmotiven. Ein ausgeschnittener Artikel forderte zur Teilnahme an einem Schreibwettbewerb auf, dessen Einsendeschluss ein halbes Jahr zurücklag. Andreas nahm einen handgeschriebenen Zettel in die Hand: *Ich wurde heute gefragt, wo Kindesmisshandlung anfängt. In meinem Fall bei der Namensgebung (Ramona Töpfer).* Er hängte ihn zurück und las eine weitere Notiz: *Boah, gestern Abend wurde ich doch glatt im* Kultus *von einem unverschämt schnuckeligen Typen angemacht. Er wollte allen Ernstes wissen, ob ich mit Mona de la Mare verwandt wäre. Offensichtlich sah ich mir wieder einmal ähnlich. So was aber auch ...* Sie hätte bestimmt nichts dagegen gehabt, wenn Andreas das im Nachhinein für ihre Freunde postete. Oder das hier: *Ihr seid ja total verrückt, ich habe soeben meine ganzen Freundschaftsanfragen abgearbeitet. Vielen lieben Dank für euer ehrliches Interesse und herzlich willkommen in Monas Chaos!* Es sah so aus, als hätte Mona de la Mare im Voraus Beiträge für *Facebook* gesammelt. Für Tage gehamstert, an denen ihr nichts eingefallen wäre. Das konnte sich Andreas allerdings nur schwer vorstellen. Durchs offene Fenster drang von der Schule das lang gezogene Pausensignal herüber. Es wiederholte sich: dong, dong, dong.

Auch auf ihrem Schreibtisch lagen zwischen *Wikipedia*- und Manuskriptausdrucken bunte Schnipsel mit ähnlich wichtigtuerischen Kommentaren herum. Er fand einen Flyer für das Stück *Swing mit dem Feuer* – das war, wie er wusste, ein Geschenk von Schmidtke, der mit ihr am 3. Januar im Neusser *Theater am Schlachthof* gewesen war.

Die Titel der auf dem Tisch verstreuten Taschenbücher verrieten einiges über ihren Geschmack: *Galgentod auf Norderney, Die Skelette aus der Gartenlaube* oder *Bestrafe mich.*

In ihrem Bücherregal setzte sich das fort, allerdings waren dort auch Schreibratgeber, Nachschlagewerke, historische Bücher über Hebammen und Wanderhuren sowie eine Menge Krimis zu finden und das, was Mücke oberflächlich als Frauenliteratur bezeichnen würde. Abgelenkt wurde er durch eine Kurznachricht von Jessica, die den Termin beim Thailänder auf morgen verschieben wollte. Sie wäre von einer Kollegin gefragt worden, ob sie sie heute Abend zu einem Konzert einer ehemaligen DDR-Kultband in Euskirchen begleiten würde, die sich auf ihrer Abschiedstournee befand. Die letzte Gelegenheit also. Andreas schrieb, dass es für ihn okay sei. Insgeheim hätte er sich gefreut, wenn sie gefragt hätte, ob er nicht mitgehen wolle. Er hatte von dem Konzert in der Zeitung gelesen und war sich sicher, einige Songs der Gruppe zu kennen. Mit Jess hätten sie ihm sogar gefallen. Warum dachte sie nicht an so etwas? Oder wollte sie ihn nur nicht ihrer Kollegin vorstellen? War es eine Kollegin? Oder nicht doch ein Kollege? Einer, der schon lange ein Auge auf sie geworfen hatte? Oder umgekehrt ...

»Auch wenn die Straße längst Vergangenheit ist, ihr Mythos ist aktueller als je zuvor.« Mücke zuckte zusammen, weil plötzlich Dr. Töpfer neben ihm stand; die dicken Teppiche hatten seine Schritte gedämpft.

»Da haben Sie sich das teuerste Stück ausgesucht, es ist sehr fein geknüpft. Wissen Sie, was das bedeutet?«, fragte er und betrachtete nachdenklich mit auf dem Rücken verbundenen Händen den edlen Teppich an der Wand.

»Nein.«

»Über 300.000 Knoten pro Quadratmeter; er trägt die Handschrift seines Knüpfers, sogar mehr als das. Entschuldigen Sie die Verspätung, Herr Mücke, es hat länger gedauert, und dann musste ich nach über einem Tag endlich was essen.«

»Macht nichts, ich habe die Zeit schließlich nutzen können«, Andreas hatte sich gefangen und war froh, den Doc zu sehen. »Haben Sie alles überstanden?«

»Aber sicher, nicht der Rede wert. Ein Wahnsinnsdurcheinander ist das, was hier alles auf dem Boden rumliegt. War Mona das?«

»Keine Ahnung, ich war es jedenfalls nicht, vielleicht hat das die Polizei angerichtet.«

»Sieht denen ähnlich. Ich habe übrigens gleich noch einen Termin, bin nur auf einen Sprung vorbeigekommen.«

»Wie geht es Ihrem Sohn?«, wollte Andreas wissen. »Ich habe Samstag mit ihm telefoniert.«

»Dann weiß ich nicht mehr als Sie. Es ist schon eine Sauerei, wie die Presse einen fertigmachen kann. Man müsste dagegen juristisch vorgehen.«

»Dürfte schwer sein, denen beizukommen ...«

»Eben. Letztendlich haben alle nur spekuliert, Fragen gestellt und so weiter. Behauptet haben diese Schundblätter natürlich nichts.«

Mücke nickte – genau so sah er das auch. Er strich über die

Wolle. »Gehörten Ramona all diese Schätze? Der hier fühlt sich richtig weich an.«

»Das hat sie seit zehn Jahren interessiert, nachdem meine Frau einen Teppich in Usbekistan erstanden hatte.« Er zeigte auf das kostbare Stück, vor dem sie gerade noch gestanden hatten. »Sonst hatten die beiden kaum gemeinsame Interessen.«

»Vom Teppichknüpfen verstehe ich nichts.«

»Wenn ich ehrlich bin, Herr Mücke, ich ebenfalls nicht. Ich weiß nur, dass es für Ramona wichtig war, dass die Wolle mit Naturfarben gefärbt war. Sie hatte ein gutes Auge für die Ungenauigkeiten der Farben, die sie liebte und die bei synthetisch gefärbter Wolle selten vorkommen.« Dr. Töpfer blickte auf seine Armbanduhr, es schien, als würde er sich die Fahrzeit zu seinem Termin ausrechnen.

»Sind die Teppiche wertvoll?«

»Bis auf diesen mit den 300.000 Knoten nicht. Sie kosten etwas mehr als die gängige Durchschnittsware in den Möbelhäusern, das schon. Da meine Tochter sie übers Internet direkt bei den Firmen in den Herkunftsländern bestellt hatte, glaube ich nicht, dass sie leichtsinnig mit ihrem Geld umgegangen ist. Sie war sowieso der sparsame Typ, und ich erinnere mich, dass sie richtig wütend werden konnte, wenn sie das Gefühl hatte, übers Ohr gehauen worden zu sein. Das mochte sie überhaupt nicht.«

»Bevor Sie gehen und ich es vergesse: Denken Sie bitte an die Kontoauszüge? Am besten gehen Sie zur Bank und bitten um einen kompletten Ausdruck der letzten Jahre.«

»Bringt das was?«

»Vielleicht ja, vielleicht nein. Wir sollten jedem möglichen Hinweis nachgehen.« Dr. Töpfer nickte und war auch damit einverstanden, dass Mücke zu den vereinbarten Tagessätzen weiterhin für die Familie tätig wäre. Sie einigten sich darauf, den Vertrag innerhalb von drei Tagen kündigen zu können.

29.

Am Abend schnitt Andreas die attraktivsten Reiseangebote aus den Prospekten aus und legte sie vor sich im Halbkreis auf den Boden. Wie beim Pingpong ging sein Kopf von einer Seite zur anderen und wieder zurück. Als er an Jessica und den Beginn des Konzerts dachte, schlurfte er in die Küche. Er schmierte sich zwei Käsebrote, goss sich einen kalten Weißburgunder ins Glas und nahm sich vor, die geschönten Angaben des Veranstalters im Internet zu überprüfen. Einige Katalogfotos waren so etwas von nichtssagend: Was wollte ihm denn beispielsweise die cocktailtrinkende Bikini-Schönheit im hellblauen Pool mitteilen? Dass hier alles in Ordnung sei und man sich keine Gedanken zu machen brauche? Die wollte er sich aber machen! Ihm kam es ohnehin vor, als wiederholten sich einige Motive und Gesichter. Bei den Bewertungen in einem Reiseportal schnitten gleich zwei Angebote dermaßen katastrophal ab, dass er die Seiten zu Papierkugeln verarbeitete. Zwar glaubte er nicht jeder Kritik, aber wenn die Tendenz zu eindeutig war, wollte er das absehbare Risiko einer Pleite ausschließen. Übrig blieben dennoch acht Angebote, zu denen es teilweise interessante, von Urlaubern gedrehte Videos bei *YouTube* gab. Andreas sortierte zwei weitere Vorschläge aus, legte die sechs Seiten zusammen und verließ den Videokanal.

Sein Girokonto sah noch gut aus, aber das Geld für die drei Tage im Dezember hatte die Auftraggeberin trotz der zweiten Zahlungserinnerung immer noch nicht überwiesen. Das roch nach Ärger. Er wechselte zu seinen E-Mails und danach zu *Facebook*. Seine wenigen Freunde posteten meist dasselbe, was für ihn Grund genug war, sich dort nicht so häufig blicken zu lassen. Außerdem waren die sozialen Netzwerke richtige Zeitfresser. Er hatte keine Lust, irgendwelche langweiligen Seiten von Leuten zu liken, mit denen er nichts am Hut hatte. Auch wollte er sich keine Personen anschauen, von denen *FB* glaubte, dass er sie vielleicht kennt. Interessanterweise war diesmal *Sabander* dabei, deren Profil er dann doch anklickte. Mücke unterdrückte den Reiz, ihr eine Freundschaftsanfrage zu schicken, und löschte stattdessen einen früheren Mitschüler aus seiner Liste. Es lag klar auf der Hand, dass man sich nichts zu sagen hatte. Das war früher schon so gewesen.

Lustig war ein Beitrag von seinem Detektiv-Freund Frederik aus Düsseldorf. Der konnte noch immer nicht glauben, dass ihn am Morgen eine Henrike aus Holland angerufen und felsenfest behauptet hatte, sie wären vergangene Woche auf den Färöer-Inseln gewesen und hätten sich erst vor drei Tagen in Hamburg verabschiedet. Er hätte doch ausdrücklich gesagt, sie solle sich bei ihm melden, deshalb habe sie ja seine Karte. Erst im Verlaufe des Gesprächs wollte sie ihm glauben, denn die Stimme ihres Frederiks sei eine ganz andere gewesen. Ob dieser Frederik ihr versehentlich die falsche Visitenkarte gegeben hatte, wollte sie wissen. Die falsche auf jeden Fall, das war ja offensichtlich. Den Rest sollte sie selbst herausfinden. In seinen Augen musste dahinter Absicht stecken. Jemand, der in Besitz seiner Visitenkarte gekommen war, wollte sich diese Frau vom Leibe halten und ihm obendrein eins auswischen. In einem geposteten Kommentar hieß es, die Geschichte erinnere stark an Heiratsschwindel. Klare Sache! Sein Freund hatte geantwortet, genau das wäre es nicht gewesen, die Holländerin hätte nicht einen Drink bezahlen müssen. *Dann kannst du es wirklich nicht gewesen sein!* Mücke verschickte seinen Kommentar. Gegenüber stand ein blasser Mond über Rodert, dem hoch gelegenen Ortsteil Münstereifels, wo sich auch die Jugendherberge befand.

Wenig später machte er den PC aus und begann, Monas umfangreiches Manuskript *Der Fratzenseher* zu lesen. Er hatte die Datei auf dem Stick in dem Ordner *Meine Unvollendeten* gefunden. Als er gesehen hatte, dass im Untertitel von einer gleichermaßen persönlichen wie wahren Begebenheit die Rede war, hatte er nicht lange überlegt, die knapp 260 Seiten auszudrucken. Aber sollte *Passwort Hurensohn* nicht auch autobiografische Züge gehabt haben? Andreas Mücke wollte es noch einmal drauf ankommen lassen.

30.

Jetzt konnte das Leben weitergehen. Die Rechnung ist beglichen, die Fratzen haben sich beruhigt – alles wird gut. Im Grunde sind sie auf seiner Seite, immer schon gewesen, denn warum hätten sie ihm sonst befohlen, den Nachtschnellzug D 890 nach Hamburg nicht zu benutzen? Er war bereits drin gewesen, aber sie hatten keine Ruhe gegeben, damals vor über 30 Jahren. Womöglich wäre er bei dem Unglück nicht getötet worden. Das wurden nur wenige, aber zu den über 50 Verletzten hätte er bestimmt gezählt.

Seitdem hört er auf sie, damit ist er gut durchs Leben gekommen. Manchmal wäre es ihm lieb, sie würden sich häufiger melden, ihm Ratschläge erteilen oder Entscheidungen abnehmen. So wie Gott das bei Don Camillo getan hatte. Aber das machten sie nicht, sie meldeten sich nur, wenn er Scheiße gebaut hatte oder kurz davor war, eine falsche Richtung einzuschlagen. Selbst da meldeten sie sich nicht regelmäßig, verlassen konnte er sich nicht auf sie. Ihre Sätze waren kurz, knappe Ansagen waren es, als wollten sie ihn beleidigen. Als wäre er ein begriffsstutziger Bursche und nicht in der Lage, ausführlichen Sätzen zu folgen. Mitunter hörte er sie nicht einmal deutlich, dann war es so, als spürte er ihre Stimmen, auch das gab es. Sie hatten Charakter, käuflich waren sie nicht. Mehrmals wollte er sie mit Haschisch, Mescalin und LSD zum Kommen überreden, da hatten ihn die Fratzen nur ausgelacht. Laut gegrölt hatten sie, sonst nichts. Das war bei Don Camillo schon besser – aber die Kirche verstand auch das Geschäft mit der Furcht. Trotzdem: Sie waren seine Schutzengel, auf sie ließ er nichts kommen. Egal, wenn sie einsilbig und hässlich waren, darauf kam es nicht an.

Es machte ihm nichts aus, was andere von ihm dachten. Wenn sie hinter seinem Rücken tuschelten, dass er Menschen sähe, die es gar nicht gab. Die Töpfer hatte sie damals alle aufgestachelt. Aber was wussten die Leute denn? Andere hatten ihre Religion, redeten den ganzen Tag mit sich selbst oder waren auf unzählige Arten abergläubisch, das wurde alles akzeptiert. Wenn ein Witwer plötzlich die Stimme seiner verstorbenen Frau hörte, war das für die Welt in Ordnung. Da wäre keiner auf die Idee gekommen, dem Alten den Unfug auszureden. Seit vielen Jahrhunderten war die Menschheit davon überzeugt, dass irgendwer in ihr Leben eingriff; da waren Magie, Wunder und Glauben an der Tagesordnung. Oder die Angst vorm *Bösen Blick*. Manche Spinner besaßen angeblich übersinnliche Fähigkeiten oder bekamen ihre Lebenswege im Traum zugeflüstert – wie schwachsinnig ist das denn? Aber gerade ihn wollten sie überzeugen, einen Psychiater aufzusuchen. So ein Quatsch, wo ist der Unterschied zum Träumer, zum Witwer? Die meisten wussten doch noch nicht einmal, dass historische Persönlichkeiten wie Jeanne d'Arc oder der Dichter Rilke ähnliche Sinnestäuschungen erlebt hatten; da fühlte er sich doch in bester Gesellschaft. Er hatte sich, wenn auch nicht übertrieben – aber immerhin – er hatte sich mit diesen komplizierten Dingen beschäftigt.

Die Ramona hatte nichts Besseres als den Tod verdient gehabt, nachdem sie ihm das angetan hatte. Hatte sich immer wie eine Katze angeschlichen, um ihn letztendlich zu melken, zu demütigen, kleinzumachen. Eigentlich hatte sie großes Glück, dass ihr Ende so schnell und gnädig kam. Für dieses dreckige Flittchen hätte er noch ganz andere Ideen auf Lager gehabt, und er kannte eine Reihe Leute, die ihm gern dabei zur Seite gestanden hätten. Doch er wollte keine Mitwisser. Paradoxerweise hatte sie sich ihr Glück selbst zu verdanken: Seit Ramona Töpfer traute er keinem mehr!

Der Schalles hatte er dagegen anderthalb Jahre zuvor nur einen ordentlichen Schrecken einjagen wollen. Das war ein Fehler gewesen, das hätte er besser gelassen. Tausend Mal hatte er sich das schon gesagt, immer wieder. Er wusste, dass Schmalbauch wenig dafür konnte, dass er einfach nur zu dämlich gewesen war, an die Passagierliste zu kommen. Die Ingrid hätte einfach ihren verfluchten Mund halten sollen, anstatt die Töpfer zu informieren. Das Biest hatte eiskalt reagiert und ihn auflaufen lassen. Sie war durch ihr zugeflüstertes Wissen im

Vorteil, er im Nachteil. Das war Ingrids Schuld, eindeutig. Dem Unternehmen hatte sie großen Schaden zugefügt, das hatte sie zu verantworten. Nur deshalb hatte er sie aufgesucht. Ihr Tod ließ sich nicht ändern. Aber seine Reue zeigte doch auch, dass er kein schlechter Mensch war.

Wer hätte ahnen können, dass diese dusselige Kuh sofort losschreien würde wie am Spieß? Da musste sie zur Ruhe gebracht werden, es ging nicht anders; erst mit der Hand, dann mit dem Kissen. Dass ein Leben so schnell ausgelöscht werden konnte, hätte er nicht gedacht. Als er zu sich gekommen war, lebte sie nicht mehr. Danach war sein Kopf klar, obwohl ihm die Fratzen nicht halfen. Er beseitigte alle Spuren in ihrer Wohnung, schleppte sie in einem Sack, den er zum Glück im Kofferraum gehabt hatte, in die Tiefgarage und fuhr zunächst ziellos durch die Gegend. Nachts warf er den beschwerten Baumwollsack dann von der Emmericher Rheinbrücke, der längsten Hängebrücke Deutschlands, wie er später gelesen hatte. Bis heute galt Ingrid Schalles als verschollen. Die Suche wurde irgendwann eingestellt, nachdem er die Vermisstenanzeige nach über zwei Wochen aufgegeben hatte. Ein bisschen spät, sagten sie bei der Polizei. Er hatte mit den Schultern gezuckt und den Beamten die Meinung gegeigt. War ein Unternehmer denn heutzutage für alles verantwortlich? Zu gern würde er wissen, wo sich der Sack mit den sterblichen Überresten befand. Während er überlegte, steckte er sich einige *Fisherman's Friend* in den Mund.

31.

Andreas Mücke hatte bereits den Schlüssel in der Hand, als das Telefon klingelte. Er blieb stehen und wartete ungeduldig, ob aufs Band gesprochen wurde. Melden könnte er sich dann immer noch. Es war der Optiker, der ihn daran erinnerte, dass seine Gleitsichtbrille ... Ach ja, er hatte sie in den letzten Tagen glatt vergessen. Ohne das Ende der Nachricht abzuwarten, machte er sich auf den Weg zu Jessica. Auf halber Strecke stand ein Notarztwagen mit eingeschaltetem Blaulicht. Auch wenn es ihn nichts anging, war er froh, keine Schaulustigen zu sehen. Jess wartete vor ihrem Hauseingang in der Dr.-Friedrich-Haass-Straße.

»Ich wollte meine Jacke aus dem Auto holen, da sah ich dich kommen«, sie gaben sich einen Kuss. »Ich muss noch abschließen.«

»Bist du auch so hungrig? Mir knurrt seit einer Stunde der Magen«, sie gingen den steilen Weg in den Ort hinunter.

»Geht so«, sagte Jessica, »ich habe vorhin noch eine Banane gegessen.«

»Heute Morgen habe ich an einem Kiosk Reklame für *beleckte Schinkenbrötchen* gesehen«, witzelte er.

»Wie ekelhaft«, meinte Jess, »da waren die *Oberschienen mit Reis* ja fast eine Delikatesse.«

»Wo hast du die denn gegessen?«

»Gelesen! So stand es auf einer Speisekarte, ich weiß aber nicht mehr, wo. Ist schon ein Weilchen her.«

Andreas' Magen hatte sich dann noch gedulden müssen, weil Jessica vor dem Restaurant zwei Frauen aus dem Tennisklub getroffen hatte. Soweit er es mitbekommen hatte, war jemand aus ihrem Verein plötzlich erkrankt.

Es war nicht so, dass ihm das gleichgültig gewesen wäre, aber die Frauen beachteten ihn nicht und sprachen ausgesprochen leise. An schlechten Tagen hätte er etwas gesagt, aber es sollte ja ein guter Tag werden. Als sie endlich fertig waren, wäre er um ein Haar über ein verwaistes Bobbycar gefallen.

Sie hatten dann *Phad Thai* für zwei Personen bestellt. Inzwischen war vom Essen auf der ovalen Speiseplatte nicht mehr viel zu sehen, nur ein paar gebratene Nudeln und etwas Gemüse waren übrig geblieben. Mücke fragte sie nach dem gestrigen Konzert. Ihr hätte es gefallen, antwortete sie, führte das allerdings nicht genauer aus. Um kurz vor elf wäre sie wieder zu Hause gewesen, obwohl sie in Euskirchen drei Straßen weiter hätte parken müssen.

»Also war es gut besucht?«

»Kann man so sagen. Ich glaube, sämtliche Ossis aus der Umgebung waren versammelt. Kaum ein Lied, bei dem nicht mitgesungen wurde.«

»*Alt wie ein Baum* hätte ich gekonnt!«

»Ach das. Ja, das spielten sie auch.«

»Also doch nicht so dein Fall ...«

»Geht so.«

Andreas kramte in seiner Umhängetasche. Er holte zuerst seine Lesebrille und dann die Seiten mit den ausgesuchten Reiseangeboten heraus, die er ihr über die leere Platte auf dem breiten Stövchen reichte. Ein weiteres *Geht so* wollte er heute nicht mehr hören.

»Jessica, ich weiß, wir haben noch nie darüber gesprochen, aber ... Na ja, was hältst du von einem Sommerurlaub im Süden?«

Jess schob den Teller beiseite und bestellte sich ein zweites Glas Wein.

»Mit deinen Kindern?«, fragte sie nach einer Weile.

»Das muss nicht sein. Wenn überhaupt, käme nur Anna mit. Aber wir können auch allein fahren, wenn dir das lieber ist. Ich kann das verstehen.«

Jessica blätterte durch die Seiten. Hin und wieder nannte sie die Ziele beim Namen. »Es gibt nichts Traumhafteres, als beim Schein des Mondes im Meer zu sein«, schwärmte sie und nannte die Bucht auf Korfu wunderschön. Andreas deutete auf das Hotel und meinte, das sei übrigens kein Altersheim.

»Wieso sollte das ein Altersheim sein?«

»Na, wegen des Namens: *Omalos!*«

»Aha.« Na toll, das war ein halbes *Geht so*, gestand Andreas sich ein. Wo war ihr Humor geblieben? Eine Mona de la Mare hätte das direkt gepostet und mindestens 50 begeisterte Kommentare erhalten.

Die folgenden Beschreibungen schien sie sich ganz genau durchzulesen. Minuten vergingen, er wurde mächtig auf die Folter gespannt. Dann blätterte sie wieder zurück, blieb an der Inselkarte Mallorcas hängen und erwähnte eine Eisenbahnfahrt von Palma nach Sóller, die sie damals kurz nach der Hochzeit unternommen hatten. Geradezu romantisch sei die Fahrt gewesen. Von da aus könne man noch etwa fünf Kilometer mit einer Straßenbahn weiterfahren zum Hafen, Puerto de Sóller. Auch das hätten sie gemacht, während der Fahrt könne man aus der offenen Bahn Zitronen pflücken. Wo gäbe es so etwas sonst? Andreas glaubte nicht, dass sie ihm diese Tour vorschlagen wollte – sie wusste selbst, dass es keine gute Idee wäre, mit dem neuen Partner alte Erinnerungen zu wecken. Aber Mallorca ist schließlich groß, warum also nicht dahin? Der Zimmerbrunnen im Lokal machte ihn nervös. Jessica verschwand zur Toilette mit der Bemerkung, sie sei sofort wieder da. Na klasse, dachte er, das Warten geht weiter.

Als sie sich wieder zu ihm setzte, sah er bereits, dass etwas nicht stimmte. Es war der verlegene Blick, der es verriet. Sie griff zum Salzstreuer und untersuchte ihn nach einem verstopften Loch. *So geht Urlaub* hatte auf dem Aufkleber des Reisebüros gestanden. Wer weiß, wie weit deren Service reichte: Eventuell hätte er die nette Frau nach Partnerschaftsberatung für erhoffte Reisebuchungen fragen können, vielleicht half man ihm auf der Orchheimer Straße auch in verzwickten Lebenslagen weiter. Was interessierte ihn bei Jessicas Mimik ein versprochener Obstkorb im Hotelzimmer? Sollten sie sich das Zeug sonst wo hinschieben. Andreas hätte ihr den blöden Salzstreuer am liebsten aus der Hand gerissen.

»Ich freue mich über deine Vorschläge und ich würde gerne zusagen, echt. Es ist aber so, dass ich mir zwei Reisen dieses Jahr nicht leisten kann …«

Scheiße, er hatte es geahnt. »Nun lass es dir nicht aus der

Nase ziehen – wieso zwei Reisen?«, Mücke ärgerte sich über ihr Gezeter. Warum sagte sie nicht offen, was Sache ist!

»Ich fahre mit Lotte, das ist die Freundin aus Erftstadt, bei der ...«

»Ich weiß, wer Lotte ist.«

»Also ich fahre mit ihr nach Marokko zum Wandern.«

»Ist das nicht viel zu heiß?«

»Im Sommer sicherlich, aber nicht in den Osterferien. Am Montag geht es los. Um zehn fliegen wir von Frankfurt nach Casablanca.« Andreas ließ diese Info erst einmal sacken. Im Prinzip war ja nichts dabei, aber wieso redete Jessica nicht mit ihm über solche Vorhaben? Wieso hatte sie ihn nicht gefragt, ob er nicht mitfahren möchte? Dass sein aktueller Fall dagegen sprechen würde, tat nichts zur Sache. Das hatte sie bei der Planung nicht gewusst. Mücke fragte sich, wie wenig man sich eigentlich im Leben vornehmen musste, um nicht enttäuscht zu werden. Resignation machte sich breit, doch er wollte nicht den Beleidigten spielen. Das führte zu nichts, machte nichts besser, im Gegenteil.

»Zeltet ihr unterwegs?«, versuchte er mit halbwegs normaler Stimme zu fragen.

»Um Himmels willen! Nein, es ist eine organisierte Reise mit Hotelübernachtungen in Meknès, Erfoud, Marrakesch, Bou Trarar ... Ich weiß nicht, wo überall. Das müsste ich nachlesen.«

»Paula und ich werden das Haus bald verkaufen. Ich spendiere dir den Sommerurlaub.« Es war eine spontane Idee, die ihm als Ausweg in den Sinn kam.

»Nein, du spinnst, das kommt überhaupt nicht infrage.«

»Oder ich leihe dir das Geld. Du zahlst es so zurück, wie es dir möglich ist.«

»Das möchte ich auch nicht.«

»Wieso denn nicht – was ist denn schon dabei? Wenn ich das Geld doch habe, wir reden vielleicht über 1.000 Euro bei einer zweiwöchigen Reise.«

»Ich möchte mich wegen einer Urlaubsreise nicht verschulden – hab Geduld, wir verreisen schon noch!«

Da sprach sie gerade noch davon, dass sie gerne würde, und

schlug jetzt jede Brücke kaputt, die er ihr baute. Wie sollte man das einordnen? Also wollte sie doch nicht. Jess mit ihren Gedulds-Sprüchen, als wären sie ein taktisches Werkzeug. Fehlte nur noch eine intelligente Bemerkung zum Thema Verzichtenkönnen. *Vom Glücksgefühl der Entsagung*, so in der Art. Momentan sah er keine Chance weiterzukommen.

»Überlege es dir noch einmal, bitte.« Er nahm ihr vorsichtig den Salzstreuer ab.

»Ja«, sagte sie leise. Immerhin steckte sie die Seiten in ihre Tasche, das machte es nicht ganz aussichtslos.

Nach Sex stand ihm nicht der Sinn, das kam nicht oft vor. Andreas begleitete sie trotzdem. Wenn die Beziehung zu Jessica eine Zukunft haben sollte, musste er heute nichts zerstören. Er fragte sie vor dem Einschlafen nach Einzelheiten der Reise. Sie sprach von einem dreitägigen Wüstenabenteuer Richtung El Beyaa, von Ritten auf Kamelen, von den grünen Tälern des *Hohen Atlas* sowie einer Tageswanderung durch das *Tal der Rosen*. Ihre Reisegruppe besteht aus 16 Mitgliedern, mehr seien nicht möglich gewesen. Der Rückflug ginge dann von Marrakesch aus. Ihr sei etwas mulmig, jetzt, wo das gerade mit dem Absturz in Südfrankreich passiert ist. Er drückte sie etwas näher an sich heran und musste gähnen, sein Interesse an der Reise hielt sich in Grenzen. Unter der Bettdecke fühlte Andreas die Wärme ihres Körpers. Im Halbschlaf bekam er mit, dass sie nach ihrer Rückkehr ein wertvolles Mitglied der Gesellschaft werden wollte. Lag es an seiner Müdigkeit? Träumte er bereits?

»Im Ernst«, sagte Jessica und lachte an diesem Abend doch noch, »an meiner Windschutzscheibe hat gestern ein Zettel geklebt, sinngemäß stand darauf: Hey, du parkst richtig scheiße! Du bist nicht allein auf dieser Welt. Parke ordentlich und werde ein nützliches Mitglied unserer Gesellschaft.«

»Wenn du wieder hier bist, besuchen wir einen Workshop: *Von der Kunst, nützlich zu sein!*« Andreas schmiegte sich an ihren Busen.

»Gibt es so etwas?«

»Was gibt es denn heutzutage nicht?«

»Aha.«

32.

Für die letzten Märztage war es ziemlich warm an diesem Vormittag. Am Ende der Automeile Höherweg war auch das Reiseunternehmen von Gerd Filbinger untergebracht. Das war keine schlechte Adresse. Mücke konnte gerade noch der Versuchung widerstehen, nach einem Neuwagen Ausschau zu halten. Zwar war sein Golf erst fünf Jahre alt, hatte die 100.000 noch nicht erreicht und versah seinen Dienst tadellos, aber wenn der Detektiv ein Autogeschäft sah, war er nicht anders als die meisten Männer. Und auf dem Höherweg befanden sich mindestens ein Dutzend Autohäuser. Mücke versuchte, sich auf seinen Job zu konzentrieren. Er war nach Düsseldorf gekommen, um etwas über Mona zu erfahren, vor allem über die Gründe, die zu ihrer Entlassung geführt hatten.

Vor dem ansprechenden Geschäfts- und Bürogebäude befand sich ein großzügig angelegter Parkplatz. Ein Plakat im Schaufenster forderte ihn auf, mit *Filbinger Tours* den Wörthersee und Kärnten zu erleben. Die Glastür öffnete sich von selbst, er ging hinein und sah sich um. Einige Kunden waren an diesem Samstagmorgen im Laden, die Aufmerksamkeit der beiden Angestellten hinterm Tresen galt ihnen. Mücke deckte sich an diversen verchromten Katalogständern mit Prospekten der kommenden Reisesaison ein. Der Chef war darin häufig abgebildet; mal mit, mal ohne Team; mal seriös gekleidet, mal kumpelhaft in Jeans, als würde er persönlich die Koffer aufs Zimmer schleppen. Man wollte Vertrauen einflößen. Kunden sollten sich dazugehörig fühlen: zur großen Filbinger-Familie. Bunte Flyer luden zu zwei- oder dreitägigen Kurzreisen nach Berlin und Hamburg ein, passende Eintrittskarten zu den Musicals *Das Wunder von Bern* oder zu Lindenbergs *Hinterm Horizont* wurden in allen Kategorien angeboten. Andreas Mücke steckte die Flyer in die Kataloge; vielleicht wäre das eine Idee für ein verlängertes Wochenende mit Jessica. Solch eine Tour ließe sich auch locker privat organisieren. Bis zu ihrem Geburtstag im Juni wäre bestimmt klar, ob sie zusammen blieben oder nicht. Jess würde sich nach ihrer Rückkehr aus Marokko erklären müssen, wie viel ihr an dieser Beziehung liegt. Auf einen Sommerurlaub mit ihr konnte er verzichten, das war nicht das Thema, aber er brauchte eine Perspektive. Am Abend würden sie in Euskirchen ins Kino gehen, danach wieder zu ihr oder zu ihm. Andreas würde den Wanderurlaub nicht ansprechen, unter Umständen, so hoffte er, tat ihnen der Abstand gut. Nicht, dass er ihn bräuchte, möglicherweise benötigte sie ihn aber, warum auch immer. Alles normal weiterlaufen zu lassen, das schien ihm im Moment das Vernünftigste zu sein. Fehlende Geduld sollte sie ihm nicht vorwerfen können. Er fragte sich, ob er nicht doch zu ungeduldig war, ob Jessica das spürte.

An der Theke war ein Platz frei geworden. Mücke legte sich seine Worte zurecht, als er zu der Angestellten ging. Er stellte sich als Buchhändler vor und bat um die Zusendung eines Angebots für eine Fahrt zur Frankfurter Buchmesse am 17. Oktober. Für etwa 40 bis 50 Personen, den Termin hatte er sich am Morgen aus dem Internet besorgt. Andreas nannte seine Bad Münstereifler Privatadresse, betonte aber, dass die meisten Leute in Neuss und Köln einsteigen würden. Die bekannte Autorin Mona de la Mare habe ihm dieses Busunternehmen empfohlen. Auf den Namen reagierte die Frau nicht.

»Entschuldigung, Ramona Töpfer heißt sie richtig. Sie kennen sie doch, oder? Sie hat früher hier gearbeitet.«

»Nein, der Name sagt mir nichts. Elke, kennst du eine Monika Töpfer?«

»Ramona«, korrigierte Andreas und wandte sich der anderen Bedienung zu.

»Oh ja, die Ramona. Die Arme, so ein früher Tod.«

»Kann ich Sie gleich einmal sprechen? Ich war ein guter Freund von Ramona.«

»Wenn ich fertig bin, kommen Sie einfach rüber. Okay?«

»Einverstanden.« Er schaute wieder auf die Frau vor ihm. »Ich brauche es nicht sofort. Können Sie mir das Angebot mit der Post schicken?«

»Eine Mail reicht Ihnen?«

»Klar, reicht mir auch.« Da in seiner E-Mail-Adresse der Detektiv enthalten war, nannte er ihr eine fiktive, in dem Vorhaben, sie draußen sofort beim heimischen Anbieter einzurichten: *Jess-Andy-Forever@badmeifel.de.*

»Wie gefühlvoll, wie romantisch!«, seufzte sie.

»Wo wir doch täglich so viele Liebesromane verkaufen, bleibt das nicht aus«, lächelte Andy.

»Ich benötige noch fünf Minuten, beachten Sie bitte, dass das Angebot drei Monate gültig ist«, beim Sprechen erkannte man ihr krankes Zahnfleisch.

»Bis dahin haben wir uns längst entschieden.« Der Detektiv sah, dass nebenan der Platz gleich frei wurde. Er wechselte, bevor ein anderer Kunde ihm zuvorkam. Nach zwei Minuten setzte er sich auf den frei gewordenen Stuhl.

»Andreas Mücke ist mein Name. Buchhändler aus Köln.«

»Elke Hoffmann, was ich hier mache, sehen Sie ja.«

»Das stimmt, meine Augen sind noch halbwegs okay«, gab er ähnlich locker zurück. Ihr Lippenstift hatte an Farbe eingebüßt, das war das einzig Blasse an ihr. Ansonsten war sie eine gut aussehende Frau, hatte ein freundliches Gesicht und einen aufmerksamen Blick.

»Sie waren ein Freund von Ramona? Weiß man denn inzwischen, wer der Täter ist? Wir waren hier alle ziemlich betroffen, die meisten haben sie ja noch gekannt.«

»Er ist noch nicht gefasst. Und soweit ich weiß, gibt es keine heiße Spur.«

»Einfach nur schlimm ist das.«

»Ich kann es immer noch nicht glauben.«

Sie kam mit dem Gesicht etwas näher: »Wir sind damals fast zeitgleich hier angefangen. In den ersten Jahren hatte sie mir Postkarten aus Spanien und Griechenland geschickt. Ich glaube, sie war auch einmal an der Algarve gewesen.«

»Hatte Ramona ebenfalls hier vorne gearbeitet?«, fragte er.

»Das kam eher selten vor, dass sie im Service ausgeholfen hat. Sie hatte dahinten ihr Büro gehabt, war mehr mit dem Einkauf und den Abrechnungen beauftragt. Später kamen noch unsere Lohnabrechnungen dazu.«

»Ramona war enttäuscht, dass euer Chef sie so einfach rausgeschmissen hatte.« Andreas versuchte, das Thema vorsichtig anzuschneiden.

»Das war eine ganz dumme Geschichte, total überflüssig eigentlich.«

»Wissen Sie, worum es gegangen ist? Ramona hatte das mir gegenüber nur leicht angedeutet.«

Elke Hoffmann drehte sich zu beiden Seiten um, verschränkte die Arme und beugte sich noch ein bisschen mehr nach vorn. »Vor drei Jahren ist sie in Urlaub gefahren, obwohl er nicht genehmigt war. Sie hat sich krankschreiben lassen und ist trotzdem verreist.«

»Und daraufhin hat Filbinger sie rausgeworfen?«

»Richtig. Er meinte, wenn jeder das machen würde, könnte er den Laden gleich dichtmachen.«

»Sehen Sie das auch so?«

»Es gibt Regeln, die man einhalten muss, das ist klar. Ramona war natürlich nicht jeder. Mir gegenüber sagte sie später, das sei bloß Schikane von dem Alten gewesen, so nannte sie ihn, sonst nichts.«

»Das Wort Schikane hat sie dauernd benutzt. War es das denn auch?«

»Ich kann es ehrlich nicht sagen. Der Chef ist meistens großzügig, aber er kann auch ekelhaft und kleinkariert sein. Ramona hatte hier sicherlich einen besonderen Status und auch mehr mit ihm zu tun als wir.«

»Aber Ihr Chef ist mit der Kündigung durchgekommen?«

»Ich glaube, schon. Ramona hatte mich einmal angerufen und gesagt, sie würde mit ihm vor Gericht hängen.«

»Und?«

»Ich wüsste nicht, dass Filbinger den Prozess verloren hat. Aber wenn, dann würde er das nicht an die große Glocke hängen. Würden Sie auch nicht machen, oder?«

»Das stimmt.« Das Gespräch wurde von Elkes Kollegin unterbrochen, die das Angebot für die Frankfurt-Fahrt herüberreichte. Andreas dankte ihr und erwähnte, dass das noch ginge: 978 Euro.

»Unsere Preise können sich sehen lassen«, sagte Elke Hoffmann. »Darf ich Sie etwas fragen?«

»Na klar!«

»Wenn Sie Buchhändler sind, wissen Sie bestimmt, ob Ramona gut schreiben konnte.«

»War das die Frage?«

»Konnte sie?«

»Sie hatte Talent, das auf jeden Fall. Ich habe zufällig ein Exemplar ihres letzten Romans im Auto, das schenke ich Ihnen.«

»Oh, das wäre toll. Ich kann es aber auch bezahlen.«

»Lassen Sie nur, kein Problem.« Er stand auf, um das Buch zu holen. An der Ladentür warb ein Plakat für das Reitturnier im August. Die Fahrt nach Aachen zur Europameisterschaft im Springen kostete 25 Euro, Tickets wären ab 16,50 zu haben.

Mücke beugte sich weit über den Fahrersitz; unter der Brötchentüte fand er *Passwort Hurensohn*. Es war eine gute Idee gewesen, das letzte ungelesene Exemplar einzustecken. Ursprünglich hatte er es für Dr. Töpfer vorgesehen. Elke Hoffmann bedankte sich und gestand, dass sie sich Ramonas Künstlernamen bisher schlecht merken konnte. Sonst hätte sie sich das Buch schon längst besorgt. Einmal habe sie ihn sich notiert, dann aber den Zettel verschlampt, wie das oft so wäre.

»Klasse, das ist ja sogar signiert!« Sie blätterte mit großer Begeisterung und sichtbarem Respekt. Ihr perfektes, glattes Gesicht strahlte dabei so sehr, dass sich Andreas an eine alte Kinderbibel erinnert fühlte. Dabei hatte sie bloß ein Taschenbuch bekommen.

Als Mücke wenig später die Hauptfiliale zum zweiten Mal verließ, kam ein Bus von Filbinger rasant auf den Hof gefahren. Der junge Fahrer schien sich über die Straßenverkehrsordnung lustig zu machen, die hier auf dem Parkplatz angeblich gelten sollte. Mit einer Vollbremsung kam der Bus zum Stehen. Ein junger Typ mit auffällig grünen Sportschuhen sprang aus dem Fahrzeug, kramte eine Packung hervor und zündete sich eine Zigarette an. Einige Meter rechts von Mücke wurde hastig ein Fenster aufgerissen. Tanzende Arme schauten hervor und jemand schrie den Spaßvogel an, dass er ihm schon tausend Mal gesagt hätte … Den Rest konnte Andreas nicht verstehen, weil gerade zwei Autos über den Höherweg bretterten. Aber es wurde mit Konsequenzen gedroht, wenn das so weiterginge.

»Ey Cheffe, nix passiert!« Der übermütige Scherzkeks präsentierte eine Unschuldsgeste vom Feinsten.

Neugierig ging Andreas auf das Fenster zu. Der Mann, der soeben noch gebrüllt und wild gestikuliert hatte, sah ihn kommen und beruhigte sich sogleich.

»Haben es Ihre Leute immer so eilig?«

»Ach, der Mustafa, spielt sich wieder auf, dabei ist unsere Azubine gar nicht da. Ist ein guter Junge, und fahren kann er ebenfalls. Machen Sie sich keine Sorgen! Entschuldigung, Gerd Filbinger.«

»Andreas Mücke.« Er reichte Filbinger, der elegant und zugleich salopp gekleidet war, die Hand. Der Seidenschal gab ihm eine gewisse Lockerheit, etwas Pfiffiges, machte ihn bestimmt für andere interessant. Der Reiseveranstalter deutete auf das zusammengerollte Angebot, das Mücke in seiner linken Hand hielt.

»Wohin soll es denn gehen?«

»Nach Frankfurt zur Buchmesse.«

»Über 50 Euro lässt sich reden, wenn es nachher daran scheitern sollte. Hat ja noch Zeit.«

»Ich werde es mir überlegen.« Andreas deutete mit dem Kopf einen Gruß an und verschwand in Richtung Parkplatz. Hinter ihm wurde das Fenster geschlossen. Mustafa telefonierte, ging dabei ungeduldig auf und ab, wie Andreas es in seiner Wohnung und woanders auch oft tat. Eine Zeit lang hatte er sich eingebildet, er könnte sich beim Gehen besser konzentrieren. Daran musste man wohl fest glauben. Leute, die er mit seiner Marotte nervös gemacht hatte, nahmen ihm das jedenfalls nicht ab. Plötzlich blieb er stehen, drehte sich nach dem so unsanft gebremsten Bus um. Auf dem Düsseldorfer Nummernschild standen die Initialen des Unternehmens: *F. T.* wie *Filbinger Tours*. Oder wie Frank Töpfer.

33.

In Bad Münstereifel angekommen, erledigte er erst einmal seine Einkäufe für die folgenden Tage. Da Jess heute vermutlich bei ihm übernachtete, durfte er Obst und Milch nicht vergessen. Andreas entschied sich für Kiwis, Bananen und ein Kilo Äpfel in prächtigem Grün, wissend, dass die Farbe nichts über die Qualität besagte. Auch die holländischen Tomaten sahen zu gut aus, um sie liegen zu lassen. Einmal in der Abteilung, legte er auch eine Ingwer-Knolle in den Wagen. In den angrenzenden Getränkemarkt musste er ebenfalls noch: Wasser, Apfelsaft sowie Bier waren knapp geworden, und die Fassbrause war ihm bereits am vergangenen Wochenende ausgegangen. Jessica bevorzugt wie Anna die Geschmacksrichtung Rhabarber. Zum Glück war die Sorte wieder vorrätig; er kaufte gleich mehrere Sixpacks. An der Kasse ließ er sich Disney-Sticker für Julian geben. Nein, die Treuepunkte brauchte er nach zwei Scheidungen nicht.

Zu Hause öffnete er ein weiteres Mal die kopierte *Money*-Datei von Mona. Es könnte durchaus möglich sein, dass zwischen den beiden 18.000-Euro-Einträgen fast zwei Jahre lagen; eventuell ein Grund dafür, dass Mona die Gleichheit der Kürzel entgangen war. Aber dass *F. T.* für ihren früheren Arbeitgeber stand, hielt er für wahrscheinlicher als eine doppelte Zahlung durch Frank Töpfer. Die Frage war, warum Filbinger ihr das Geld gezahlt hatte. Wenn er es durch Monas Anwalt nicht erfahren sollte, müsste er sich an den Unternehmer wenden. Vielleicht wäre das sogar die bessere Vorgehensweise. Andreas dachte darüber nach. Er hatte noch eine andere Idee: A. C. Stone, jetzt! Eine Frau meldete sich, rief nach Alan und gab den Hörer weiter.

»Hey, Andreas, lass mich raten: Du brauchst Nachschub.« Mücke hatte nicht das geringste Verlangen gehabt, das Kraut aus Alans Garten zu probieren. Es müsste noch in der Plastiktüte auf seinem Balkon sein.

»Nicht ganz, Alan – aber möglicherweise kannst du mir mit einer Auskunft weiterhelfen?« So behutsam er sonst auch taktierte, bei A. C. wollte er in die Vollen gehen. Die Entscheidung traf er aus dem Bauch heraus, einfach so. »Also, ich sage es dir als Monas Freund: Ich habe mich umgesehen, und mein Verdacht fällt auf diesen Filbinger. Kanntest du ihn?« Wie es sich anhörte, war A. C. mit dem Hörer nach draußen gegangen.

»Das ist doch dieser alte Sack, der ihr immer den Arsch getätschelt hat ... Ja klar, der war's. Dass ich nicht auf den gekommen bin!«

»Langsam, ganz langsam, mein Freund. Wir haben nichts gegen ihn in der Hand. Weißt du etwas von der Kündigung und dem anschließenden Prozess?«

»Der wollte ihr den Urlaub nicht geben, die aufgeblasene Sau. Da ist Moni einfach so gefahren, hat sich krankschreiben lassen. Bei dem Wort Mobbing hat der Arzt große Ohren gekriegt.«

»Na, toll«, so einfach geht das also. Andreas dachte sich seinen Teil.

»Für mich war die Reise ja nichts, hatte außerdem gerade das passende Kleingeld nicht, aber sie wollte unbedingt dahin. Das ist doch kein Kündigungsgrund.«

»Kommt drauf an, manchmal schon«, gab Andreas zu bedenken.

»Ey, Mann, auf welcher Seite bist du?«

»Hat doch damit nichts zu tun, ich sehe das nüchtern, Alan. Wohin war Mona denn?«

»Na, auf eine griechische Insel – weiß der Geier, wo der versiffte Baum des Medicus steht.«

»Samos, Korfu, Kreta, Karpathos ...«

»Nein, so ähnlich.«

»Mykonos?«

»Nein, war schon etwas mit einem K vorne.« Mücke überlegte; das konnte doch so schwer nicht sein, wo er gerade die Reiseprospekte studiert hatte.

»Kalymnos?«

»Auch nicht, was Kurzes.«

»Kos.«

»Genau, nach Kos ist sie geflogen, das hat sie sich von dem Sackgesicht nicht nehmen lassen. Ich habe sie darin unterstützt.«

»Was ist dann passiert?«

»Er hat sie gefeuert, aber wir waren cleverer.«

»Inwiefern?«

»Sie hat dafür gesorgt, dass man ihr nichts nachweisen konnte. Deshalb dieses Gedöns mit dem Anwalt.«

»Und dann?«

»So richtig hat mich der Scheiß nicht interessiert, aber sie hat gewonnen vor Gericht. Das muss ihr ordentlich was an Knete gebracht haben, solch ein Glück hatte ich nie. Sie hatte mir noch 500 Euro von dem Geld gegeben, als wir uns getrennt hatten.«

»Du, das war mehr, als ich erwartet hätte. Ich danke dir!«

»Mann, schau doch mal vorbei! Meine neue Foto-Kollektion ist jetzt fertig. Ich nenne sie *Umsonst & Draußen*, ein Hammer, sag ich dir. Du würdest bestimmt ein Bild kaufen wollen, Andreas.«

»Ich komme demnächst zu dir, versprochen! Bis dann – ach, und noch etwas!«

»Ja?« A. C. zog das Wort in die Länge, er klang besorgt.

»Ruf nicht wieder gleich bei der Polizei an.«

»Ich verstehe nicht, was du meinst.«

»Alan, du verstehst mich sehr gut. Das bleibt unter uns!« Er drückte nach Sekunden des Schweigens die Verbindung weg.

Andreas lag auf dem Sofa, die Arme hinter dem Kopf verschränkt, die Beine auf der Lehne hochgelegt. Ungenaue Bilder wanderten durch seinen Kopf. Seine Gedanken waren bei Jessica, bei A. C. Stone, dann bei Paula und Julian – er dachte an alles und nichts, wahrscheinlich stand er kurz davor einzuschlafen, als das Telefon klingelte. Jessica! Sofort war er wach. Sie hatte am Tag noch einiges für den Marokko-Trip waschen, bügeln, erledigen und in der Apotheke besorgen müssen. Nun sei sie müde, ihr stand nicht der Sinn nach einem Kinobesuch, überhaupt nicht. Sie würde sogar wetten, meinte sie, dass sie bei dem Film einschliefe, davon hätten beide nichts. Jess fragte, ob Andreas stattdessen Lust hätte, zu ihr zu kommen. Sie würde etwas aus den Sachen zubereiten, die vor der Reise unbedingt wegmüssten. Für ein, zwei Biere wäre sicherlich auch noch Zeit – und, er wisse schon. Andreas war begeistert. Er versprach, Oliven, Tomaten und ein Fladenbrot mitzubringen. Das hatte er am Nachmittag voreilig gekauft. Erst danach war ihm das Kino wieder eingefallen. Eine Unternehmung, die er an diesem Abend nicht vermissen würde – lieber war er mit Jessica allein.

34.

Na, klasse, sie hatte ihr Haar abschneiden lassen. Darauf war er nicht gefasst und wusste nicht, was er davon halten sollte. Zunächst einmal wenig, weil er ihre braune Mähne geliebt und so gerne darin herumgewühlt hatte. Und weil es immer so intensiv nach Vanille gerochen hatte. Er betrachtete Jessica ausgiebig. Sie sagte, dass sie sich schon lange von ihrem Haar trennen wollte, die bevorstehende Reise sei nun ein guter Anlass dafür gewesen. Jessica war noch immer eine schöne Frau. Eigentlich konnte man nicht behaupten, dass die Kurzhaarfrisur ihr etwas Burschikoses gegeben hätte.

Beim Kochen, im Grunde war es mehr ein wahlloses In-die-Pfanne-Werfen von Restgemüse, Eiern, Salamiwürfeln und Pilzen, wechselte Jess das Thema und erzählte, dass sie Monas Buch zu Ende gelesen habe. Auch wenn es so ziemlich alle gängigen Klischees bediene, hätte es ihr unterm Strich gefallen, weil sie viel lachen musste.

Andreas gab seiner Freundin recht und erwähnte das Manuskript, das er auf ihrem Rechner gefunden und kopiert hatte. Das wäre für ihn um einiges brisanter, zudem besser geschrieben, sofern er ein Auge dafür habe, und eventuell der Schlüssel zur Aufklärung des Mordes. Das könne er ihr dann nachher erzählen, meinte Jessica. Sie bräuchte jetzt Platz in der Küche, auch um gleich den Tisch zu decken, und bat ihn, ins Wohnzimmer zu gehen. Er könne ja das Radio anmachen oder eine CD auflegen – sie rufe ihn dann. Andreas schaute ihr noch einmal ins schmale Gesicht. Das Vertraute erkannte er langsam besser. Die neue Frisur brachte Jessicas Gesichtszüge anders zur Geltung; rückte ihre Augen und die Brauen in ein anderes Licht; verstärkte sogar, wie er plötzlich fand, das Weibliche. Seine Hand glitt langsam von ihrem frei liegenden Ohr über die Wange: »Du, das gefällt mir, nachdem ich mich nun ein bisschen daran gewöhnt habe – bis gleich.« Sie stellte die Pfeffermühle ins Regal zurück, grinste und zupfte ihr

Spaghetti-Top mit den bunten Glitzerteilchen am Ausschnitt zurecht.

Hi Dad, endlich Osterferien! Mama hat gesagt, ich soll dich fragen: Spendierst du mir im Sommer ein internationales Language Camp im Sauerland? Kostet 445 Euro für eine Woche. Deine Anna.

Andreas steckte das Handy zurück in die Hosentasche. Eigentlich hätte er Anna direkt zusagen können, er hatte ihr bislang noch nie etwas abgeschlagen.

»Ist Grönemeyer okay?«, rief er in die Küche.

»Ich verstehe dich nicht«, kam es zurück.

Er legte nach kurzer Überlegung die neue CD von La Roux in den Player. Überall lagen Kieselsteine, Muscheln und zuckerfreie Salbei-Bonbons herum, an der Wand waren mindestens zwei weitere Postkarten hinzugekommen. Die ausgedachte E-Mail-Adresse hatte er vorhin tatsächlich noch eingerichtet, ohne dass es einen konkreten Anlass dafür gegeben hätte. Er wollte ihr das erst einmal nicht erzählen – manchmal ist es besser, seine Gedanken im Zaum zu halten.

Unten im Regal fand Andy ein drei Jahre altes Heft, das er noch nicht kannte: *Klassenzeitung. Unsere gemeinsamen Jahre.* Er nahm es in die Hand und begann zu blättern. Über ihre Lehrerin hatten Jessicas Schüler geschrieben, dass sie auf der Klassenfahrt die Brötchen schlecht geschnitten habe, aber nett sei und total lustig niese. Unter ihrem Schwarz-Weiß-Foto wurden die Reli-Stunden gelobt. Allerdings würde Frau Reinders ständig vergessen, wo ihre Kreide lag.

»Gut beobachtet, Kinder«, murmelte er vor sich hin. Die angedeuteten Ruderbewegungen beim Niesen waren ihm auch längst aufgefallen. Wie machte Jess das beim Autofahren, fragte er sich. In der Ecke stand der Wäscheständer mit Blusen, dem olivgrünen Schlabbershirt, einer Jeans und einigen Handtüchern. Zwei Reihen bunter Slips hingen herab, die Höschen wurden wie die Sport-BHs von nur einer Klammer gehalten. Jess hatte zwei brennende Jerusalemkerzen ins Fenster gestellt, eigentlich sogar drei, eine war ausgegangen. Andreas zog den warmen beweglichen Docht in die Senkrechte und zündete ihn nach kurzem Abwarten wieder an. Unten auf der Straße ging der alte Mann im blassen Licht der Laterne. Mücke hatte ihn hier schon oft gesehen, auch in der Stadt war er ihm zuletzt begegnet. Man grüßte sich inzwischen. Auch die dritte Flamme brannte jetzt ruhig. Jessica hatte die Keramiktöpfe auf der Fensterbank durch neue ersetzt. Fünf der neun Kräuter kannte er beim Namen, mehr als die Hälfte. Damit war er bestimmt besser als der deutsche Durchschnitt – aber schlechter als Jess, Paula und Anna. Voraussichtlich auch schlechter als A. C., sofern der sich mit Allerweltskräutern überhaupt abgab. Andy griff in seine Hosentasche.

»Kommst du?«, rief Jessica aus der Küche. »Du kannst schon den Wein aufmachen. Bier müsstest du aus dem Keller holen, wenn du das lieber hast. Der Schlüssel liegt auf der Mikrowelle.« Mücke grinste, das klang beinahe wie in einer eingespielten Ehe. Viel zu selten gab es diese Augenblicke.

»Bin unterwegs. Ich schreibe gerade eine Kurznachricht an Anna.«

35.

Der Montag begann mit einem Termin in Euskirchen. Paula und er hatten sich endgültig mit dem Interessenten ihres Hauses in Großbüllesheim einigen können. Er hatte sie zwar noch einmal um 12.000 Euro gedrückt, aber unterm Strich waren sie mit dem erzielten Preis zufrieden. Der Käufer und seine beiden Gutachter hatten übersehen, dass die Ölheizung demnächst erneuert werden musste. Auf halbem Weg dorthin, in Kreuzweingarten, dachte Andreas an Jessica, die seit einer halben Stunde in der Luft sein musste. Er hatte ihr Samstagabend nach dem Essen angeboten, sie und Lotte in zwei Wochen am Frankfurter Flughafen abzuholen. Sie war ihm um den Hals gefallen – erleichtert, ein Problem weniger zu haben. Mücke fragte sich, wieso sie ihn nicht einfach danach gefragt hatte. Jessica war und blieb ihm oft ein Rätsel.

Noch war es trocken, auch wenn der Himmel über Euskirchen nichts Gutes versprach. Seine Gedanken beschäftigten sich mit dem bevorstehenden Geschäft. Soweit er es mitbekommen hatte, war über den Übergabetermin noch nicht verhandelt worden. Da Paula das Haus mit Julian noch bewohnte, würde sie sich demnächst eine neue Wohnung suchen müssen. Er rief sie an.

»Wo bist du?«, fragte Paula ungeduldig.

»Am Stadtwald, ich bin gleich da. Sag mal: Wann wolltest du eigentlich aus dem Haus raus?«

»Sobald das Geld da ist. Innerhalb von vier Wochen, dann. Schätze ich mal ...«

»Ist das nicht ein bisschen knapp?«

»Ach, das geht schon. Sonst ziehen wir für ein paar Monate zu den Eltern, die freuen sich.«

Andreas fand den Gedanken nicht so prickelnd, aber es ging ihn nichts an. »Wie du meinst!«

»Hast du an den Kinderrucksack gedacht?«

»Der ist im Kofferraum.«

»Wir dürfen ihn nicht vergessen – der Nickel ist schon da.«
»Dann kann wohl nichts mehr schiefgehen.«
»Jetzt sehe ich dich. Den letzten Parkplatz habe ich genommen, bevor ihn ein anderer besetzt.«
»War klar!«
»Den hättest du auch mal waschen können«, sagte sie, als er vorbeifuhr.
»Wollen wir das Haus oder den Wagen verkaufen? Außerdem wäscht der Regen gleich den Dreck runter.«
»Wie immer: Alles regelt sich von selbst. Fahr am besten da rechts rein, da ist immer was frei. Bis gleich.«
»Jepp.«
Es geht gut los! Der Start wurde auf 11:45 Uhr verschoben. LG Jess. Andreas verriegelte den Golf und steckte das Smartphone zusammen mit dem Schlüssel in die Hosentasche. Paula kam um die Ecke gelaufen, sie trug das Haar ein gutes Stück kürzer, als hätte sie sich mit Jessica abgesprochen. Er drückte sie wie bei jeder Begegnung nach der Trennung. Irgendwie herzlich und erfreut, aber wie immer recht kurz; so, als wollten sie die Gefahr meiden, dass es intimer werden könnte. Sie benutzte noch immer das Parfum, an dem er sie im Dunkeln erkennen würde.
»Ich dachte, ich komme dir ein paar Schritte entgegen.«
»Du konntest noch nie stehen bleiben und einfach nur warten, hat dir das schon mal jemand gesagt?«
»Findest du das schlimm?«
»Quatsch, natürlich nicht. Es ist mir nur aufgefallen.«
»Andere laufen beim Telefonieren dafür umso mehr«, konterte sie.
»1:0 für dich.«
Beide hofften, dass der Verkauf bald in trockenen Tüchern sein würde. Paula fragte ihn, ob er ihnen demnächst beim Umzug helfen könnte. Das war für ihn allein wegen Julian kein Thema.
»Du kannst dich auf mich verlassen, aber nur unter der Bedingung, dass ich mir nichts über eure Druckerei anhören muss«, das ewige Thema ging ihm mittlerweile weit am Arsch vorbei.

»Versprochen.« Die beiden wechselten einen vielsagenden Blick.

»Und für gekühltes Kölsch musst du sorgen.«

»Anna hat mir auch ihre Hilfe angeboten, fand ich total nett. Vorsicht!«, sie zeigte auf die vorgelagerten Stufen, die zur Kanzlei des Notars führten.

Nachdem alles glatt verlaufen war, wollten Paula und Andreas den Verkauf mit einem Glas Sekt und einem kleinen Mittagessen in einem Euskirchener Lokal auf der Kölner Straße feiern. Sie hatten überlegt, ob sie Julian im Kindergarten abholen sollten, sich dann aber dagegen entschieden. Er sollte nicht glauben, seine Eltern kämen wieder zusammen, alles würde wie früher. Das kleine Mittagessen endete mit einem üppigen Nachtisch. Sie trennten sich erst weit nach 14 Uhr. Beide sichtbar erleichtert, eine Last weniger zu haben. Sie hatten einen guten Preis erzielt und konnten zufrieden sein. Wehmut über das Scheitern ihrer Ehe war natürlich mit im Spiel gewesen, jedenfalls bei ihm. Das war es immer, wenn sie sich sahen. Zu allem Überfluss musste Paula gerade heute besonders toll aussehen. Oder hielt er sie plötzlich wieder für begehrenswert, nur weil sie seit Kurzem einen Freund hatte? Wie billig – gut, dass sie seine Gedanken nicht kannte.

Im Auto gestand er sich ein, dass Jessica für seine Wankelmütigkeit mitverantwortlich war. Würde sie bedingungslos zu ihm stehen, wären solche Gedanken nicht gekommen. Um sich abzulenken, kaufte er am Nachmittag einen besseren Laserdrucker, den er zu Hause gleich mit dem PC verbinden wollte. Wider Erwarten klappte die Installation reibungslos, obwohl das USB-Kabel nicht im Lieferumfang enthalten war, wie er beim Auspacken feststellen musste. Der Verkäufer hatte ihm Blödsinn erzählt, aber Andreas hatte Glück, denn das alte Kabel war kompatibel. Den ausrangierten Drucker verstaute er im Keller, beim nächsten Sperrmüll käme er auf die Straße. Wahrscheinlich würde der schon vorher von Schnäppchenjägern einkassiert, und dann wäre es einerlei, ob das Teil zum Sperrmüll gehörte oder nicht.

Als er wieder vor der Wohnungstür stand, hörte er sein Telefon. Frank Töpfer war am anderen Ende. Er klang ziemlich aufgeregt und bat um Mückes baldigen Besuch in seinem Werkstattschuppen, er müsse ihm dringend etwas zeigen. Am Telefon wollte er dazu nichts sagen. Sie einigten sich auf eine Zeit zwischen 13 und 14 Uhr des folgenden Tages. Das traf sich sogar gut, denn Andreas musste sowieso wegen der Kontoauszüge zum alten Töpfer, bis Geldern waren es dann nur noch 75 Kilometer.

36.

Nachdem er die schätzungsweise zwölf Zentimeter dicke Lage Kontoauszüge in Grevenbroich abgeholt und in einer ausgiebigen Mittagspause in der Autobahnraststätte *Geismühle* an der A 57 studiert hatte, setzte Andreas Mücke seine Fahrt fort. Sie führte ihn weiter zu Töpfers Werkstatt nach Veert. Vielleicht bot sich am späten Nachmittag oder frühen Abend noch ein Abstecher zu A. C. Stone an. Krefeld lag auf der Strecke nach Bad Münstereifel, das sollte er eigentlich ausnutzen. Jetzt hatte er Krefeld erst einmal hinter sich gelassen, das Autobahnkreuz Moers wurde auf blauen Tafeln bereits angekündigt. Links und rechts das bekannte Bild: Gebüsch, Wiesen, ein weit entfernter Kirchturm, eine tote Katze auf der Standspur, einsame Bauernhöfe und auf 200 Metern in Fetzen zerteilte Reifenreste. Am Kreuz dann noch ein liegen gebliebenes Auto mit eingeschalteter Warnblinkanlage. Zwei frierende Personen warteten in Warnwesten hinter der Begrenzung.

Bei den Auszügen der letzten vier Jahre war ihm aufgefallen, dass zwar das Erbe von 24.640 Euro auf ihr Konto eingezahlt worden war, nicht aber die zweimal 18.000 Euro, die in der Datei *Money, Money, Money* aufgeführt worden waren. Töpfer hatte ihr das Geld nach Neukirchen gebracht, das hatte er erzählt. Was war beim anderen Mal? Hatte Filbinger ihr das Geld ebenfalls in bar gegeben? Oder ein anderer oder doch Frank Töpfer, was Andreas nicht glaubte? Die Kontoauszüge dokumentierten so nebenbei auch Monas Sucht nach Erfolg, denn es gab Tage, da hatte sie zigmal ihr eigenes E-Book gekauft. Vermutlich nur, um es in den Verkaufsrängen nach oben schießen zu lassen. Vor nicht ganz anderthalb Jahren wurde noch jeder einzelne Kauf aufgeführt – auf acht Auszugsseiten in Folge war nichts anderes zu lesen gewesen als *Download Phantome der Nacht.* Sollte sie es beim *Hurensohn* ebenfalls gemacht haben, dann hatte Mona die mehrfach gekauften Gutscheine über 100 und 150 Euro dafür eingesetzt, das machte die Manipulation nicht so offensichtlich. Andreas schrak auf. Die Lichthupe eines heranschießenden silbernen Mercedes erinnerte ihn daran, dass es auch noch eine rechte Fahrspur gab.

Nachdem er 15 Minuten später die Autobahn bei Alpen verlassen hatte, bog er nach rechts in Richtung Issum und Geldern ab. Kurz vor Geldern fuhr Mücke auf den Parkplatz eines Getränkeshops. Altbier gab es zwar auch in Euskirchen und Münstereifel zu kaufen, aber zuletzt war es in den Läden gerade dann ausgegangen, wenn ihm danach war. Er stellte eine Elferkiste des örtlichen Herstellers auf die Palette zurück und legte stattdessen 14 oder 15 Flaschen verschiedener Düsseldorfer Hausbrauereien in den Einkaufswagen. Alle hatten praktische Bügelverschlüsse und eine deutlich kürzere Haltbarkeit, das machte den Unterschied. An der Kasse wurde Andreas ein weiterer Unterschied aufgezeigt. Schwamm drüber, dachte er sich, dafür hatte er beim französischen Likör ein unerwartetes Schnäppchen gemacht.

Mücke ging durch das offene Scheunentor; nach wenigen Schritten hatte er bereits den metallisch-öligen Werkstattgeruch in der Nase. Sein Blick fiel auf einen dunkelroten Clio mit aufgeklappter Motorhaube, hinter der Töpfer in gebückter Haltung werkelte. Die wahren Schätze seiner Werkstatt hatte er beiseite geschoben und teilweise mit alten Stoffdecken oder Bettlaken bedeckt, um sie vor neugierigen Blicken zu schützen. Angst vor Diebstahl war mit ein Grund dafür, weshalb er nur ungern Besuch empfing. Darüber hinaus wollte er hier seine Ruhe haben.

»Hallo, Herr Töpfer«, er rief es aus zehn Metern Entfernung, um ihn nicht zu erschrecken.

»Nicht zu fassen: Sie ist über 130.000 Kilometer gefahren, ohne die Reifen oder den Zahnriemen zu wechseln. So etwas konnte nur bei Mona funktionieren«, Töpfer reichte Mücke die verschmutzte Hand. Er hatte für einige Sekunden mit Verspannungen im unteren Rückenbereich zu kämpfen. »Sonst befindet sich das Auto in gutem Zustand. Der Sohn eines Nachbarn will es haben, er hat gerade den Führerschein gemacht.«

Andreas interessierte sich mehr für das Befinden des Lehrers. Der erzählte ihm dann, dass sein Ausflug ins Düsseldorfer Nachtleben, so nannte er es, für einige Tage Gesprächsthema Nummer eins in Veert gewesen war, wie hätte es anders sein können. Aber auch in Geldern, wo Töpfer unterrichtet hatte, war die nächtliche Tour des Lehrers ein beliebtes Thema, über das man sich nur allzu gern das Maul zerriss. Es war überall das Gleiche. Es hatte sich sogar eine Elterninitiative gebildet, die ihn ganz von der Schule haben wollte. Sachlich betrachtet, ließ sich das verstehen, wobei die Argumente dieser kleinen, aber hartnäckigen Initiative selbst alles andere als sachlich waren. Für den ersten Schultag nach den Ferien wurde eine Eltern-Demo in Erwägung gezogen. Sein Aus als Lehrer wäre damit in Geldern besiegelt, denn es war klar, dass sich spätestens nach solch einer Aktion sein Ruf nicht mehr reparieren ließe, davon blieb immer was hängen. Da spielte es keine Rolle, was vor über zwei Wochen in der Düsseldorfer Nacht tatsächlich passiert war. Das interessierte sowieso die wenigsten – aber die waren auf seiner Seite. Zu seiner Erleichterung waren das auch die meisten Kollegen. Mit etwas Glück würde er noch vor den Sommerferien nach Goch oder Kleve versetzt – eine Lösung, mit der er leben könnte.

Am meisten hatte Töpfer damit zu kämpfen, seine Kinder von der Schmutzkampagne fernzuhalten; trotz der sofortigen Suspendierung hätte er noch nie den Ferienbeginn so herbeigesehnt wie in diesem Jahr. Wäre es nach ihm gegangen, würde er jetzt mit der Familie an der Nord- oder Ostsee sein, um dort die Ostertage zu verbringen. Aber Michaela stellte sich quer. Sie wollte, dass er sich fürs Erste eine Wohnung suchte. Drei hatte er sich angesehen und wartete im Moment auf eine Zusage. Deshalb wäre er noch hier und kümmerte sich um den blöden Zahnriemen – Töpfer zeigte auf das bereitgelegte Ersatzteil.

Andreas verstand ihn. Ihm war es relativ egal, was die Leute von ihm dachten – aber vor den eigenen Kindern im anstößigen Licht dastehen, das ist eine andere Liga, da hört der Spaß auf. Was hatte Töpfer schon groß verbrochen? Er war sauer gewesen und hatte sich anschließend gehen lassen. Eine impulsive Handlung, eine Dummheit. Ein intelligenter Mensch sollte sich besser unter Kontrolle haben, kein Thema, trotzdem konnte man es nachvollziehen. Wer weiß denn, was sich alles in ihm angesammelt hatte?

Töpfer forderte Andreas Mücke auf, ihm zu folgen, und präsentierte ihm dann übergangslos das Teil, weshalb er ihn am Abend angerufen hatte. Er zog eine Schublade auf und deutete auf die blaugrüne Tasche. *Fiorelli* stand darauf: Monas Tasche! Gestern hatte er sie gefunden und war sich ganz sicher, dass sie vor vier Tagen noch nicht da gewesen war, denn da hatte er die Oldtimer-Zeitschrift gekauft und nach kurzer Lektüre dort hineingelegt; jetzt lag das Heft, wie gestern schon, unter der Tasche. Jemand musste also hier gewesen sein. Aufgebrochen worden sei nichts, allerdings fehlte ihm seit der Nacht in Düsseldorf ein Schlüsselbund.

Andreas fragte, ob er die Polizei informiert hätte, was Töpfer verneinte. Dummerweise hätte er die Tasche ausgepackt. Beim Betrachten des Inhalts sei ihm erst klar geworden, dass man ihm das Teil unterjubeln wollte, aber da hatte er schon alles angefasst.

Wenn er nun zur Polizei ginge, würde es zwei Tage dauern, bis er wieder auf den Titelseiten wäre. Während er das sagte, begann Mücke sich für den Inhalt zu interessieren. Er zögerte aber, überlegte und holte sicherheitshalber aus dem Verbandkasten seines Golfs Einmalhandschuhe.

Töpfer schaute ihm anschließend beim weiteren Auspacken zu. Überflüssigerweise kommentierte er jedes Teil, als hätte Andreas keine Augen im Kopf. Es war der klassische Krimskrams, den Frauen normalerweise dabeihaben, abgesehen von einem E-Book-Reader, zwei selbstverfassten Taschenbüchern und einem Bierdeckel mit dem handnotierten Namen Luitgard, aber ohne Striche oder eine Telefonnummer darauf. Dann tauchte noch ein halbes Dutzend verschiedener Kugelschreiber sowie ein blutverschmiertes Seidentuch auf.

Mücke machte einige Fotos mit dem Smartphone.

»Da sind jetzt aber keine DNA-Spuren von Ihnen dran?« Er deutete auf das Tuch. »Durch offene Wunden, Spucke oder so?«

Töpfer betrachtete seine Hände. »Nee, ich verletze mich

zwar laufend, aber die letzten Tage sind die Hände heil geblieben.«

»Okay, es hilft alles nichts, wir müssen das der Kripo geben. Soll ich das machen?«

»Ich weiß nicht, ob das so eine gute Idee ist«, Töpfer war skeptisch. Er hatte Angst, das war offensichtlich.

»Es ist das einzig Vernünftige. Sie hätten die Tasche natürlich verschwinden lassen können, aber möglicherweise sind hier auch noch andere Sachen versteckt worden.«

»Glaube ich nicht.«

»Monas Notebook ist immer noch nicht aufgetaucht, was ist, wenn ...«, er hielt inne, beinahe hätte sich Andreas mit den Paletten hinterm Schuppen verraten. Beim ersten Besuch hatte er ausreichend Möglichkeiten gesehen, wo man Töpfer den Laptop hätte unterjubeln können, selbst außerhalb der Scheune. »Ich denke, Verstecke gibt es hier genug.«

»Ich weiß nicht ...«, Töpfer war hin und her gerissen.

»Jedenfalls wird jemand ein großes Interesse daran haben, dass der Kram hier gefunden wird. Und dieser Jemand wird auch dafür sorgen, dass die Polizei bei Ihnen sucht. Ansonsten macht die Aktion keinen Sinn.« Andreas schien ihn überzeugt zu haben, er sah, wie es in seinem Kopf arbeitete.

»Lassen Sie mich das regeln, Herr Töpfer«, bat er ihn.

»Einverstanden.«

Die folgenden zwei Stunden verbrachten sie mit der Suche nach weiteren verdächtigen Gegenständen, aber sie fanden nichts. Das musste nichts heißen, denn die Scheune bot allein unter ihrem Dach mit den unzähligen Böden, Zwischenböden und Balken noch viel mehr Versteckmöglichkeiten, als von Andreas angenommen.

»Ich halte es übrigens für wahrscheinlich«, sagte Mücke mit einem Blick auf die Uhr, »dass die anderen 18.000 Euro von Filbinger stammten. Den Beweis habe ich leider noch nicht.«

»Wieso?«

»Mona hatte eine Verhandlung vor dem Arbeitsgericht; ihren Anwalt habe ich dazu noch nicht sprechen können, weil der in Urlaub ist. Wenn Mona das Geld aber nicht von Ihnen hatte, was ich nun mal annehmen will, käme ihr Ex-Chef infrage. Ich vermute, dass er den Prozess gegen Ramona verloren beziehungsweise eine Abfindung angeboten hat. Übrigens: *Filbinger Tours*, das gleiche Kürzel wie Ihres.«

»Tatsächlich, das stimmt«, Frank Töpfer schlurfte nachdenklich einige Schritte auf und ab, zuckte mit den Schultern. »Keine Ahnung, was soll ich dazu sagen? Irgendeine Erklärung muss es schließlich für all das geben. Ja, wer weiß, eventuell ist das die Spur.«

»Die Kontoauszüge geben es nicht her. Hatten Sie Mona das Geld eigentlich bar ausgezahlt?«

»Ja, sie wollte es so. Mir war das durchaus recht, denn Michaela ist über den Inhalt meiner Werkstattkasse nicht im Bilde. Das war sie nie. Genau wie dieser Schuppen ist das mein Terrain. Hatte ich Ihnen das nicht schon beim letzten Mal erzählt?«

»Nicht, dass Sie es ihr bar gegeben haben«, Andreas tat ahnungslos. Er hatte nicht ernsthaft damit gerechnet, dass sich Monas Bruder widersprechen würde. Gehofft hatte er es schon gar nicht.

»Okay. Und Filbinger hatte ihr das Geld ebenfalls in die Hand gedrückt, wenn er es denn war?«, fragte Frank Töpfer und rieb sich dabei über den Nacken.

»Sieht schwer danach aus. Vielleicht hat er es auch der Anwaltskanzlei überwiesen, die es dann weitergegeben hat.«

37.

Hallo Frau Oleknavicius, ich befinde mich auf dem Rückweg von Frank Töpfer, der gestern Abend dringend um meinen Besuch gebeten hatte. Jemand hat sich Zutritt zu seinem Schuppen verschafft und Ramonas Tasche bei ihm versteckt. Sie enthält u.a. ein blutverschmiertes Halstuch. Morgen früh bringe ich Ihnen alles aufs Präsidium. Freundliche Grüße – Andreas Mücke.

Eine Joggerin keuchte im fahlen Laternenlicht an ihm vorbei. Kraft genug, mit lässig erhobener Hand zurückzugrüßen, hatte sie noch. In der anderen hielt sie eine Trinkflasche. Andreas sammelte sich und sah ihr hinterher, bis nur noch ein leichtes Glimmen der Reflektorstreifen übrig blieb. Sie wirkten in der Ferne wie überdimensionale Glühwürmchen. Er überflog seinen Text an die Bonner Kommissarin, dann verschickte er die Nachricht. Zwei Fotos des Inhalts schickte er hinterher.

Er betrat den schmalen Weg, der direkt zum Garten von A. C. Stone führte. Angemeldet hatte er sich nicht, sondern einen spontanen Zwischenstopp eingelegt. Es war kurz vor acht, und länger als eine Stunde würde er später bis Bad Münstereifel kaum benötigen. Er zählte Alan zu jenen Leuten, denen es egal war, ob man sich vorher ankündigte oder nicht. Und halbwegs angekündigt war er sogar, denn er hatte am Telefon versprochen, demnächst vorbeizukommen. Ihm fiel eine Notiz ein, die er neulich in Monas Ordner über Alan gelesen hatte: *Irgendwann bemerkte ich, dass er nichts las. Ich rede nicht von meinen Manuskripten, er las generell nicht – eins von tausend Dingen, die er mit viel Tamtam unterließ.*

Licht brannte im hinteren Teil des Häuschens, es sah so aus, als hätte Mücke den Umweg nicht umsonst unternommen. Die Haustür war angelehnt. Er klopfte, rief *Hallo*, dann ging er zwei Schritte hinein in den Korridor. Die Kartons und zwei Gummistiefel lagen wild verstreut herum. Udo Lindenberg lag ebenfalls auf dem Boden, das Glas des Rahmens hatte einige Sprünge abbekommen. Er hob das Foto auf, betrachtete es.

Aus dem zweiten Zimmer waren Geräusche zu vernehmen. Sie wurden lauter. Etwas stimmte hier nicht. Nach einem weiteren Schritt glaubte er, Kampfgeräusche zu hören. Als er die Wohnraumtür erreicht hatte, war er sich sicher: Der Lärm kam nicht aus dem Fernseher – der war echt. *No Panic*, er legte das Bild auf Seite.

Andreas riss die Tür auf und sah, wie sich zwei Typen über A. C. beugten und wild auf ihn einschlugen. Solch eine Situation hatte er früher oder später auf sich zukommen sehen. Er brüllte, dass sie sofort aufhören sollten, packte einen am Kragen und zerrte ihn hoch. Bevor er reagieren konnte, hatte Mücke seine Faust im Gesicht. Welch ein blöder Anfängerfehler! Er verspürte einen höllischen Schmerz, der seinem Tritt in den Unterleib seines Gegenübers zusätzliche Wut und Wucht verlieh. Der schrie daraufhin, was das Zeug hielt. Sein Kumpel ließ von A. C. ab und blickte hasserfüllt zu Andreas, der im Begriff war, auch ihn am Kragen zu packen.

»Hau ab, Wichser!«, brüllte der Typ ihn an. Andreas verpasste ihm einen Schlag in den Magen. Im gleichen Augenblick ahnte er, wen er vor sich hatte. Die verräterischen grünen Schuhe bestätigten seinen Verdacht. Beide erhoben sich und machten Anstalten, zu verschwinden. Mustafa kam wieder einen Schritt zurück getorkelt. Drei Mal setzte er zur Warnung an, beim nächsten Mal käme A. C. nicht so leicht davon. Er solle sich um seine Sachen kümmern.

»Hast du verstanden, Arscheloch?«, schrie er. Mustafa blickte nun zu Mücke, den er scheinbar nicht wiedererkannte. Nach kurzem Zögern spuckte er auf den Boden. In seinem Zorn schnappte sich der Detektiv eine herumliegende *Birkenstock*-Sandale, warf sie mit Karacho und streifte den Kopf von Filbingers Handlanger. Nur zwei Zentimeter fehlten zum Volltreffer. Mit erhobenem Mittelfinger und einer weiteren Drohung folgte Mustafa seinem Kumpel ins Freie. Andreas schickte ihnen derbe Flüche hinterher.

»Verpisst euch«, Alan wiederholte seine letzten Worte.

»Halt du bloß dein verdammtes Maul!«, Andreas' Kommentar war eindeutig, er war geladen und kraftlos zugleich. Dann kehrte Ruhe ein. Es dauerte, bis sie wieder ein Gefühl für Raum und Zeit hatten. Blutverschmiert wirkte Alans Kinnbärtchen noch mickriger, die stark behaarten Unterarme passten nicht zu diesem Kopf. Mückes Blick fiel auf die helle Wand, die von langen Rissen durchzogen war. Wie Flussverläufe auf einer Landkarte sah das aus. Ach ja, die Dübellöcher waren ihm schon letztens aufgefallen. Es hatte unbeholfene Versuche gegeben, das alles zuzuspachteln.

Nach einer gefühlten halben Stunde zog sich der Detektiv am Tisch hoch, blickte in den matten, mit Fliegendreck versehenen *Jack-Daniels*-Spiegel, murmelte Unverständliches, verschwand für ein paar Minuten und kam mit einigen Flaschen Altbier zurück.

»Hier Sportsfreund, das brauchen wir jetzt«, mit dem Satzende landete die Pulle im Schoß von A. C. Stone.

»Dich schickt der Himmel, Alter, weißt du das?«, dankbar öffnete er den Bügelverschluss und trank gierig. Andreas machte das Gleiche, mit dem Unterarm wischte er sich den Mund ab. Zurück blieben Blutspuren am Ärmel.

»Kacke, auch das noch«, das Hemd war neu.

»Ich ersetze es dir.«

»Du hast doch eh kein Geld, also erzähl mir nicht so eine Scheiße«, mit den klaren Gedanken kam seine Wut zurück. »Und? Was war das hier für eine Aktion? Ich denke, du hättest dich noch nie geprügelt. Oder wie war das?«

»Ich schulde so einem verfickten Typen 300 Euro – die wollten das Geld eintreiben.«

»Ja, nee, ist klar. Du erzählst schon wieder Scheiße, du Penner. Was wolltest du von Filbinger?«

»Wieso Filbinger?« Alan spielte wie am Telefon den Ahnungslosen.

»Weil er dir die Schläger auf den Hals gehetzt hat. Der mit den grünen Sportschuhen arbeitet für ihn, die andere Ratte kenne ich nicht.«

»Woher sollen die wissen, wo ich wohne?«

»Offenbar ist dir einer gefolgt.«

»Davon habe ich nichts bemerkt.«

»Was an deiner Dämlichkeit liegen kann. Noch einmal: Was wolltest du von Filbinger?«, eine zweite Flasche landete schwungvoll in seinem Schoß. Sein Zucken ließ einen Treffer vermuten, den hatte er sowieso noch gut.

»Er wollte die Kollektion kaufen. *Umsonst & Draußen,* die Fotoserie passt in sein Haus, sagte er mir.«

»Sagte er? Du wolltest ihn erpressen?« Mücke behauptete das einfach, sah an Alans schuldbewusster Reaktion aber sofort, dass er gar nicht so falsch lag. »Hast du sie nicht alle?« Andreas konnte es nicht fassen, wie konnte man nur so wenig auf der Pfanne haben.

»Nicht erpressen. Wenn Mona noch leben würde, hätte ich das Geld von ihr bekommen und das gestern nicht nötig gehabt.«

»Aber du hast ihm signalisiert, dass du etwas weißt. Alan, du bist so etwas von bescheuert, lass dir das gesagt sein.«

»Was ist denn schon dabei, Mann?«

»Du raffst es einfach nicht: Junge, es geht um Mord! Um Mord! M. O. R. D. – kapier das endlich! Ohne Filbinger würde Mona leben, ich kann es nur noch nicht beweisen.«

»Ich muss pissen«, stieß Alan hervor, machte aber keine Anstalten, sich zu erheben. Wie ein Haufen Elend saß A. C. an der Wand und widmete sich dem Bier. Die oberen Knöpfe des Holzfällerhemdes waren abgerissen. Tränen rollten über seine Wangen.

»Alan, in meinen Augen bist du ein mieser kleiner Gauner. Viel zu klein für einen wie Filbinger. Der macht dich platt, wenn er nur will. Sei froh, dass er dir nur diese Witzfiguren geschickt hat.«

»Meinst du?«, auch die zweite Flasche näherte sich ihrem Ende.

»Du machst in Zukunft gar nichts, hast du mich verstanden? Das ist kein Ratschlag, das ist ein Befehl. Beim nächsten Mal bist du tot.« Andreas zeigte mit dem Zeigefinger auf ihn und drückte ab.

»Du bist nicht zufällig Bulle?«, die Frage überraschte Andreas.

»Wenn du dich ein bisschen anstrengst, Alan, bist du doch gar nicht so dämlich. Ich bin privater Ermittler und arbeite für Monas Familie.«

»Das ist ... Dann ...«

»Dann, dann, dann«, äffte er ihn nach. »Genau, ich habe Mona weder gekannt noch gebumst, natürlich nicht, und die Sache mit dem Tattoo kannst du ebenfalls knicken, alles gelogen.«

Eine Zeit lang sagten beide nichts, ließen das Geschehene sacken. A. C. kratzte mit den Fingernägeln am Flaschenetikett, das sich stückchenweise ablöste. Mückes Gefühle schwankten zwischen Wut und Mitleid. Dann sprang er beherzt auf, um für Nachschub zu sorgen. Blitzschnell meldeten sich die Schmerzen zurück. Auch am Brustkorb musste er etwas abbekommen haben, das spürte er erst jetzt. Er beugte sich über den Tisch und atmete tief durch, bis es besser wurde.

»Mann, ich sehe aus wie ein Schwein«, jammerte Alan, in unveränderter Position auf dem Boden sitzend.

»Und blutverschmiert bist du auch noch«, seufzte Andreas, den es höchstens halb so schlimm erwischt hatte. Er war im Gegensatz zu Alan auch relativ durchtrainiert, die Stunden im *FitGym24* zahlten sich aus. Verärgert schlich er zu seinem Auto, um die restlichen Flaschen zu holen. So viel Naivität war ihm selten begegnet, er konnte es einfach nicht begreifen. Der tickt doch nicht astrein. Kamikaze und Lusche in einer Person.

Draußen war es noch kälter geworden, er hätte sich etwas überziehen sollen. Wenigstens würde das Bier umso besser schmecken. Er öffnete den Kofferraum. Da lag sie, Monas Tasche mit dem Logoschriftzug auf der Vorderseite. Sie hatte von der Tat alles mitbekommen, die Tasche. Andreas hatte sie gleich wiedererkannt, weil Mona auch deren Kauf im vergangenen Jahr voller Stolz gepostet hatte. Er strich über das Kunstleder, es fühlte sich gut an. Ein Rentner kam mit einem Dackel vorbei, blieb zwei Meter neben ihm stehen und glotzte ihn an. Als Mücke gereizt fragte, ob etwas wäre, verschwand er im Nullkommanichts. Der Hund an der Leine hatte seine liebe Mühe, ihm zu folgen. Noch einer, der nicht sauber tickte. Die Flasche *Pastis* nahm Andreas ebenfalls mit. Wie es aussah, konnte der Abend lang werden – ihm war auf einmal danach zumute. Vielleicht war A. C. nicht der Richtige für offene Gespräche, er würde es sehen. Sollte er zu viel Blödsinn erzählen, blieben ihnen die Getränke. Damit wüsste er sich zu helfen. Spielte das nach so einem Tag eine Rolle?

38.

Am Morgen waren die körperlichen Schmerzen fast vergessen. Auch seinem Schädel ging es einigermaßen, obwohl sie in der Nacht nach dem Altbier noch eine halbe Kiste Pils aus dem Geräteschuppen sowie die Flasche *Pastis* gekillt hatten. 8:25 Uhr, verriet ihm sein Smartphone, das ging ja noch. Aus dem Zimmer nebenan erklangen im gleichbleibenden Rhythmus kräftige Schnarchgeräusche. Alan hatte in der Nacht beim Alkohol heftiger zugelangt als er, vor allem beim *Pastis*. Andreas war immerhin noch so geistesgegenwärtig gewesen, sich den Schlafsack und das selbstaufblasende Kopfkissen aus dem Golf zu holen. Nützliche Teile, die man für längere Observierungen immer dabeihaben sollte.

Das Gesicht im Spiegel gefiel ihm nicht. Die Beule nahm Form an, außerdem würde er sich unter dem rechten Auge auf ein täglich wechselndes Farbenspiel einstellen müssen. Gut, dass Jessica ihn so nicht sah. Vielleicht war es auch nicht gut: Am Ende hätten die Blessuren in ihr versteckte Mutterinstinkte geweckt und sie hätte ihn umsorgt und in Liebe ertränkt. Hör auf zu träumen, befahl er seinem Spiegelbild.

Nachdem er sich an dem winzigen Becken in der Toilette mit eiskaltem Wasser gewaschen hatte, konnte er zum Verrecken den Autoschlüssel nicht finden. Andreas stiefelte die 150 Meter zur Straße, wo sein Wagen parkte, zweimal auf und ab. Außer 20 Cent und einer braunen Haarspange fand er nichts. Auch im Geräteschuppen und im Garten nicht, wo ihm zu allem Überfluss noch ein Zweig ins Gesicht schlug. Neben der Unordnung war in Alans Hütte sein Schnarchen das einzig Konstante. Andreas' allerletzte Hoffnung, dass der Schlüssel im möglicherweise unverschlossenen Auto lag, sollte sich ebenfalls nicht erfüllen. Verdammter Mist, er trat gegen das Vorderrad.

Der nächste erreichbare Zug in Krefeld fuhr um 10:50 Uhr los, später müsste er in Köln umsteigen, dann noch einmal in Euskirchen, und in Münstereifel hätte er noch 20 Minuten Fußweg bis zu seiner Wohnung. Anschließend mit dem Ersatzschlüssel die gleiche Tour, oder besser Tortur, zurück nach Krefeld: Mückes Tag war gerettet!

Er schrieb Alan einen Zettel: *Kann leider meinen Autoschlüssel nicht finden. Ich hole den Ersatzschlüssel. In ca. sechs Stunden bin ich wieder da. Vielleicht suchst du in der Zwischenzeit nach dem Schlüssel. Sollte bei dir ein Notebook versteckt worden sein: Finger weg, das bekomme ich!*

Dann machte er sich auf den Weg. Höchste Zeit, das muffige Nest zu verlassen.

Vertrauenerweckend wirkte er trotz der Katzenwäsche nicht. Eine junge Mutter, mit einer Hand einen Buggy vor sich her schiebend, mit der anderen einen Koffer auf Rollen ziehend, fragte ihn bei der Einfahrt des Zuges, ob das die Bahn nach Köln sei. Nachdem er freundlich genickt hatte, stellte sie einem weiteren Fahrgast die gleiche Frage. Erst danach stieg sie ein. Mücke hätte ihr geholfen, doch sie besaß eine erstaunliche Geschicklichkeit im Umgang mit den beiden Teilen. Jede Bewegung saß, das sollte ihr erst einmal jemand nachmachen.

Im Großraumwagen ließ er die Nacht Revue passieren. A. C. Stone kannte den alten Töpfer nicht, auch Monas Mutter hatte er nicht kennengelernt. Sie seien sich einig gewesen, hatte er erzählt, dass es für beide in diesem Haus nichts gab, was einen Besuch rechtfertigte. Ramona muss über ihren Vater gesagt haben, sein Leben würde hauptsächlich darin bestehen, Kompromisse einzugehen. Deshalb hätte er die Ehe seines Sohnes mit einer feindseligen wie frigiden Vogelscheuche gutgeheißen, anstatt ihm davon abzuraten, wie sie es ständig versucht habe, womit sie bei ihrem Bruder aber auf taube Ohren gestoßen sei. Sie habe ihm damals und auch später angeboten, ihn mit einer netten Kollegin bekannt zu machen, die ihr bei Filbinger oft genug gebeichtet hatte, bei Männern regelmäßig den buchstäblichen *Griff ins Klo* zu landen. Die Kollegin wäre ihr als Schwägerin sympathisch gewesen. Sie hatte zwar ihre Macken gehabt, zum Beispiel redete sie zu viel und konnte nichts für sich behalten. Mit ihren dicken Brillengläsern erinnerte sie außerdem ein wenig an einen Frosch, aber schließlich gehörte Monas Bruder ja auch zu den Verkorksten. Bevor Mona und A. C. sich getrennt hatten, muss diese Frau plötzlich vom Erdboden verschwunden sein. Mona war im Jahr zuvor entlassen worden. Die Kollegin hatte das nicht gut gefunden. Mona meinte aber, dass sie ihrem Chef gegenüber ein schlechtes Gewissen gehabt hätte, deshalb hätte sie sich zuletzt bei ihr nicht mehr gemeldet. Trotzdem war Mona die Sache nahe gegangen. Wen auch immer sie gefragt hatte, Ex-Kollegen oder Nachbarn: Keiner wusste etwas über ihren Verbleib. An mehr hatte sich Alan nicht erinnern können, weil der Kontakt zu Mona danach monatelang abgebrochen war, abgesehen davon begann er zu lallen. Sein zeitliches Gedächtnis war ohnehin sehr ungenau, das hatte er am Abend unter Beweis gestellt. Andreas nahm sich während der Zugfahrt vor, dieser Spur nachzugehen. Zu gern hätte er den Namen dieser Kollegin gewusst. Zwischen Köln und Euskirchen erreichte er nur die Mailbox von Frank Töpfer, auf der er um baldigen Rückruf bat. Eine Sekunde später gab der Akku seinen Geist auf. Zu Hause würde er ihn kurz aufladen müssen.

Von der frigiden Vogelscheuche war es anschließend für beide nicht weit zu anderen schlüpfrigen Themen gewesen. Über eine Art Rätsel war A. C. kurz nach vier Uhr eingeschlafen. Andreas hatte ihm zuvor erzählt, dass Mona vor einigen Monaten ihre *Facebook*-Freunde aufgefordert hatte, ihre Geschlechtsteile mit einem Filmtitel zu beschreiben. Es hätte zahlreiche Kommentare dazu gegeben, an die er sich im Moment nicht erinnern konnte.

»Scheiß Alkohol, bis gestern hätte ich dir blind zehn Titel nennen können«, hatte er geschworen. »Sogar noch mehr. Ein Klacks, glaub es mir!«

A. C. hatte einen kräftigen Schluck genommen, gegrinst und genuschelt: »Wenn die Gondeln Trauer tragen.«

»Sprichst du von dir, du Lusche?«, wollte Mücke wissen.

»Kein Kommentar, mach weiter!«

»Die Wanderhure.«

»Angeber, ich denke, du hast Kinder!«

»Na und? Der kleine Prinz.«

»Der Muschelsucher.«

»Das stimmt nicht!« Andreas hatte es besser gewusst. »Der Film heißt nicht *der*, sondern *die* Muschelsucher.«

»Oh, ein feiner Literat, der Herr!« Alan war polemisch geworden, diese Seite an ihm hatte er noch nicht gekannt.

»Wenn das Sabine Kulik gehört hätte«, murmelte Andreas vor sich hin. »Ein feiner Literat bin ich.«

»Was?«

Na toll, das kriegte der Penner natürlich mit. »Vergiss es!«

»Was ist mit der Kulik?«, er kniff die Augen zusammen, seine Stirn legte sich in Falten.

»Vergiss es, sagte ich.«

»Arschloch! Mach weiter, Mann!«

»Das letzte Einhorn«, hatte Andreas nach einer Weile vorgeschlagen.

»Der letzte Kaiser«, kam es gähnend zurück.

»Jepp. The big Lebowski.«

»Der große Diktator«, lallte er mit gesammelter Anstrengung. Danach war Alan mit dem *Pastis* in der Hand zur Seite weggesackt und eingeschlafen. Die Pfütze war langsam größer geworden.

Mücke sah ihr dabei zu, er hatte keine Lust gehabt aufzustehen, außerdem wollte er nichts mehr von dem Likör.

»Der kleine Hobbit muss schlafen«, sagte er stattdessen. Das Letzte, woran er sich jetzt erinnerte, war, dass er sich selbst beglückwünscht hatte, die blöde Brille noch nicht beim Optiker abgeholt zu haben. Wenn er das aber nicht bald machte, bestand die Gefahr, dass man ihm noch ein Hörgerät aufschwatzte. Ihm blieb in Köln genug Zeit, sich einen Kaffee zu holen. Der Anschlusszug fuhr erst in 20 Minuten.

In der S23 nach Bad Münstereifel saß dann zwei Reihen vor ihm ein Typ, der mit seinem Gequatsche das Nervenkostüm aller Mitreisenden strapazierte. Ihm gelang nicht ein Satz ohne die Benutzung der Wörter *Wichser, Alter* oder *Fotze.* Hatte Andreas vorhin noch geglaubt, das Niveau ihrer späten nächtlichen Ergüsse sei nicht zu unterbieten – der Spinner vor ihm schaffte es. Er stieg auf halber Strecke in Kreuzweingarten aus – Erleichterung unter den Fahrgästen machte sich breit. Eine Fresse zum Reinschlagen. Andreas war kurz davor gewesen, ihm das Handy zu entreißen. Wären Kinder in der Nähe gewesen, hätte er es getan.

Gereizt und hungrig in seiner Stadt angekommen, kaufte er sich bei *Euphrat* einen Döner, den er auf dem steilen Weg hinauf zur Ashfordstraße essen wollte. Das vertraute Hineinbeißen erinnerte ihn schmerzhaft an den vergangenen Abend. Anschließend versuchte er es mit kleinen Bissen und vorsichtigem Kauen. Es blieb nicht aus, dass er sich unterwegs mit Soße und rausgefallenem Fleisch die Jacke bekleckerte. Dieser erste April hatte es in sich, fehlte nur noch die Begegnung mit Jessicas vorwitziger Nachbarin: *Kaum waren Sie weg, lief er rum wie ein Penner! Beim nächsten Mal müssen Sie vorher nicht nur an Ihre Blumen denken, auch nach ihm muss jemand sehen.* Schneller als erwartet ist in Bad Münstereifels Gerüchteküche aus einem Tatverdächtigen ein hoffnungsloser Pflegefall geworden.

39.

Verdammt, Mücke, es reicht, wo stecken Sie bloß? Wir warten hier schon die ganze Zeit auf Sie.« Thea Oleknavicius war aufgebracht.

»Tut mir leid, ich kam heute Morgen nicht mit dem Wagen weg. Ich musste mit der Bahn nach Bad Münstereifel, den Zweitschlüssel holen.«

»Bahn? Münstereifel? Muss ich das verstehen?«

»Das ist eine längere Geschichte.«

»... die Sie mir ein andermal erzählen können«, funkte sie ungeduldig dazwischen. »Sie haben Nerven.«

»Das kann man so nicht sagen.«

»Das ist mir nun auch egal. Wo befindet sich die Tasche?«

»In meinem Auto, das noch in Krefeld steht. In einer halben Stunde bin ich dort, anschließend komme ich sofort nach Bonn.« Heute schmerzte jedes Wort, anders als in der Nacht.

»Nein, das dauert uns zu lange. Geben Sie mir die Adresse. Die Kollegen vor Ort nehmen die Tasche in Empfang«, die energische Kommissarin gab den Takt vor. So blieb es Andreas wenigstens erspart, das unübersehbare Ergebnis der gestrigen Prügelei zu erklären.

Die Krefelder Beamten, die bereits auf ihn warteten, interessierten sich ausschließlich für die Tasche aus dem Kofferraum und waren innerhalb einer Minute fort. Andreas unternahm noch einen Abstecher zu A. C., der sich dazu entschlossen hatte, im Kiffernebel sämtliche verwertbaren Alkoholreste zu vertilgen. Das hatte zur Folge, dass Andreas mit Alan nur unwesentlich mehr Zeit verbrachte als die Polizisten kurz zuvor mit ihm.

Das Abendessen beschränkte er auf eine Kraftbrühe, eine Banane und einen Joghurt. In den *Blaulichtnews* hatte er zuvor gelesen, dass es am Samstag auch in Euskirchen eine Schlägerei gegeben hatte. Wegen einer Belanglosigkeit waren Mieter eines Mehrfamilienhauses aneinandergeraten. Beendet wurden die Handgreiflichkeiten mittels Pfefferspray von einem beherzt eingreifenden Bewohner, daraufhin hatten sieben Personen in die umliegenden Krankenhäuser transportiert werden müssen. Die Meldung stammte tatsächlich vom 28. März, also doch kein Aprilscherz, wie Mücke zunächst dachte.

Er räumte die Kaffeetasse vom Mittag, den Suppenteller und das Besteck weg. Etwas Platz war noch, deshalb würde er die Spülmaschine erst morgen anstellen. Im TV lief am Abend eine Kultursendung, in der unter anderem Jens Kulik angekündigt war. Die wollte er nicht versäumen. Bis dahin war noch Zeit. Andreas Mücke goss das kochende Wasser in die Teekanne, ging ins Wohnzimmer und legte sich auf die Couch. Für den Fall, dass er einschlafen sollte, programmierte er den Fernseher. Er schnappte sich vom Tisch den Textmarker sowie Monas Manuskript und las weiter. Zunächst quälte er sich durch einige Seiten, auch die Müdigkeit setzte ihm zu, vielleicht war er sogar kurz weggedöst, aber dann wurde es wieder interessant.

»Übertreibe es nicht«, flüsterte er mir ins Ohr. Was nervte er bei einer Feier von fehlerhaften Abrechnungen? Wegen 50 oder 80 Euro, als wäre ich ihm jetzt etwas schuldig. Das wüsste ich aber, der hat sie doch nicht alle. Er benahm sich wie ein Pascha. Ich rutschte ein Stück weg von ihm. Kein Wort davon, dass es meine Vorschläge gewesen waren, bei der Hotelkette großzügig zu reservieren oder supergünstige Komplettpakete zu buchen und unsere neuen Reiseangebote nach deren Standorten auszutüfteln. Kein Wort davon, dass mein neuer Slogan und meine Marketing-Konzepte einschlugen. Wer braucht schon 30 Jahre Kleinwalsertal oder nichtssagende Saison-Abschlussfahrten? Ich war es, die frischen Wind in seinen verstaubten Laden gebracht hatte. Ein innovatives Unternehmen kennt keinen Saisonabschluss! Da gibt man Gas, wo andere nicht weiterwissen. Woanders hätten sie mir die Prokura angeboten, aber er ... Der ewige Motzki hat doch nur das abgesegnet, was ich in mühevoller Kleinarbeit mir ausgedacht, zusammengetragen und ausgehandelt hatte. So einer will bei mir den Macker markieren, lächerlich. Ich sagte nichts mehr. Sein Halt-Halt-Halt, mit dem er immer seine Einwände begann, war ich satt. Seinen dabei erho-

benen Zeigefinger und den schlechten Atem sowieso. Da halfen auch die ständig nachgeworfenen Fisherman's *nichts. Er kippte einen weiteren Doppelten in sich hinein, wechselte die Strategie und schaffte etwas, was ich nicht für möglich gehalten hatte: F. machte es noch peinlicher!* Der Fernseher sprang wie gewollt an. Mücke drückte die Fernbedienung auf lautlos, nahm einen Schluck vom lauwarmen Tee und widmete sich wieder dem Manuskript.

Im Herbst 2004 hatte er angeblich überlegt, Weihnachten und Silvester auf Ko Phuket zu verbringen, dieser 50 Kilometer langen Insel, die neben der Urlaubsregion Khao Lak in Thailand am heftigsten vom Tsunami des 26. Dezember betroffen war. Die idiotischen Stimmen, mit denen er mich schon genug gelangweilt hatte, hätten ihn auch da im Voraus gewarnt. Seine Worte ratterten an mir vorbei wie der Nachtschnellzug D 890. Trink noch mehr, dachte ich, dann merkst du wenigstens nicht, dass dir hier keiner zuhören will. Wieder rutschte er ein Stück näher zu mir heran, sodass ich seine Hüfte zu spüren bekam. Ich schob mich weitere Zentimeter nach rechts, bald hatte ich das Ende der Bank erreicht. Von links nach rechts in weniger als einer Stunde, das war schon was! F. starrte mich mit seinen Glupschaugen in einer Manier an, dass auch ich meine Vorahnungen bekam: Vorsicht, gleich wird's nass! Entweder geht ihm einer ab oder er sabbert mir den neuen Jerseyrock voll oder die runden Fischaugen landen in meinem Schoß. Warum sagten ihm die Stimmen zur Abwechslung nichts Vernünftiges, wie: Halt-Halt-Halt, hast du mal in den Spiegel geschaut, alter Sack?

40.

Einen Tag später war es Mücke nach zahlreichen Versuchen endlich gelungen, Max Brinkmann ans Telefon zu bekommen. Nachdem er dem Rechtsanwalt sein Anliegen vorgetragen hatte, bedauerte dieser, am Telefon keine Auskünfte an Dritte weitergeben zu können. Das mache er generell nicht. Außerdem hätte er vom Tod seiner Mandantin nichts gehört, ein weiteres Argument, sich bedeckt zu halten. Woher solle er wissen, ob das stimmt, was ein Eifeldetektiv ihm gerade erzähle? Der arrogante Unterton war unüberhörbar. Was hätte Andreas von einem auf der Königsallee niedergelassenen Anwalt anderes erwarten können? Einmal mehr bestätigten sich seine Vorurteile, dabei wollte er sie sich abgewöhnen. Er war kurz davor gewesen, sich für die überaus freundliche Antwort zu bedanken und das Gespräch grußlos zu beenden, als Brinkmann ihm den Tipp gab, sich an einen seiner Kollegen in Düsseldorf zu wenden, dem er in diesem Fall seine Grenzen aufgezeigt habe. Mücke konterte, er hätte es gerne etwas genauer, schließlich gäbe es zahlreiche Kollegen in dieser Stadt. Das mag sein, meinte der Anwalt, aber nur einen Schmalbauch. Er bezweifle allerdings, dass der nach seiner kläglichen Vorstellung als Zeuge auch nur ein Wort über Frau Töpfer verlieren würde. Andreas reichte es und er drückte Brinkmann weg. Für ihn war der Hinweis ein Volltreffer, aber das brauchte der Rechtsverdreher nicht zu wissen. Frederik Schmalbauch, sein Düsseldorfer Freund, schien Ramona Töpfer also zu kennen. Sieh an! Zwar hatte Andreas ihm von seinem speziellen Auftrag erzählt, anscheinend aber nur den Namen Mona de la Mare erwähnt. Erst gestern hatte er überlegt, ob er ihn wegen des Reiseunternehmens anrufen sollte, ob Frederik ihm möglicherweise mit Informationen über Filbinger weiterhelfen könnte.

Sie verabredeten sich auf die Schnelle für den späten Nachmittag in Schmalbauchs Grafenberger Wohnung in der Margaretenstraße. Mücke wäre am liebsten sofort losgefahren oder hätte ihn am Telefon ausgefragt, doch sein Freund war gerade beschäftigt und beendete das Gespräch, bevor es in Gang gekommen war. Es hatte sich angehört, als würde er im Großstadtdschungel jemanden verfolgen und seine ganze Aufmerksamkeit dafür benötigen.

Bevor er die Toilette erreicht hatte, meldete sein Handy einen Anruf. Andreas überlegte es sich anders – seine Neugier war größer. Frank Töpfer hatte den ganzen Abend darüber nachgedacht, wie die Frau hieß, mit der Mona ihn verkuppeln wollte. Am Morgen war er sich sicher, dass der Name mit I begonnen hatte: Ivonne, Ingrid oder Inge, eventuell auch Ines. Genauer konnte er es beim besten Willen nicht sagen, weil von seiner Seite nie Interesse an einem Treffen bestanden hatte, da hätte Mona machen können, was sie wolle. Er hätte Michaela geliebt, auch wenn sich ihre Beliebtheit bei Freunden und Bekannten bis heute in Grenzen halte und sie als herrschsüchtig gelte. Wie sie auf andere wirke, Mona eingeschlossen, habe er immer gewusst. Er liebe sie selbst heute noch. Gestern wäre er übrigens ausgezogen, es wäre nicht anders gegangen. Sie hätte ihn aufgefordert, erst einmal Ordnung in sein Leben zu bringen. Jetzt wohne er im wenige Kilometer entfernten Kevelaer. Natürlich sei alles neu für ihn: die Stadt, die Möbel, die Einsamkeit, aber da müsse er nun durch. Über eine Kleinanzeige habe er die möblierte Wohnung gefunden und könne sie bis Ende Juni behalten, bis der Besitzer aus Asien zurückgekehrt wäre. Vielleicht, meinte Töpfer, tue beiden die vorübergehende Trennung gut. Solche Gedanken kannte Andreas.

Er notierte sich seine Adresse und bat, er möge sich bei ihm melden, wenn ihm zu dieser Ivonne oder Ingrid noch etwas einfiele. Bis zum Besuch in Düsseldorf blieben ihm noch einige Stunden. Er überbrückte die Zeit mit lästiger Hausarbeit, Ravioli aus der Dose sowie der weiteren Lektüre des Manuskripts.

41.

Frederik Schmalbauch konnte sich an Ramona Töpfer bestens erinnern. Noch deutlicher war ihm Filbingers Geschrei nach der Verhandlung auf dem Gerichtsflur in Erinnerung geblieben, das darin gipfelte, dass der Reiseveranstalter ihn immer wüster beschimpfte und das gezahlte Honorar zurückverlangte. Frederik war sich keiner Schuld bewusst: Er hatte die krankgeschriebene Ramona Töpfer im Auftrag Filbingers observiert. Am ersten Tag hatte sie das Mietshaus in Neukirchen nachmittags verlassen, um zur Apotheke und an den Geldautomaten zu gehen. Am Abend hatte sie dann im Ort eine offensichtlich vorbestellte Pizza abgeholt. Am nächsten Morgen war sie gegen fünf oder sechs Uhr, auf jeden Fall sehr früh, mit einem Taxi zum Düsseldorfer Flughafen gefahren. Sie hatte einen Koffer und eine kleinere Reisetasche dabei gehabt. Frederik erzählte seinem Freund, dass er alles fotografiert hatte, einschließlich ihres eindeutigen Check-ins an einem der Schalter von *Air Berlin*. Es gab nicht den geringsten Zweifel daran, dass sie in die Maschine nach Kos gestiegen war. Deshalb hätte er bei Filbinger noch eins draufgesetzt und behauptet, er wäre, wenn erforderlich, auch im Besitz der Passagierliste. Das wäre wohl etwas großkotzig und sein einziger Fehler gewesen, der ihm in der Sache unterlaufen sei. Warum er das gemacht habe, wisse der Geier.

Andreas nahm die Kanne vom Stövchen und goss sich Tee nach, während Frederik gerade seinen zweiten Glühwein aus der Mikrowelle holte. »Die Liste haben sie dir natürlich nicht gegeben«, rief er ihm hinterher.

»Das kannst du mittlerweile vergessen. Bei allen Flügen, egal ob national oder international, sind Passagierlisten unter Verschluss zu halten und werden nur an offizielle Stellen im Falle eines Notfalls oder zu Ermittlungen herausgegeben.«

»Das hat man uns beim Lehrgang auch so verklickert.«

»Dann sage ich dir ja nichts Neues«, Frederik setzte sich und nahm einen vorsichtigen Schluck. »Mit Amaretto schmeckt der doch gleich besser.«

»Und die Fotos reichten als Beweis nicht aus? Das kann ich mir nicht vorstellen.«

»Die hätten wahrscheinlich ausgereicht. Aber die Töpfer konnte anhand ihres Tickets nachweisen, dass sie erst sechs Tage später geflogen ist, dafür hatte sie schließlich den Urlaub genehmigt bekommen. Meine Fotos hat sich der Richter nicht einmal angeschaut.«

»Es ging also nur um die eine Woche? Deshalb hat Filbinger dich engagiert?« Andreas wusste es eigentlich. Die Fragen waren reine Formsache.

»Richtig. Filbinger wollte ihr im September nur zwei Wochen Urlaub geben, sie hatte auf drei Wochen bestanden. Die Töpfer hat sich stattdessen krankschreiben lassen und ist geflogen.« Frederiks Aussage deckte sich exakt mit dem, was er gelesen hatte.

»Hast du eine Idee, warum sie sechs Tage später dann noch einmal geflogen ist?«, fragte Mücke.

»Filbinger wird sich so aufgeregt haben, dass er sie sofort telefonisch entlassen hat, anstatt gelassen zu bleiben und die Angelegenheit seinem Anwalt zu überlassen. Sie ist zurückgekommen, um mit einem neuen Flugticket den Kündigungsgrund zu widerlegen.«

Schmalbauch hatte die logischste Erklärung für sich gefunden.

»Nicht ganz, aber fast richtig. Filbinger hatte seiner Sekretärin Ingrid erzählt, dass er Ramona Töpfer entlassen wird. Ingrid hatte ihr daraufhin eine SMS nach Griechenland geschickt, um sie zu warnen.«

»Wie doof kann man nur sein?«, Frederik bot ihm eine von Andreas aus Münstereifel mitgebrachten Printen an.

»Ramona Töpfer«, fuhr Mücke fort, »hatte sich im Ferienhotel für einige Tage abgemeldet, war nach Düsseldorf zurückgeflogen und hatte sich in einem Krefelder Reisebüro ein Flugticket zu 129 Euro fürs türkische Bodrum gekauft, das sie vier Tage später eingelöst hatte. Von dort ist sie mit dem Schnellschiff in weniger als 30 Minuten nach Kos gefahren.

Zwischendurch hatte sie noch in Grevenbroich ein Sparbuch eröffnet, in Düsseldorf für zwei Tage ein BMW-Cabrio gemietet und sich eine professionelle Zahnreinigung machen lassen. Lauter Sachen, die ihre Anwesenheit schriftlich und glaubhaft dokumentierten. Und das alles zu einer Zeit, wo Filbinger sie sicher in Griechenland wähnte.«

»Woher weißt du das alles? Die Geschichte mit dem Auto stimmt, die mit dem Sparbuch ebenfalls.« Frederik staunte nicht schlecht.

»In einem ihrer Manuskripte hat sie das genau beschrieben«, Andreas war sich jetzt ganz sicher. »Sie hatte das Flugticket später als Beweis für eine angebliche Türkei-Rundreise genutzt, von einer griechischen Insel wusste sie nichts, stellte sich ahnungslos. Für ihren Anwalt war das ein gefundenes Fressen.«

»Das die Sau auch richtig ausgekostet hatte«, meinte Frederik. »Du hättest sehen müssen, wie der mit dem Sparbuch in unsere Richtung gewedelt hat. Der muss dabei eine Erektion gehabt haben.«

»Nirgendwo wird so viel gelogen wie vor Gericht, nicht einmal im Bett, muss er vorher zu der Töpfer gesagt haben«, Andreas hatte den Satz aus dem Manuskript genau vor Augen.

»Da hatte er sogar recht.«

»Filbinger und du standet wie die letzten Deppen da.«

»Hat sie das geschrieben?«

»Fast. Sie sprach vom *Fratzenseher* und seinem schöngefönten Schnüffler, einmal nannte sie dich auch einen zweitklassigen Bordsteinpaparazzo, falls dir das besser gefällt«, er beobachtete den Freund, der nachdachte und grinste. Scheinbar fand Frederik Gefallen daran, wie clever Ramona Töpfer ihren Kopf aus der Schlinge gezogen hatte.

»Vom *Fratzenseher*?«

»Das ist eine andere Geschichte – du weißt aber, dass die Sekretärin im Jahr darauf spurlos verschwunden ist?« Andreas konnte es nicht für sich behalten.

»Was soll das heißen?«

»Dass die Ingrid plötzlich nicht mehr da war. Keiner weiß, wo sie geblieben, was mit ihr geschehen ist.«

»Nein, das wusste ich nicht«, in Frederik arbeitete es, »willst du damit sagen …«

»Sieht ganz danach aus.« Andreas schnitt ihm das Wort ab.

Frederik äußerte Bedenken. Er hatte Filbinger als erfolgreichen, seriösen Unternehmer kennengelernt, der eventuell einen Tick jugendlicher und kumpelhafter erscheinen wollte, als er in Wirklichkeit war. Er gab zu, auf dem Gerichtsflur seine bis dahin unvermutete impulsive Seite erlebt zu haben.

Da Andreas einmal in Düsseldorf war, hatte er eine präzise Vorstellung davon, was als Nächstes zu tun wäre.

Unterbrochen wurden seine Gedanken auf dem Weg zum Auto von einem späten Anruf aus Bonn. Frau Oleknavicius fragte, ob er Frank Töpfers neue Anschrift habe.

»Warum wollen Sie das denn jetzt wissen?«

»Haben Sie die oder nicht?«

»Aber nur, weil Sie mich so nett bitten: Amsterdamer Straße in Kevelaer«, die Hausnummer hatte er nicht im Kopf.

42.

Mona de la Mare hatte nicht nur von Filbingers geschäftlichen Verflechtungen in der Rotlichtszene gewusst, die bis ins Ruhrgebiet reichten, sondern hatte auch seine Beteiligung bei illegalen Glücksspielen und durch den Zoll geschmuggelte Waren erwähnt: Zigaretten, Alkohol, Teppiche. Sie schrieb im Manuskript, es damals nur geahnt, zuletzt aber recherchiert zu haben, allerdings blieb sie vage. Es würde Mücke trotzdem nicht wundern, wenn er in dem Laden fündig würde, in dem es Monas Bruder so schlecht ergangen war. Eigentlich hatte er gegen den Busunternehmer genug Beweise in der Hand, aber vielleicht könnte er hier noch etwas für Frank Töpfer tun. Etwas, was ihn entlastete. Oder wenigstens erklärte, was vor fast drei Wochen tatsächlich passiert war.

Seinen Golf stellte er drei Straßen weiter ab. Fast eine halbe Stunde musste er durchs Viertel kurven, bis er endlich einen freien Anliegerparkplatz gefunden hatte. Er war einige Minuten durch den feinen Nieselregen gelaufen; das Geld für den Eintritt hatte er passend. Als er sein Haar befühlte, erstaunte ihn, dass es ganz nass war. Umso besser, im Trockenen zu sein, auch wenn es ihm in dieser Umgebung nicht gerade behaglich erschien. Alles Unbekannte beunruhigt uns, hatte er bei Mona gelesen, und das hier war für ihn etwas Fremdes, etwas ungewohnt Verruchtes. Nicht zu vergleichen mit früheren Barbesuchen im Kreise von Freunden. Hier kannte er keinen. Er kannte nur jemanden, den der Besuch dieses Lokals den Verlust der Familie und des Jobs gekostet hatte, jedenfalls vorerst. Eine schwarzhaarige Frau kam gerade die Treppe herunter. Genau genommen stolzierte sie nach unten – es gefiel ihr, sich in Szene zu setzen, die Aufmerksamkeit auf sich zu ziehen. Sie trug protzigen Ohrschmuck sowie ein schulterfreies, dunkelblaues Kleid, das auf wundersame Weise oberhalb ihrer Brustwarzen festgehalten wurde. Der gedankenlos aufgestellte Zigarettenautomat machte den Durchgang eng.

Mücke ließ ihr den Vortritt, setzte seine Sonnenbrille auf und folgte der Queen unschlüssig bis zur Theke. Sie flüsterte dem Barmann etwas ins Ohr, was ihn kurz aufblicken und grinsen ließ. Dann setzte sie sich zu einem Gast, den sie durch zahlreiche Besuche zu kennen schien. Die innige Umarmung und die Begrüßungsküsschen waren beide gewohnt. Ein eingespieltes Team – Lokalstars unter sich. Rund 25 Augenpaare hatten dieses Schauspiel verfolgt. Der Barkeeper wirkte nun wieder gelangweilt, ihn interessierten weder die Gäste noch die Mädchen, an denen er sich vermutlich längst sattgesehen hatte. Womöglich war er auch schwul oder impotent oder er hasste seinen Job. Andreas wiederholte seine Bitte nach einem Glas Sekt. Alles Unbekannte beunruhigt uns, wieder fiel ihm dieser Satz ein. Nach allem, was er von ihr wusste, konnte er sich nicht vorstellen, dass Mona irgendetwas hätte beunruhigen können, mal abgesehen von schlechten Verkaufszahlen und stagnierendem Interesse an ihrer Person. Die dezente Technomusik und die Beleuchtung erinnerten ihn an die Zeit, in der er Diskotheken besucht und so manche Abfuhr kassiert hatte. Beim zweiten Song kam eine barbusige Frau zu ihm, legte den Arm um seine Hüfte und fragte, wie es ihm ginge, ob sie etwas für ihn tun könne. Sie hatte eine fetzige, mit Wachs geordnete Kurzhaarfrisur, ein schmales, gelungen geschminktes Gesicht, war Mitte zwanzig und wirkte auf Mücke deutlich attraktiver als die Edelnutte von vorhin. Das Haar war weiß gefärbt, wie bei dem Spaß verstehenden Fernsehmoderator, das erkannte Mücke auch durch die getönten Kunststoffgläser auf seiner Nase. Die kleinen Brüste passten zu ihrer Figur. Sie sagte ihren Namen: Dorina. Andreas überlegte, ob er für sich einen erfinden sollte, nannte ihr dann aber seinen richtigen Vornamen. Mehr würde er in diesem Schuppen ohnehin nicht von sich preisgeben. Er erzählte Dorina von einer langen Autofahrt mit anschließender Parkplatzsuche, dass er etwas müde sei und erst einmal langsam hier ankommen möchte. Sie verstand das, blieb bei ihm stehen und stellte ein gemeinsames Entspannen in Aussicht. Das ergänzende *Später* unterstrich sie mit einem Zwinkern, das ihm gefiel. Andreas spendierte ihr einen Sekt, nahm selbst einen zweiten dazu, da sein erstes Glas nur zu zwei Dritteln gefüllt war. Den Mann hinter der Theke fragte er, wann denn der Chef käme.

»Wen meinst du?«, wollte dieser wissen.

»Na, den Filbinger«, gab er zur Antwort. Er musterte den Barkeeper. Die breiten Wangenknochen, die angegraute Igelfrisur, die einen Hauch zu dick und zu kurz geratene Nase: ein markantes Gesicht, das man jederzeit wiedererkennen würde.

»Der ist aber nicht der Chef«, brummte er und zupfte an seiner bordeauxroten Fliege.

»Sondern?«

»Wird das hier ein Verhör?«, fragte der Igel, ohne von der Arbeit aufzublicken. Seelenruhig zapfte er die letzten Tropfen auf die Schaumkronen der drei vor ihm stehenden Pilsgläser. »Der ist nur freitags hier, manchmal auch mittwochs, aber nie vor Mitternacht. Was willst du denn von ihm?«

»Er hatte mir etwas versprochen, weil ich ihm eine größere Tour mit einer Seniorengruppe vermittelt habe.« Mücke hatte sich die Ausrede vorher parat gelegt.

»Sag das doch gleich«, meinte der Igelkopf und schob ihm den Zwanziger zurück. »Bedien dich«, sein Kopf deutete auf den Sekt, aber mehr noch auf Dorina.

»Der ist für dich«, Andreas zeigte sich großzügig. Der Schein wechselte erneut den Besitzer.

»Wenn du aufs Zimmer mit ihr willst, gib Bescheid wegen dem Schlüssel.«

»Wird gemacht«, in Andreas arbeitete es heftig, während er sich unauffällig umsah. Also war Frank Töpfer hier auch dem Filbinger begegnet, Mücke war sich sicher. Logisch, dass der ein riesengroßes Interesse daran hatte, Monas Bruder an den Pranger zu stellen. Alles, was von ihm ablenkte, sollte ihm recht sein – egal ob Töpfer, Kulik oder sonst wer.

Auf einem mittelgroßen Bildschirm lief ein Pornofilm ohne Ton, für den sich niemand interessierte. Weitere Girls tauchten aus dem Nichts auf: alle schön, jung, schlank, einige elegant und von einer scheinbar faszinierenden Aura umgeben. Sie trugen Stöckelschuhe oder Sandaletten mit verschiedenfarbigen Riemchen. Einige Mädchen blieben zusammen, andere verteilten sich auf einsame Besucher. Mücke erhob das

Glas und prostete dem Barmann und Dorina zu. »Andreas, und wie heißt du?«

»Henry.«

»Wie Henry Ford?«

»Wenn, dann eher wie Henry Maske. Apropos: Sag mal, Andreas«, der Igel hinter der Theke setzte zur Frage an, beugte sich nach vorn und legte den Kopf leicht schräg, zögerte aber noch. Henry kniff die Augen zusammen und blinzelte vielsagend.

»Ja?« Andreas' Puls nahm Fahrt auf.

»Was sitzt du denn hier den ganzen Abend mit einer Sonnenbrille rum? Sonst siehst du mehr danach aus, als hätte es geregnet.«

Das hatte ihm noch gefehlt. »Och, ich hatte einen kleinen Unfall«, antwortete er verlegen.

»Mit deinen Senioren? Waren die mit der Kaffeefahrt nicht zufrieden? Der Filbinger ist sich aber auch für nichts zu schade!« Henry selbst musste am lautesten über seinen Witz lachen. In ihm steckte ja doch Leben! Einige Nachtschwärmer und die Mädchen an ihrer Seite lachten mit, auch wenn sie kaum etwas verstanden haben dürften. Man passte sich an. Dorina schmiegte sich noch etwas fester an Andreas.

»Sehr gut, du hast es drauf, Junge. Wenn du aber Ahnung von Handball hast, weißt du, wie ratzfatz so etwas passiert«, seine Schlagfertigkeit verdankte er gerade Ulrich Schmidtke. Er nannte noch dessen Verein, stellte sich als in die Jahre gekommener zweiter Torwart vor – die Brille steckte er ins Jackett. Die Leute um ihn herum betrachteten sein dunkles Auge und nickten dezent. Alles Sportexperten, keiner hatte die Absicht, in diesem verruchten Schuppen aufzufallen.

Langsam dämmerte ihm, dass es hier ungemütlich werden könnte. Es gab keinen Grund, etwas zu riskieren. Dorina hätte vielleicht etwas mehr Beachtung verdient gehabt, aber auch nur vielleicht, denn letztlich war er sich bei ihr nicht sicher, was für ein Mensch sie war. Wie hätte er es wissen können? Andreas gab ihr, die in unveränderter Haltung bei ihm stand, einen Kuss auf die Wange und sagte, er müsse mal ganz kurz verschwinden. Stattdessen wählte er den direkten Weg zum

Ausgang, den man von der Theke aus nicht sehen konnte. Die hohlwangige Frau am Einlass meinte grinsend, das wäre ja ein äußerst kurzes Gastspiel gewesen, ob er denn trotzdem zufrieden gewesen sei. Gerade als er ihr antworten wollte, betrat Mustafa energischen Schrittes den Klub, den Blick stur und entschlossen nach vorne gerichtet. Wiedererkennen gehörte wirklich nicht zu seinen Stärken. Er besaß zum Anzug passende Schuhe, immerhin.

Mücke zeigte ihm mit dem Daumen hinterher: »Meine Ablösung für heute.«

»Nein, nein, mein Lieber – der Musti gehört zu uns«, der Hohlwangigen konnte man nichts vormachen.

Das Vibrieren hatte er zwar in der Bar bemerkt, es aber nicht für klug gehalten, das Handy zu zücken. Andreas las neugierig Jessicas Nachricht: *Hi Andy, auch in Meknes konnte ich nicht schlafen, dabei hatte ich diesmal ein gutes Bett. Das Doofe: Ich bin kein Moskitonetz gewöhnt. Immer wieder rutsche ich da rein und erschrecke, weil es sich anfühlt wie Spinnweben. Kein Andy, der mich festschnallt. Sonst ist alles okay. LG Jess.*

Als wenn sie sich anschnallen ließe, das würde er gern erleben! Das wäre aber etwas ganz Neues. In Marokko musste es erst 22:50 Uhr sein. Er wünschte ihr eine bessere Nacht mit viel Schlaf und schrieb dazu, dass er sich schon jetzt auf eine hoffentlich ausgeruhte Jessica freue. Nach Gurten und Ketten würde er morgen Ausschau halten. Den letzten Satz löschte er wieder.

43.

F*ür die Abschaffung des Tanzverbots*: Das gewellte Flugblatt auf dem Küchentisch hatte man ihm gestern in Düsseldorf an die Windschutzscheibe geheftet. Er hatte es achtlos auf den Beifahrersitz geworfen, als er gerade dabei gewesen war, Thea Oleknavicius die Kevelaerer Adresse von Töpfer zu nennen. Andreas las es nicht, stattdessen fragte er sich, warum er es mit in die Wohnung genommen und nicht gleich weggeschmissen hatte. Immerhin erinnerte es ihn jetzt daran, dass heute Karfreitag war, in früheren Zeiten ein strenger Fastentag, an dem Christen kein Fleisch essen durften. Als Agnes mit Anna schwanger war, hatten sie die Karwoche in Paris verbracht. Gott, wie lange war das her: der Triumphbogen, Sacré-Cœur, Montmartre, das billige Hotelzimmer in der Rue des Écoles? Er wusste nicht mehr, wie die Franzosen mit dem Feiertag umgegangen waren, ob es überhaupt einen Unterschied zum normalen Leben in Paris gegeben hatte. Andreas schüttete sich den ersten Kaffee in einen seiner blauen Lieblingsbecher, die er im vergangenen Sommer in einem Bergdorf auf Kreta gekauft hatte. Das Blatt mit der Forderung warf er in den Mülleimer, nachdem er es gewohnheitsmäßig zu einer Kugel verarbeitet hatte. Das Tanzverbot juckte ihn nicht. Die relevante Frage war, was er an diesem stillen Feiertag unternahm, um in seiner Arbeit voranzukommen.

Andreas Mücke zählte nicht zu den Befürwortern voreiliger Schlüsse, doch es fiel ihm schwer, etwas zu finden, was nicht gegen Filbinger sprach. Dass er A. C. eine Lektion hatte erteilen wollen, war ganz offensichtlich. Der Sexklub mochte ihm nicht gehören, aber sein Einfluss dort war nicht zu leugnen. Andreas konnte sich nicht vorstellen, dass Filbinger bei Töpfers Filmriss die Hände nicht im Spiel gehabt hatte. Der Einbruch in den Schuppen war ein weiteres Indiz dafür. Und nicht zuletzt wurde er durch Monas Manuskript verraten: Die Kündigung und die folgenden Handlungen waren Punkt für

Punkt mit der Wirklichkeit identisch. Am Ende nannte Mona sogar seinen Namen, vorher war immer nur von F. die Rede gewesen. Andreas schnappte sich noch einmal das Ende: *Natürlich habe ich Fehler gemacht, wer macht die nicht? Ich habe zu viel gearbeitet und nicht auf meine Gesundheit geachtet. Monatelang ernährte ich mich von Fast Food oder bereitete mir zu Hause etwas Einfaches zu. Auch meine Karriere als Autorin habe ich für F. hintangestellt und auf später verschoben. Gedankt hat er es mir nicht, wie konnte ich das nur erwarten? Wie naiv und gutgläubig muss ich bloß gewesen sein?*

Ein anderer Fehler wäre mir beinahe zum Verhängnis geworden: die bei Facebook *geposteten Fotos von meiner Ankunft auf Kos. F. ist in den sozialen Netzwerken nicht vertreten, sonst hätte ich es nicht gemacht oder ihn blockiert, wie alle übrigen Besserwisser auch. Aber Biggi, Mustafa, Elke und einige andere Kollegen hatten die Fotos möglicherweise schon gesehen. Nachdem ich meine Leichtsinnigkeit bemerkt hatte, habe ich die Postings noch vor dem Abflug nach Deutschland gelöscht. Es ist mir nicht zum Verhängnis geworden, aber als ich später von dem angeheuerten Schnüffler gehört hatte, war ich schon arg in Panik geraten. Vor Gericht hätten diese Beweise dem alten Playboy so richtig in die Karten gespielt und meine ganze Mühe wäre wieder einmal umsonst gewesen.*

Fazit: Filbinger bleibt Filbinger, *das an Schlichtheit nicht zu überbietende jahrzehntelange Firmenmotto sollte ein Versprechen darstellen. Für die meisten, die mit F. zu tun hatten, entpuppte es sich als Drohung. Liebe Leser, mich traf es am härtesten, aber wenn ich in den kommenden Jahren das Buch, so wie Sie gerade, in den Händen halte, werde ich den Kopf schütteln, mich trösten und sagen: Noch einmal mit dem Lesen davon gekommen!*

Wenn Mona ihn mit dem Manuskript erpressen wollte, hätte Filbinger einen weiteren Grund für den Mord gehabt, sofern es überhaupt eines doppelten Motivs bedurfte. Vielleicht hatte er die hochgradige Blamage vor dem Arbeitsgericht und die damit verbundene Zahlung an Ramona Töpfer nie verkraftet – wahrscheinlich war das schon Motiv genug gewesen. So, wie es aussah, hatte seine Angestellte Ingrid bereits dafür büßen müssen. In Filbingers Augen musste Ramonas Schuld aber um ein Vielfaches größer sein. Die Frage war, ob er es selbst gewesen war, der sie ins Jenseits befördert hatte. Oder hatte er eine seiner fragwürdigen Gestalten beauftragt? Mustafa und Mona kannten sich, das geht aus mehreren Stellen des Manuskripts hervor. Aber warum hätte er sich damit für den Nächsten erpressbar machen sollen? Das ergab wenig Sinn.

Andreas schnappte sich die Prospekte von *Filbinger Tours* und scannte Fotos ein, auf denen der Chef deutlich zu erkennen war. Der Zufall wollte es, dass auf einem Bild auch Mustafa optimal getroffen war. Bei der Bildbearbeitung wählte Mücke einen besseren Kontrast und schnitt die Bilder auf das Wesentliche zurecht. Danach druckte er sie aus.

Bis zum frühen Abend hatte er in der Stadt acht Menschen gefunden, die Filbinger wiedererkannten. Die sich zudem sicher waren, ihn in Bad Münstereifel gesehen zu haben. Einen neunten hatte Mücke aussortiert, weil der ihm zu viel, vor allem zu blöd gequatscht hatte – so in der wichtigtuerischen Art, gleich einen Verdacht gehabt zu haben und so weiter. Beim Datum mussten die meisten passen, auch wenn der Aschermittwoch eine gute Orientierungshilfe bot. Aber immerhin gab es ein Ehepaar mittleren Alters, das am späten Abend im *Café T.* am Nebentisch von Mona de la Mare gesessen und die lautstarke Auseinandersetzung mit diesem Mann mitbekommen hatte. Die Worte *Manuskript, undankbar* und *Wiedergutmachung* seien mehrmals gefallen, dazu etliche Schimpfwörter der alleruntersten Schublade. Einer der beiden konnte sich daran erinnern, dass der Mann ein Bein leicht, ganz leicht, nachgezogen hatte. Ein Hinweis, der Andreas neu war, schließlich hatte er mit Filbinger nur wenige Sätze an dessen Fenster gewechselt. Im *Fratzenseher* hatte es Mona nicht erwähnt – entweder machte Filbinger das erst seit Kurzem oder es erschien ihr zu geringfügig oder sie hatte es bewusst ausgeklammert, weil körperliche Beeinträchtigungen bei manchen Leuten automatisch Verständnis, Mitleid oder Sympathie weckten.

Auch die weibliche Bedienung nebenan in der *Werther Stube,* wo Filbinger sein Abendessen eingenommen hatte, konnte sich genau an ihn erinnern. Er sei geradezu charmant gewesen, hatte die hervorragende Küche gelobt und sich mit einem großzügigen Trinkgeld bedankt. Filbinger musste sogar erwähnt haben, aus Düsseldorf zu kommen. Warum das denn, hatte Mücke nachgehakt. Weil ihm das Kölsch so gut geschmeckt hätte, und das müsse, hatte er extra betont, bei einem waschechten *Düsseldorfer Jong* wie ihm schon etwas heißen. Mücke ließ sich die Aussage durch den Kopf gehen. Wie es aussah, hatte sich der Reiseveranstalter sicher gefühlt oder er musste da noch nicht die Absicht gehabt haben, Mona de la Mare umzubringen – obwohl, das Steakmesser sprach wiederum dagegen. Das nachgezogene Bein sei ihr ebenfalls aufgefallen. Ja doch, jetzt, wo er danach frage. Andreas hatte gegenüber der Frau aus dem Lokal nichts angedeutet, bekam aber unaufgefordert zu hören, dass dieser Mann bestimmt nichts Schlimmes getan hätte. Dann fiel es ihr wie Schuppen von den Augen: »Es geht doch nicht um diesen Mord? Oje, das darf nicht wahr sein!«

Mückes Ergebnisse ließen nur die Schlussfolgerung zu, dass Monas Tod ausschließlich Filbingers Werk war. Das weiter zu untermauern betrachtete Andreas nicht als seine Aufgabe. Aber es sprach alles dafür, weil der Unternehmer nicht in Begleitung gesehen worden war. Beim Betrachten von Mustafas Foto schüttelten die Leute den Kopf oder gaben Weisheiten von sich wie: »Die Südländer, ach, die sehen doch irgendwie alle gleich aus.« Am Ende des Tages sprach einfach alles gegen Gerd Filbinger.

Andreas setzte sich auf eine kalte Parkbank nahe der Stadtmauer und tippte die Nummer der Bonner Kripo ein. Den Namen des diensthabenden Kommissars kannte er nur aus der Presse und dem Internet. Freddy Kleinelsen ließ Mücke nicht ausreden, als der sich bei ihm vorstellen wollte. Das wäre nicht nötig, meinte Kleinelsen, immerhin sei er bei ihnen kein Unbekannter. Frau Oleknavicius und andere Kollegen hätten oft genug seinen Namen erwähnt. Am Ton des Polizeihauptkommissars ließ sich nicht heraushören, wie das gemeint war. Ironisch war es nicht, Andreas tippte auf gleichgültig. Er besann sich auf den Grund seines Anrufs und erzählte alles, was er wusste. Kleinelsen stellte Fragen, notierte gelegentlich etwas, vergewisserte sich und hatte es plötzlich eilig.

44.

Am Dienstag nach Ostern war er mittags mit Thea Oleknavicius verabredet. Sie hatte ihn eigentlich zum Essen nach Bonn einladen wollen – am Ende hatten sie sich auf einen Spaziergang an der Steinbachtalsperre geeinigt, späterer Kaffee nicht ausgeschlossen. Er hätte nichts gegen einen Restaurantbesuch gehabt, wenn Thea ihn anders oder privat vorgeschlagen hätte. So aber hatte es zu sehr nach einem lästigen Dankeschön der Kripo ausgesehen. Sie hatte es selbst am Telefon erzählt, dass ihre Kollegen sie zu der Einladung aufgefordert hätten. Dieses *Aufgefordert* war ausschlaggebend gewesen für Andreas' Ablehnung. Vielleicht war er zuletzt etwas empfindlich geworden. Egal, er hatte in den vergangenen Wochen seinen Job gemacht, die Bonner ihren. Dass er direkt beim ersten nennenswerten Auftrag den richtigen Riecher gehabt hatte, freute ihn – alles andere wäre gelogen. Das Ergebnis kam allen zugute, dabei wollte er es belassen. Außerdem würde sein Honorar fünfstellig ausfallen, das hatte er bereits grob überschlagen. Er konnte sich nicht erinnern, jemals in einem Monat so viel verdient zu haben. Die Rechnung würde er morgen schreiben, bevor er zu einem Abschlussgespräch nach Grevenbroich führe. Dr. Töpfer hatte ihn zum Essen eingeladen mit der Bemerkung, Mücke könnte sich etwas aussuchen: gutbürgerlich, italienisch, griechisch, libanesisch oder chinesisch. Das klang alles verlockend. Er spielte den Ball zurück und überließ seinem Auftraggeber die Entscheidung.

Sie kamen zeitgleich am fast leeren Parkplatz der Talsperre an. Thea Oleknavicius parkte ihren roten Audi neben seinem Golf. Die anschließende Begrüßung war freundlicher ausgefallen, als er erwartet hatte, man hätte meinen können, langjährige Kollegen träfen sich nach einem ausgiebigen Urlaub wieder. Möglicherweise hatte Thea noch ein schlechtes Gewissen wegen ihrer Anrufe der letzten Tage. Der Ton, in dem sie die Tasche sowie Töpfers Adresse gefordert hatte, war schon barsch gewesen. Sie sah darin die Ursache, weshalb Mücke die Einladung ausgeschlagen hatte. Sie entschuldigte sich und wollte ihm die Gründe erklären. Das war nicht nötig, denn er hatte bereits vergangene Woche eingesehen, dass die Sache mit dem verlorenen Autoschlüssel merkwürdig ausgesehen haben musste. Es war echt bescheuert gewesen: Während sie und ihre Kollegen in Bonn fieberhaft auf die Tasche warteten, war er mit der Bahn durch die Gegend gefahren. Nein, ihm tat es leid, beteuerte Andreas. Er wäre in Krefeld in etwas hineingeraten und hätte sich anschließend gehen lassen, anstatt sich auf das Wesentliche zu konzentrieren. An das Beweisstück im Kofferraum hätte er nicht mehr gedacht, beziehungsweise an dessen Wichtigkeit für die Polizei.

»Gehen wir einmal rum?«, er zeigte auf den See. »Es sind ungefähr drei Kilometer.«

»Gerne, wir sollten das Wetter nutzen, am Abend soll es regnen. Sind Sie häufiger hier?«

»Drei bis vier Mal im Jahr. Dafür schaffte ich es bislang nicht ins Freibad«, er deutete mit dem Kopf auf die geschlossene Badeanstalt.

»Haben Sie den Schlüssel mittlerweile gefunden?«, wollte sie wissen.

»Der ist wie vom Erdboden verschwunden. A. C. Stone hatte ebenfalls vergeblich danach gesucht. Sie wissen, wen ich meine?«

»Wir waren im gleichen Fall unterwegs. Dank ihm hatten wir einen Hauptverdächtigen mehr, wenn Sie sich erinnern wollen …«

»Klar, natürlich«, ihm fiel verspätet die Episode im Supermarkt ein. Andreas erzählte ihr in drei Sätzen davon.

Sie lachte über die Reaktionen der Kunden. »Das ist köstlich und doch irgendwie so typisch. Die besten Witze schreibt das Leben selbst, Herr Mücke.«

»Sie können ruhig Andreas sagen.«

»Thea, eigentlich Dorothea.«

»Gefällt Ihnen, dir …«

»Nein, Dorothea gefällt mir nicht. Das geht gar nicht.« Mehr sagte sie dazu nicht. Ein Pärchen kam ihnen entgegengejoggt.

Die Frau trug eine dicke Jacke sowie Schal, Mütze und Handschuhe; er war mit rotem Kopf im kurzärmeligen Trikot der deutschen Nationalmannschaft unterwegs. Zwei Nummern größer wären von Vorteil gewesen.

»Was macht Filbinger?«, fragte er nach einer Weile. Von der Festnahme hatte sie ihm am Telefon erzählt. Es ist außerdem im Radio erwähnt worden.

»Der sitzt nach wie vor in Untersuchungshaft, nachdem er sich am Samstag widerstandslos festnehmen ließ. Das kam für ihn total überraschend, dabei wäre er um ein Haar erschossen worden.«

»Was?« Mücke blieb stehen. Er glaubte, sich verhört zu haben.

»Wir mussten Frank Töpfer erneut observieren, er hatte uns dabei ebenfalls zu Filbingers Haus in Düsseldorf-Gerresheim geführt.«

»Das ist nicht wahr …«

»Doch, ist es. Vor unserem Zugriff haben wir Töpfer gestellt und gefragt, was er dort suche.«

»Und?«

»Reden, hatte er geantwortet. Mit ihm reden! Die Pistole auf dem Beifahrersitz deutete auf mehr hin.«

»Mist, das riecht nach weiterem Ärger.«

»Mit einem guten Rechtsanwalt wird sich der in Grenzen halten. Unerlaubter Schusswaffenbesitz ist dennoch kein Kavaliersdelikt, wie Sie bestimmt wissen. Dafür muss er sich auf jeden Fall verantworten.«

»Munition?«

»Die haben wir im Handschuhfach gefunden. Hatten Sie ihm von Filbinger erzählt?«, wollte die Kommissarin wissen.

»Ich hatte einen Verdacht geäußert, was die Herkunft eines Geldbetrags aus Monas Datei betrifft. Letzten Dienstag war das, er hatte mich ja wegen dieser Tasche angerufen.«

Beide schwiegen. Mücke dachte an den armen Hund. Was der zuletzt auch anpackte: Es ging in die Hose. Wie bei A. C. Stone, nur kam der immer halbwegs glimpflich davon. »Was ist denn jetzt mit Filbinger? Hat er gestanden?«, das interessierte ihn im Moment dennoch am meisten.

»Noch nicht, sein Anwalt hat das bisher verhindert. Aber er verwickelt sich dermaßen in Widersprüche, da kommt er nicht mehr raus. Er behauptete zunächst, nicht gewusst zu haben, dass Frau Töpfer Bücher schreibt. Es gibt weitere Zeugen, die anhand unserer Fotomontage bestätigen, dass der verkleidete Filbinger knapp 20 Minuten in der *Leserei* gewesen war, auch die Inhaberin erinnert sich. Der Besuch der Lesung soll angeblich reiner Zufall gewesen sein, als wäre Bad Münstereifel ein Vorort Düsseldorfs. Außerdem fand die Lesung, wie Sie wissen, in einem Raum oberhalb der Buchhandlung statt, da schneit man nicht zufällig rein, schon gar nicht nach 19 Uhr, außerhalb der Geschäftszeit.«

»Das ist so unwahrscheinlich wie ein Sechser im Lotto.«

»Eben! Zu der vorübergehenden Verkleidung mit Lederhut, falschem Bart und dickem Brillengestell, von der er sich Stunden vor der Tat getrennt und die er in einer Umhängetasche verstaut hatte, sagte er nichts. Wir können allerdings seine Spuren am gefundenen Lederhut und dem Steakmesser nachweisen. Gestern erzählte er uns, dass Frau Töpfer von ihm 18.000 Euro haben wollte, wenn sie den zukünftigen Roman umändern und mit anderen Namen und Orten versehen würde. Ohne von uns provoziert worden zu sein, haute er abrupt auf den Tisch und schrie herum, dass er wegen solch einer lächerlichen Summe doch niemanden umbringen würde. Und schon gar nicht so ein junges Ding.«

»18.000?«, wiederholte Mücke, die Betonung klang fragend.

»Das wäre noch einmal die Summe, meinte er, die sie bereits vor dem Arbeitsgericht erstritten hatte. Ramona hatte ihm gesagt, wenn sie Ross und Reiter beim Namen nennt, würde sich das Buch einige Tausend Mal besser verkaufen lassen. Die 18.000 wären lediglich eine Entschädigung für weniger Tantiemen, mit Erpressung hätte das nichts zu tun.«

»18 war übrigens ihre Glückszahl, das hatte Dr. Töpfer mir erzählt«, warf Andreas ein. »Sie hatte sich aber nie dazu geäußert, warum sie es war.«

»War sie etwa abergläubisch?«

»Sind wir das nicht alle irgendwie?«, der Detektiv stellte sich Mona bildhaft vor. »Das passte zu ihr: Sie schreibt ihre

Geschichte nieder und faselt dann etwas von Honoraren, die ihr entgehen würden. Ganz schön dreist, das Luder.«

»Wie reden Sie von der ermordeten Tochter Ihres Auftraggebers?«

»Sehen Sie es anders, Thea?«

»Eigentlich nicht.«

»Was ist mit dem Mord an dieser Ingrid?«

»Ingrid Schalles.«

»Hat er sie auf dem Kerbholz, wie Mona schrieb?«

»Auch da verwickelt er sich so heftig in Widersprüche, dass es nicht mehr schön ist. Aber noch ist ihre Ermordung nicht bewiesen.«

»Sieht nicht gut aus für ihn ...«, damit sagte Andreas nichts Neues.

»Haben Sie ihn mal persönlich kennengelernt?«

»Das wäre zu viel gesagt. Ich habe ihn vor etwa zehn Tagen für höchstens zwei Minuten gesprochen, als ich in seinem Geschäft auf dem Höherweg war. Auf dem Parkplatz habe ich einen seiner Schläger gesehen, der mir dann in Krefeld und in dem Düsseldorfer Puff wiederbegegnet ist.«

Thea schwieg eine Weile, sie wollte das Gespräch in eine andere Richtung lenken.

»Das passte ja nun alles, was Sie meinem Kollegen erzählt haben: die Kündigung, der unerwartet verlorene Prozess, Frau Töpfers Erpressung, Filbingers Auftauchen in Bad Münstereifel, auch die Sache mit Frank Töpfer und dem Bordell. Wir fragen uns, woher wussten Sie von Filbingers Pleite vor dem Arbeitsgericht?«

»Von dem Detektiv Frederik Schmalbauch.«

»Okay, aber wie kamen Sie auf die Idee, dass ihr gekündigt wurde? Frau Töpfer hatte allen erzählt, sie hätte selbst gekündigt.«

»Durch die Geschichte vom *Fratzenseher*. Mona ist da richtig ins Detail gegangen, auch wenn sie möglicherweise noch etwas hinzugedichtet hat.«

»Verstehe ich nicht. Die Story haben mindestens fünf Leute bei uns gelesen – und keinem soll was aufgefallen sein? Sorry, aber das zu glauben fällt mir schwer.«

»Welche Version haben die denn gelesen, die vom Bürocomputer?«

»Da sind sie wieder«, Thea machte Andreas Mücke auf die Läufer aufmerksam, die gerade um die Ecke kamen.

»Das Trikot des Dicken ist aber arg eng.«

»Das dachte ich vorhin schon«, Mücke drehte sich nach ihnen um und sah, dass der Träger mit der Rückennummer 50 *Bomber* genannt werden wollte. Dann kam plötzlich ein junger Schäferhund auf sie zugeschossen.

»Der tut nichts«, rief eine Frau aus der Ferne. Das neugierige Tier beschnüffelte beide hektisch. Als die Frau an ihnen vorbeiging, sagte Thea Oleknavicius ihr, dass sie den Hund anleinen muss.

»Nun spielen Sie sich mal nicht so auf!«, sagte sie genervt und zog einen Stöpsel aus dem Ohr.

»Noch Fragen?«, die Kommissarin hielt ihr den Ausweis unter die Nase.

»Sorry, soll nicht wieder vorkommen.«

»Na dann«, sie gingen weiter. Thea versuchte, den Faden zu ergreifen. »Ich habe die *Fratzen*-Geschichte auch überflogen. Frau Töpfer hat ja der Menschheit allerlei fantasiereiches Geschreibsel hinterlassen, deshalb erinnere ich mich kaum an den Inhalt.«

Thea Oleknavicius hatte Andreas' Frage entweder nicht verstanden oder durch die Ablenkungen vergessen. Er fragte sie erneut, ob sie die Fassung von dem Computer gelesen hatte, den er ihr vor über drei Wochen ins Präsidium gebracht hatte.

»Nein, das nicht, ich hatte vorher die Datei von Monas privatem PC gelesen, die war aktueller.«

»Diese Datei kenne ich zwar nicht, aber ich bezweifle, dass sie aktueller war.«

»Moment!« Thea Oleknavicius setzte sich auf einen zur Abholung gelagerten Baumstamm, kramte ihr iPad hervor und suchte einige Minuten. Mücke setzte sich neben sie. »Richtig, hier habe ich es: Die Datei ist vom 2. November. Auf dem Computer, den Sie uns überlassen haben, ist sie vom 26. August, also älter.«

»Moment!«, entfuhr es auch Andreas.

»Jetzt kommt's«, Thea grinste und sah sich zu allen Seiten um. Diesen Anflug von Humor mochte er an ihr.

»Bitte nicht so überheblich, Frau Kommissarin.« Er wühlte in seinem Notizheft, das er benötigte, um mit dem Wirrwarr an Zahlen klarzukommen, die er sich vor Wochen ausgerechnet hatte.

»Ach komm, so war das nicht gemeint.«

»Thea, ich habe den PC am 13. März zu Ihnen gebracht, da zeigte er aber das Datum vom 29. September des Vorjahres an, also 165 Tage weniger. Wenn ich an dem Tag etwas bearbeitet hätte, wäre das Speicherdatum ebenfalls mit diesem Rückstand angezeigt worden.«

»So weit kann ich folgen.«

»Dr. Töpfer hatte mir erzählt, dass seine Tochter am 6. Februar, an ihrem Geburtstag übrigens, das letzte Mal in der Praxis und am PC gewesen war. Die letzte Speicherung wird mit dem 29. August angezeigt. Wenn Mona am 6. Februar etwas gespeichert haben sollte, lag die Differenz«, Mücke rechnete im Kopf, »... müsste die Differenz bei 161 oder 162 Tagen liegen. Das heißt, die letzte Speicherung vom *Fratzenseher* muss von Ende Januar, vermutlich sogar Anfang Februar gewesen sein, denn bis dahin war Ramona regelmäßig in der Praxis gewesen. Die Lesereise startete sie erst am Tag nach ihrem Geburtstag.«

»Ganz schön kompliziert«, Thea rechnete nach.

»Die Datei müsste auch größer sein als die, die Sie gelesen haben.«

»Das leuchtet ein, ich schätze, da hat keiner drauf geachtet. Puh, das wäre total peinlich.« Die Kommissarin schnaubte leise, beide erhoben sich wieder. »Wie viele Seiten waren das denn überhaupt, die Sie gelesen haben?«, wollte sie wissen.

»Etwas mehr als 220.«

»Oh Gott, da ist uns wirklich ein Bock unterlaufen. Die alte Datei hatte 30, lassen Sie es 40 Seiten gewesen sein. Es las sich wie ein belangloses Durcheinander und unterschied sich nur geringfügig von den anderen Texten, soweit ich das heute noch beurteilen kann. Dann wird Frau Töpfer die Story aber nur auf dem PC in der Praxis geschrieben haben.«

»Und auf ihrem Laptop«, vermutete Andreas.

»Ja, das glaube ich auch.«

Beide schwiegen einen Augenblick. »Ich bin kein Computerexperte, vielleicht lassen sich die Zeitangaben bei euch anhand von Verläufen noch exakt bestimmen.«

»Ich glaube, das ist jetzt sowieso zweitrangig. Jedenfalls Glückwunsch Andreas, darauf muss man erst einmal kommen.«

»Danke für die Blumen.«

»Hat Frank Töpfer die Geschichte zu Gesicht bekommen?«

»Das kann ich mir nicht vorstellen. Von mir jedenfalls nicht. Was ist eigentlich mit Monas Laptop?«

»Keine Spur. Wir haben Filbingers Haus und die Geschäftsräume mit den Düsseldorfer Kollegen auf den Kopf gestellt, da war er nicht.«

Wieder entstand eine kleine Pause. »Da werden wir nachher auf der PK einiges zu hören bekommen«, sagte sie schließlich.

»Ich frage mich, wieso Frank Töpfer noch observiert worden ist?«

»Tja, das weiß ich selbst nicht so genau. Sagen wir einfach: Anordnung von oben! Begnügen Sie sich damit?«

»Hm. Sie sind mir keine Rechenschaft schuldig.«

»Das stimmt. Kommen Sie gleich zur Pressekonferenz?«

»Für mich ist der Fall erledigt. Meinetwegen muss auch der Detektiv Mücke nicht erwähnt werden, das soll Herr Teuwen machen, wie er meint.«

»Sie meinen, die Presse muss diesmal nicht alles wissen?«

»Das denke ich. Und nach allem, was über Töpfer geschrieben worden ist, meine ich das erst recht. Wer weiß, ob der sonst überhaupt zu Filbinger gefahren wäre.«

»Wir klären das vorher in der Dienstbesprechung.«

»Wenn Sie sich unbedingt revanchieren wollen, können Sie mich weiterempfehlen – privat, meine ich. Es ist nicht so, dass ich mit interessanten Aufträgen überhäuft werde.«

Zwei Tauben starteten zu einem Flug über den See. Andreas deutete auf das Landgasthaus. »Trinken wir was?«, fragte er sie.

»Dazu reicht die Zeit noch«, sagte Thea, ohne dafür auf

die Uhr zu schauen. Hinter der Biegung ließ sich bereits das Deutschland-Trikot vom *Bomber* erahnen.

Zitate

Folgende Schriftsteller wurden im Text namentlich mit den von ihnen gewählten Zitaten genannt:

De la Mare, Walter: »Die verlorene Spur« (die deutsche Übersetzung von H. H. Wellmann im Buch lautet: »Bedecke ihr Gesicht, meine Augen sind geblendet; sie starb jung.«); Fischer Taschenbuch Verlag; Frankfurt 1993

Handke, Peter: »Die Morawische Nacht« (TB); Suhrkamp Verlag; Berlin 2013

Bayer, Thommie: »Fallers große Liebe« (TB); Piper Verlag; München 2011

Dank an die LeserInnen

Liebe LeserInnen,

diese Geschichte ist hier zu Ende. Wir hoffen, es hat Ihnen gefallen und Sie sind ein paar Stunden in die Welt dieser Geschichte eingetaucht, haben geschmunzelt, gelacht, mitgefühlt und mitgelitten. Das freut uns. Wenn Sie weiterhin Bücher dieser Autorin, dieses Autors oder unseres Verlages lesen möchten, dann reden Sie über dieses Buch. Oder twittern Sie, schreiben Sie einen kurzen Blogbeitrag oder eine Leserbewertung in Ihrem bevorzugten E-Book- oder Online-Shop.

Mund-zu-Mund-Werbung ist für AutorInnen und Verlage wie Sauerstoff für jedes Lebewesen – sie ist lebenswichtig. Lesermeinungen sind Motivation und Ansporn, so dass Sie schon bald ein weiteres Buch Ihrer Lieblingsautorin oder Ihres Lieblingsautors lesen können.

Herzliche Grüße

Ihre
edition oberkassel

Spannendes Terrain

bei

edition oberkassel

macht abhängig!

Pure spannende Unterhaltung.

ISBN: 9783958130432

ISBN: 9783958130586

ISBN: 9783958130623

ISBN: 9783958130418

EDITION OBERKASSEL